荣耀 新美文
冷雨扑少年

黄兴 / 主编

民主与建设出版社
·北京·

作者简介
Author Introduction

丁 威

第十二、十三届新概念作文大赛一等奖得主,河南省作家协会会员。文章多见于《萌芽》《青年文学》《美文》等杂志。

刘卫东

第四、五届新概念作文大赛一等奖得主,80后代表作家,《靓蓝小孩》书系主编。代表作品有《指尖流水》《汉语春秋》《白云深处》等。

张 珂

第十五届新概念作文大赛一等奖得主,首届南风"众里寻他"青春文学征文大赛获奖者。

林静宜

青年作家、编剧,第四届"报喜鸟"最具人气新锐艺术人物获奖者。代表作品有《当心情透明的时候》《逆时钟》。

黄 萍

第十六届新概念作文大赛一等奖得主、首届南风"众里寻他"青春文学征文大赛获奖者。

沈嘉柯

畅销书作家，代表作品有《去过你想要的生活》《十年沉心：让未来的你感谢现在的自己》。

魏春亮

媒体人、作家，第七届新概念作文大赛一等奖得主，文章多见于《萌芽》《南方周末》等刊物。

郑 琪

笔名沈笑画，现就读于厦门大学。第十六届新概念作文大赛一等奖得主。

王宇昆

畅销书作家，香港青年文学奖得主，第十五、十六届新概念作文大赛一等奖得主。代表作品有《自己选的路，跪着也要走完》。

余 言

知名青年作家，曾担任《深海》等多家刊物主编，现任魅丽文化副总编。代表作品有《看过很多云，却只爱过你》。

王璐琪

90后作家，中国作家协会会员，2012年《儿童文学》小说擂台赛评审。代表作品有《水仙们》《少时多美好》。

潘云贵

冰心儿童文学新作奖、第十七届新概念作文大赛一等奖得主。代表作品有《如果你正年轻，且孤独》。

目录

第一辑	分手快乐 / 余　言	002
梵音	那夜残香 / 林静宜	015
	每个少女都粉红 / 王宇昆	024
	在你左右 / 沈嘉柯	039
	来不及好好说的再见 / 王宇昆	049

CONTENTS

第二辑

旖旎

接近一种本质 / 刘卫东	062
杂耍 / 丁　威	068
故乡的洋槐花 / 魏春亮	074
黄土屋脊 / 刘卫东	080
故乡的茶味 / 丁　威	086

第三辑

冬藏

我心匪石 / 张 珂		092
三叶 / 郑 琪		103
冷雨扑少年 / 潘云贵		110
秘密 / 张 珂		121

第四辑	失落清夏，谁与安然 / 余　言	136
忘忧	预言悲伤 / 王宇昆	151
	虽然我们不曾相遇 / 黄　萍	166
	那时候有多美 / 王璐琪	185
	你的眉尖上有风路过 / 潘云贵	190

第五辑

映刻

陈凯歌和李安之间还差一个张艺谋／沈嘉柯	204
《公民凯恩》何以堪称好莱坞经典？／林静宜	210
青春期三毛：那个含泪微笑的顽童／沈嘉柯	214
毛姆的中国罗曼司／魏春亮	223

|第一辑|

分手快乐 / 余 言

那夜残香 / 林静宜

每个少女都粉红 / 王宇昆

在你左右 / 沈嘉柯

来不及好好说的再见 / 王宇昆

在最寂寥的时光,我喜欢煮一盏香茗,把自己揉碎在空灵灵的梵音里,任光阴荏苒,花开花落……

➲ 分手快乐

\\\ 余 言

这就是她曾喜欢的男生，以为自己一辈子不会放弃的男生呀，可在他的眼中，自己永远不是最重要的。

连续多日的阴暗天气，乌云层层地堆积在天空，低低的仿佛压在头顶，让人的心情莫名地沉重和压抑。入秋以来，这座一向干燥的西北城市雨水也多了起来。

今年秋季第一场雨过去的第二天，洛冰去校园附近的小雅咖啡厅静静地坐了一下午，点了一杯欢喜柠的檬茶，不喝。

透过落地玻璃窗，她可以看到校门前往来的人流与车辆。放学的铃声响起，人流如泄闸的洪水般涌了出来，她看着无数张面孔从视线中经过，却不会留下任何痕迹。有三五个男生勾肩搭背相互嬉闹着出现，走在最中间的男生头发略长，歪戴着帽子，看起来有点坏坏的、酷酷的。

她直起身子，推开门走了出去，从温暖的室内走到室外，凛冽的寒风让她不禁缩了脖子。她的手中拿着一把黑色的伞，站到了那个男生的身前。

正在打闹的男生停下了脚步，他看着忽然出现在她眼前的女生满不在乎地说："你来了？可是……我约了朋友们一起去玩DOTA，你要不要去网吧和我们一起？"

洛冰看着眼前的男生，雀跃的心情冷却了下来，她和他交往一年了，然而，在他的世界里面，游戏比她更重要，每一次当她跨越半个城市前来找他，他总是说我要去打DOTA，你要不和我们一起吧。别人约会的时候是牵手散步，而她呢，就是坐在他的旁边，看着他打游戏，自己无聊地逛着网页——她受够了！

"我们分手吧。"洛冰说。

男生愣了一下，根本没有反应过来，也似乎不敢相信。

"送你的分手礼物。"洛冰将手中黑色雨伞塞到了他的手中，利落地转身走了。他们曾在一起看过金城武和梁咏琪主演的电影《心动》，她送他的分手礼物也是一把黑色的雨伞，因为雨伞最容易丢，也因为分手常常在雨天。

男生看着她消失的背影，犹豫着该不该追上去。

"喂，你还打DOTA不？"在前方等他的朋友们等不及了，问他。

"哦，来了。"他转身向男生们奔去。

忽然有雪落了下来，纷纷扬扬地落了下来。洛冰的心里觉得很悲凉。这就是她曾喜欢的男生，以为自己一辈子不会放弃的男生呀，可在他的眼中，自己永远不是最重要的。他的朋友很重要，打游戏很重要，而她……是最不重要的，是排在末位的，是因为他知道自己喜欢他，会一直在，不会离开。

回学校的路上，洛冰一点儿都不觉得伤心。她坐在靠窗的位置上，看着车窗外一掠而过的风景，701路公车不知道坐过多少次，每一站的站牌她都记得，每一处风景她都熟悉到闭上眼睛能够细数，但闭上眼睛，泛起的却是往事如烟的记忆。

她认识的聂云是高中时代有名的小混混，她则是标准的乖乖女，她以往对这样的人向来敬而远之。

那天晚自习放学的时候，她一个人走在路灯有些昏暗的路上，不远处的街边网吧出现了一帮小混混，骂骂咧咧地走了过来，"靠，要不是卡上没钱又到时间了，我们肯定就全歼十三中，打赢CS了！"

他们忽然发现独自走在路上的洛冰，相互一使眼色，立刻会意地拦在了她的身前，摆出一副凶狠的神色，"喂，把钱乖乖交出来！"

早就听说有高年级的学生拦路索要低年级同学的零花钱，她总觉得世界如此太平哪会有这样黑暗的事情，可现在却让她真真切切地遇见了。她的脑海里面一片空白，那一瞬间有点吓傻了，在他们的不耐烦的催促下，她顺从地从口袋里面掏出零花钱递过去。

"喂，七中的，输了就抢我们十三中同学的钱吗？"从网吧里面走出来抽烟的聂云看到了眼前的一幕，远远地叫道。

七中的同学一看是十三中大名鼎鼎的聂云，讪讪地收回摊开的手，扭头灰溜溜地走了。

聂云目送着他们的背影远去，抽了一口烟，烟头一闪一闪地在暗夜发出腥红的光芒，"喏——他们走了，赶快回家吧，以后晚上别那么晚回家。"

洛冰根本来不及说谢谢，他已经抽完了烟走进了网吧，她只能看到他的背影，双手插在裤兜里，歪戴着帽子，一副酷酷的样子。

从此以后她就注意留意聂云，才发现他并非无恶不作的古惑仔，而只是有点叛逆、有点小坏、喜欢耍酷的男生。

渐渐地就喜欢上了他——像她这样被各种无形环境约束的乖巧的女生，都有一颗躁动的想叛逆的内心，自己不能做，所以也就越发欣赏能做的人。

但是那份欢喜只能深深地藏在心里，喜欢上一个坏男生，传出去自己也变成大家眼中的坏女孩了。她所有的卑微与喜悦，在内心默默煎熬了两年。

瘦瘦高高的聂云有着一双有力的长腿，以体育特长生的身份参加高考，进了西北这所偏远城市的体院，体院里面实在没有洛冰能报考的专业，她挑了同在这座城市的重点大学，看见她的志愿，老师很不理解，她完全有能力进入帝都的名校，她固执地坚持着并不解释。

到了大学的第一天，她鼓起了勇气站在了聂云的身前，大声地说："聂云，我喜欢你。"

他眉开眼笑，"我知道呀。"

于是，他们没羞没臊地在一起了。

每周周末的时候，洛冰都会乘坐701路车穿越半个城市来体院找他。在体院里，像聂云这样的男生比比皆是，他已泯然众人矣，反倒是日渐美丽的洛冰，在大学里面成了珍惜动物。可是，喜欢一个人，是因为一开始认定的了，所以视线里会只有他，那些比他更优秀的人，根本不会进入她眼中成为风景。

也许是她付出得太多，所以他不懂珍惜。她就像他生活中一件可有可无的装饰品，装点他千篇一律的大学生活。

她怔怔地看着窗外发呆，心里一片木然，她开口说出分手，只是想让他意识到她也会生气，他做的不好也会离开他，她在等他的电话，只要他说一句："对不起，我们和好吧。"她就会义无反顾地回到他身边。

公车停靠在西站，不少乘客从这里下车，一个中年的男子从车上走下来，将手中一台步步高青花瓷手机迅速地交给了与她相向行来的男子。

咦——好眼熟，居然和自己用一样的手机。洛冰想到这里，习惯地伸手在包里面摸手机，手机不见了！

车门缓缓地关闭，公车启动，洛冰从座位上跳了起来，拍打着车门，大声地喊："开门！开门！"车门打开的一瞬间，她冲了出去，人潮汹涌，那个偷他手机的人早已经寻不见了。

她漫无目的地找了一圈，怅然地站在街头良久，最终决定搭乘下一辆公车回校，一翻背包，钱包也被一起顺走了。

洛冰忍不住大声爆了一句粗口，经过的人不过侧头看一眼，步履匆匆地继续前行，每个人都在忙着奔波自己那点前程，哪里有空探究不相干人的喜怒哀乐。

翻遍整个背包，她愣是连一块钱都找不到，回学校还有二十站路，如果乘坐绿色环保无污染由人力驱动的11路公车，走到天黑差不多才能回去。

在这个骗子当道的世界，她不止一次遇过楚楚可怜的女生穿着校服跪在路边，用粉笔写着"求路费回家"，或者碰到有女生当面搭讪说"流落异地需要车费回家"，她在心底鄙夷地说一声"骗子"，头低着快步走过躲开。如今她落到此番叫天天不灵、叫地地不应的境地，才蓦然发现，也许有些人是真的需要帮助。比如，现在的她。

洛冰决定向路人借一块钱，是借而不是讨，她一定会还的。何况，区区一块钱现在又能干什么呀？一瓶水都买不到了！

西站人流量巨大，她站在那里一边给自己打气一边物色人选，迎面走来了一个面容慈祥的大妈，她咬咬牙走了上去："大妈……"

大妈停下脚步笑眯眯地看着她，看见她和气的笑容，洛冰结结巴巴往下说道："我手机和钱包被偷了，您可以借我一块钱让我回学校吗？"

大妈的脸色顿时拉了下来，连连摆手快步走了，还一路小声地嘀咕着："这么年轻不学好。"

洛冰满腔的委屈，她鼓足了勇气走向一个中年大叔，嗫嚅着说出请求，再次被拒绝了。

她站在路边，有些黯然伤神，她如今面对的拒绝，是不是当初她不断拒绝需要帮助的路人而遭受的惩罚？她在心中碎碎念：上帝啊，我以后一定做个有爱心的人，看见乞丐就施舍，现在赶快找个人施舍我拯救我吧。

"喂，给你！"忽然有一块钱递到了她的眼前。洛冰抬起了头，看见了一个清秀的男生递了钱过来，身后背着大大的背包，显然刚下车，也要在西站转车。从天而降的惊喜，让她愣在了当场，没有反应过来。男生将钱塞到她的手中，转身向着一辆停靠在站牌的公交车大踏步走去。

他夹在人流中上车，直到车门闭合，洛冰才反应过来，冲着他的背影喊了一声，"喂，告诉我你的电话，我好还你钱。"

男生回头，隔着车窗漾起一个模糊的微笑，那笑容很浅很淡，但却沁人心牌，男生冲着她挥了挥手。公交车缓缓地启动，汇入车流中。

人生不乏锦上添花，但雪中送炭的却很少，在平时别人借一块钱根本不会放在心上，但这一块钱却让她深铭难忘。

回到了学校，在接下来的日子里，她忙着办理身份证挂失、银行卡挂失，事情多而烦琐。等到忙完这些事情，已经是七天过去了。

周日的早晨，冬日里难得的阳光明媚，同学们都把今天当作"大洗之日"，她抱着积压许久的衣服，到公共洗手间里洗衣服。

白色的泡沫不断地泛起，在阳光下折射着七彩的光芒，随着手指的搓动不断地破灭，像曾经最美的梦在醒来之后了无痕迹。

忽然，从盆里面翻出一件衣服，是聂云的T恤，她每次去学校找聂云的时候，他总会拎着一些脏衣服递给她，心安理得地说，我的衣服脏了，你帮我洗一下。她毫无怨言地接过来，带回到学校里面洗，她那么地喜欢他，能够为他做事，感到的是满心欢喜。这件衣服，是上次拿来一直忘了洗，习惯从脏衣篮抱了所有的衣服洗，而如今在分手七天后措不及防地见到了。

她的泪水不受控制地落了下来，如同散落的珠串一样砸在水池里。时隔了七天之久，分手的悲伤才重重地击溃她的心脏。她本来以为他会打她的电话，向她说一句，对不起，我们和好吧。然而，她的电话却被偷了。她失去了这唯一的念想，她不可能再等到他的电话。可是七天了，如果他想回头，即便电话找不到她，也该找到了她的学校里来。到了今时今日，她才确定她真的失恋了。即便她是提出分手的那个人，可伤痛最深的人却恰恰是她。

从那一天开始，洛冰开始沉浸在失恋的情绪中。秋意渐深，冬天日渐临近，在需要相互拥抱取暖的季节里，分手是一件多么不人道的事呀。

洛冰叫上一帮姐妹在KTV里面唱歌，啤酒喝了一瓶又一瓶，吐字不清地拿着话筒，相互依靠着唱《分手快乐》："分手快乐，分手快乐，祝你永远找不到比我更好的！"

喝不玩的苦酒、唱不尽的悲伤，一群女孩子疯到最后，个个歪倒在沙发上，有的睡着了，有的意识模糊着，有的清醒着但却无能为力。

KTV包场的时间到了，点歌系统锁定了屏幕，服务生走了进来，"你好，时间到了，请你们离开，我们要打扫房间卫生了。"

然而，却没有一个人理他。他微微一皱眉，这种情况他显然很少见。他走进了坐在沙发最外围靠近点歌台的洛冰，摇了摇她，"你好，时间到了……"

洛冰被他晃得难受，翻涌的酒意再难克制，嘴巴一张吐了他一身。服务生无奈地叹了口气，退出房间换掉了工作装，再次回到了包厢，叫醒了其他的同学，独独洛冰醉得不省人事。

男生无奈地背起了她，领着她那群东倒西歪的姐妹回到女生公寓。

在爬楼梯的时候，迎面撞见外语学院的院花胡静，抱着双臂冷眼看着背着洛冰的男生，语带讥诮，"哟——这么快又换新女友了？"

男生低着头不说话，一步一步地踩着楼梯走了上去。

洛冰一觉睡到次日中午，醒来的时候头痛欲裂，喉咙干渴得如同火烧一般。她下床拧开运动保温杯，居然有热水喝。

室友见到她醒来了，都凑了上来八卦：

"你知道吗？昨天你喝醉了，吐了KTV一个服务生一身，他不但不生气，还很好脾气地背你回来。"

"看见胡静那一副醋意十足的样子，貌似很喜欢他哦。"

"他好细心啊，还特地烧了一壶水倒进你的杯子里……"

"关键是……还是一枚帅哥哦！"

洛冰羞愧得红了脸，昨天晚上太丢人了！想到自己醉的样子，她羞得想死的心都有了。晚上她叫上看清男生面目的室友陪她去KTV找那个男生。她刚出电梯，道路两旁的服务员齐齐地例行鞠躬，"欢迎光临。"

室友戳了戳她，指向站在末尾的男生，"就是他。"

洛冰抬头一看，竟然是那天救他于危难的男生！

她惊喜地走到了他的身边，"嗨——"

男生见到是她，露出了微笑，"清醒了？"

洛冰不好意思地脸红了，她深深地鞠躬，"对不起。谢谢你！"

男生歪着头问，"对不起什么？谢谢什么？"

"对不起，昨天把你衣服弄脏了，谢谢你借了我一块钱，昨晚送我回去呀。"

"一块钱？"男生显然已经忘记了，但在她的提醒下显然想起来了，"哦……那天是你呀！"

"我说过要还你的钱的！"洛冰翻出了钱包，可是拿出了一块钱的，她又有些不好意思还他了，"那个……我请你吃饭吧？"

"行。"男生毫不客气地点点头，拿出了手机，"我现在要上班，告诉我你的电话，回头电话联系吧？"

"那天我的手机丢了，到现在都没有再去买新的手机，所以没有号码。"洛冰从包里翻出了纸，要了他姓名号码记上——夏桐，189……

"等我买了新手机再联系你。"洛冰与他道别，离开了KTV。

洛冰拉着室友去逛商场，室友问她，"你还要干吗？"

"失恋了，不开心，要狂购物。有的人不高兴了就是要狂吃东西或者狂买东西，我两样都行。"

室友只能舍命陪君子，陪着她在商场里面购物，衣服鞋子买了一大堆，返回的时候从一楼手机柜台经过时，她停下脚步看了良久，最终没有买。

夏桐要到凌晨1点才下班，她和室友先回到寝室。寝室里其他的两位女生见到她们俩回来了，不免追问一番情况，陪她同行的室友主动爆料，"道过歉也道过谢了，留了姓名和电话，约了晚上一起吃夜宵。"

"那个男生叫什么名字？"

"夏桐。"洛冰坐在一旁，一句话都没说，同行的室友早已经将该说的话说完了，她低着头玩着她们的手机，像局外人一样听着她们扒个不停。

"夏桐？"寝室里消息最为灵通的女生惊呼出声，"原来是夏桐学长！据说超帅，但是家境不是很好，所以一直在课余时间打工，喜欢他的女生多了去了，去奶茶店卖奶茶，快倒闭的奶茶店都会起死回生。后来，被一家KTV请了过去。貌似很难搞，胡静追了他两年，他才和她在一起，不过听说才处了两个月就分手了。"

三个女生齐齐地看着洛冰，眼神既羡慕又同情，羡慕她艳遇了夏桐，同情的是夏桐挺难搞定。

本着拯救一个失恋的人的方式就是让她尽快恋爱的原则，室友们开始不断地煽风点火，"据说夏桐刚和胡静分手，你的机会来了哦。"

"夏桐很帅哟，你现在有机会了，一定要把握住。"

洛冰捂住了耳朵，世界总算清净了。

午夜时分，洛冰用寝室的电话打给了夏桐，约在学校后门吃大排档。她拿着菜单一通点菜："十块钱羊肉串，十块钱牛蹄筋，铁板烧来一份，两碗面片！"

夏桐目瞪口呆地看着她，"我们只有两个人，太多了吧。"

洛冰拿起端上来的羊肉串，吃得满嘴流油。在这个男生面前，她一点儿都不在乎形象，反正又不可能和他有什么，"失恋了嘛，所以才要大吃大喝才开心。"

夏桐哈哈地笑了起来，他的眼睛在夜晚闪着细碎的光芒，如同暗夜的星辰，"我也失恋了呀！她嫌我穷甩了我！"

洛冰斜着眼看着云淡风轻的他，"我怎么看不出来？"

他低下头，眼眸暗淡了光彩，像是漫天的星辉都失去了光芒，藏在暗处的伤不经意间流露，旋即他又抬起了头，眼睛里重新泛起笑意，驱散了一闪而过的愁容，满不在乎地说："所以……失恋其实也不一定非要把自己往死里整。"

说来感情只是一个词，但在不同的人身上，却各有各的不同。有的铭心刻骨，有的弃若敝屣。

游戏花丛的男生，在他看来开始或者结束一段感情是平常如饮水的事情吧，但对她而言，却是伤筋动骨。

深夜时分，人流稀少，大排档的老板坐在烧烤摊旁的椅子上，微弱的火苗映着他粗粝的脸庞，他的手上拿着山寨机在放着歌，疲惫的脸上是沉静的模样，夜色中飘荡的歌声是陈奕迅的《明年今日》：

在有生的瞬间能遇到你
竟花光所有运气
……

这个夜晚如此地安静，晚风悄无声息地吹过，她放下手中的烤肉串，静静地听着飘荡在空中的歌声，夏桐也沉默了下来，侧着头安静地倾听。

老歌就像一枚钥匙，咔嚓一声打开深藏在脑海中的一段记忆，烧烤老板嘴角浮现着微笑，夏桐沉静的脸上若有所思，她不知道此刻他们的脑海中想的是什么，但她自己的记忆却清晰地浮现高三那年的暑假，高考之后压力骤减无比轻松，她和他沿着马路漫无目的地走，她多想告诉他，她喜欢他，一颗心里全是忐忑与甜蜜。时间流逝得那么缓慢，她努力了很多次都没有说出口，中午他带她去路边的一家小店吃粉，小店的电视机正在播放这首歌。

那时，她觉得有生之年能遇见他，是值得花光所有勇气的幸运，然而，如今她却失去了他，往昔贪恋得越深，现今想来越发悲凉。

洛冰怔怔地坐着，泪水潸然而落。

她的伤感如绵绵的江水，层叠无尽地将她淹没。在失恋的时刻，情绪敏感之极，每一次轻触都会有情绪宣泄。

夏桐看着她哭，并不开口劝慰，而只是默默地递了一张纸巾过去。

夜色深处，有几多欢喜，又有几多忧愁？

洛冰觉得她谢过夏桐之后，他们之间的交集自此就结束了。

可夏桐常常站在女生公寓楼下等洛冰，挺拔英俊的夏桐总会引来众多女生回眸注视。洛冰一直不愿买新的电话，夏桐无法联系她，每次他都极有耐心，洛冰来或者不来，他都在那里。洛冰拿他没辙，每次都会下楼。他约她一同散步，吃饭、唱歌或者看电影。

室友拷问洛冰，"夏桐是不是在追你？"

"我问过他了，他说他也是失恋的人，他的内心很伤痛，但每次只要一看到我他就不伤痛了，因为每次我比他都还伤痛……所以，他天天来找我，是为了寻找心理上的优越感。"

洛冰知道他是为了和她共同分担悲伤，然而，她却仍然时时陷入悲伤的情绪。她付出了那么多，分手连挽留都没有一句。

和夏桐在一起的时候，尽管有人陪，她还是会想他。自己一个人独处的时候，会更加地想他。

分手的第二个月，洛冰抑制不住思念，拿着洗干净的衣服决定去找聂云。分手是她说的，他不来挽留，那么还是由她来挽留好了，在他的心目中到底重不重要已经不重要，只要能和他在一起就好了。

在秋风冷凉的上午，她又坐上熟悉的701路公交，穿过大半个城市，经过繁华的市中心，跨过河流上的大桥，到了城市的另一端山脚下的体院。

她拎着衣服站在男生公寓的楼下，迟迟不敢打电话。在楼下有几个女生在徘徊，看样子都是在等人。公寓门前男生不断地进进出出，她等的人迟迟未出现，但秋雨却不期而至。

洛冰躲在屋檐下，忽然，眼帘里出现熟悉的身影。一个月未见，聂云一点未见清瘦。他撑着那把她送他的黑色雨伞，没有看见雨幕中的洛冰，而是直直向着屋檐另一端的一个女生，亲昵地挽着她的手走入雨幕，眼底眉梢都是关心爱护。他们低声细语地交谈，商量着去哪里玩乐。

洛冰看着他们的背影，不自觉地向前走了两步，雨水淋在身上却浑然未觉，她脚不能动口不能言，如同被冻僵的冰雕。看见聂云和女生拦着一辆出租车飞离开，洛冰终于反应过来，她大声地喊道："聂云！聂云。聂……"声音被雨水打得七零八落。

她望着绝尘远去的汽车，捂着脸庞，缓缓地蹲下了身子，温热的泪水填满了指缝。怪不得他对她如此地冷淡，原来他早就另有新欢；怪不得自己提出分手他不挽留，他巴不得她来当这个恶人。

头顶上的雨忽然停了，一直悄然跟在她身后的夏桐手上撑着一把伞，在她头顶撑开一片晴朗的天。他一脸担忧地望着她，温和的眼眸如同一簇火苗，暖和在她的心窝不致冷却。夏桐轻拍着她的后背安慰她，"哪个女孩的人生中没有经历过渣男呀？经历过伤害才会成长。"

夏桐拿起洛冰手中拎着的T恤，用笔在T恤上面写下一行字："渣男！再见！"问洛冰要了男生寝室的房间号送了过去。

从寝室中走出来的时候，洛冰已经不哭了。在离开前，她回头看了一眼这陌生而熟悉的地方，向着男生寝室方向挥了挥手大喊："渣男！再见！"

洛冰下定决心从失恋的阴影中走出来，伤痛不过百日长，人生还有那么多有意义的事，何必时时沉湎在过去不可自拔呢。

开心的时候上课，不开心的时候翘课。夏桐已经很少出现在她的身边了，他整日都忙，不在学校，难觅踪影。习惯有人陪伴后再一个人生活，有些怅然若失，有些微微地想念。

天气一天天地冷了，冬天来了，日子渐渐地逼近2011年11月11日——百年一遇的光棍节。

大家都在忙着恋爱，好在光棍节之前结束光棍的状态。想到这一点，洛冰不得不感慨自己的悲剧，要一个人过这个光棍节了。

2011年11月11日，洛冰闷着头准备睡过这一整天，然而一大早，寝室的门就被敲响了，门外站着的是夏桐的哥们，"洛冰呢，夏桐送你的礼物！"

洛冰疑惑地接过他手中的礼盒打开，里面赫然躺着两部手机，一部是自己丢失的青花瓷手机，一部是最新款的iPhone4S。夏桐消失了这么多天，跑遍了这座城市所有的二手市场终于找到了她的手机；夏桐消失了这么多天，是为了打工给她买最新最好的手机。

只要打开曾丢失的手机，她就会知道聂云到底有没有打过她的电话或者发过短信请求她回去，而她却错过了……她耿耿在心头的疑惑就会消除。不过，这些都已经不重要了，无论当初错没错过，她庆幸自己做了离开他这一正确的决定。洛冰摩挲着青花瓷手机，狠狠地从窗口丢了出去。

iPhone4S的电话铃声响起，她接通电话，里面传来夏桐的声音，"看对面！"她走到窗前向对面看去——

男生寝室楼挂着一张床单：

"洛冰，请帮我结束光棍状态吧！夏桐。"

那副床单如同一片旗帜一样，迎着晨风招展。

洛冰紧紧地捂住嘴巴，是激动也是惊讶。这个名为夏桐的男生，也许太帅，让人缺乏安全感，但却善良到愿意帮助一个陌生人；也许他不够富有很贫穷，但他上进努力，愿意力所能及地关爱她。

寝室的姐妹们早已经帮她拿好了床单举在她的身前，打趣地催促着她赶快回答，"遇见愿意借你一块钱的男人，你就嫁了吧！"

洛冰还有什么犹豫的呢？女生寝室楼挂出了床单：

"夏桐，你要感谢我帮你结束了光棍状态！洛冰。"

夏桐在另一栋楼上冲着她挥手，遥遥相望，笑容无邪。

失恋一百天后，洛冰再次恋爱。

原来失恋并不是一件可怕的事情，失去是意味着过去糟糕且不美好，需要结束，而唯有失去之后才能得到更好的。

失恋，快乐。

➜ 那夜残香

\ \ \ 林静宜

夏季的茉莉正在黯然颓败，也许，所有噩梦就在茉莉凋萎的那一瞬开始上演。

那只是个流行句点而没有省略号的年代，高考中的女孩把她们的梦浸泡在罗琳和哈利波特的幻境里发酵。

浑浊的迪吧中，震耳欲聋的音响令整个世界晃动不休。这里曾经发生过许多惨不忍睹的事。那些悲剧带着迪吧里晦涩的气味，那些气味更是囚禁着无数妙龄少女的心。许多小说开始千篇一律地模仿着迪吧音乐的休止符，囚禁着每一个姿色盎然的女孩的身体。

初夏之夜，吧台的一角坐着一位身着白衬衣的年轻男子。他不停地喝酒，英俊的外表散发出冷漠的气息。只是，凄离的目光寸步不离左手上的照片。

照片上的女孩清纯得犹如出水芙蓉，看似不留一点瑕疵。

男子问身旁的一个女孩："她美吗？"

女孩说："她很美。"

男子低下头去，沉默了一会儿。

这时，女孩问："她是你的女朋友吗？"

男子没有回答，只是默默地举起透明的酒杯，将里边暗红色的液体往嘴里猛灌。

酒是一种绝缘体，把人的思想和外界隔离。他试图把自己灌醉，让自己的内心保持一种安静。

这样的安静持续了好久，好久。

他不再动杯。

昏晦的迪吧。

乍明乍灭的光线里摇晃着一张张陌生的脸，这是男子和照片中的女孩相识的地方。

照片里的女孩叫墨岚，是一所重点中学的高中生。虽然是重点校的学生，成绩却并不怎么理想。有的人为了一堵难以翻越的高墙，投入了自己的全部精力，却不一定能翻得过去；有的人翻越了那堵人人希冀的高墙，心力却在拼杀的过程中败落得一塌糊涂。墨岚属于后者。

她是个单亲女孩，但有着优越的家境和一个很疼她却不懂体贴的母亲。因此，她除了每日艰难地在书堆里完成学校的功课外，还要面对一摞摞母亲额外布置的作业和辅导班。高一以来，每一个黑夜与白昼都像在拿自己的生命当赌注。她厌倦了。

假若上天给我一次尽情放松的机会，我要去做全世界最最疯狂的事。

——她曾在日记里这样写道。

四月的某个夜晚。沿街的一家迪吧。

吧里的音响开到极限,形成强烈的震撼。腐败的气息在浑浊的空气里发酵。舞池里的小伙子抱着音箱猛烈地摇晃着脑袋,看上去像极了发了疯的狂狮。金灿灿的发丝在灯光的映射下显得格外醒目,如魔如兽。

这是男子除了学校之外最常去的地方之一,因为没有熟悉的脸孔。每一个陌生人的表情或者眉飞色舞,或者麻木不仁,都隐含着一种百无聊赖和玩世不恭。他们到此都只为了寻求一些前卫而庸俗的刺激。

如果说来到这种场合的女孩大多都不是好女孩,那么来到这儿的男人大多也都不是好男人。他们都有着前卫的装束和超然物外的表情。某些时候,前卫和颓废逃脱不了干系。

男子在这家迪吧快一年了,却没有结识任何一个热情四射的女孩。即便时常是女孩们主动来找他,却都被他冷漠无情地回绝了。虽然他也未曾否认自己不是个好男孩。他来这里只为了寻回属于自己的快乐。但他从不接触药品,甚至鄙夷这里的年轻人。

他是否鄙视过自己,他不知道。

电音版的《宠物男孩》刚刚过去,他从舞池走向一个阴暗的角落,百无聊赖地喝着加了冰块的柠檬汁。他打量着周围的每一个女孩,仿佛在找寻人生中遗失了几个世纪的回忆。

这时,一身白色连衣裙的长发女生出现在人群里。她的出现聚拢了许多在场者的目光——她是迪厅里唯一穿长裙的女生。女孩没有化妆,浓眉间藏着淡淡怨愁,她的目光如轻墨晕起的流岚,气质令人生出几分怜爱。

她便是墨岚。

男子注意到了女孩——这是一张生面孔,却又是那样地似曾相识。

众目睽睽之下,女孩很自然地朝舞池走去。轻盈的步履踏上美丽的节奏,步履比节奏更动人。

她与男子擦肩而过的时候,男子闻到一阵清逸的香味。

不是香水味。

他猛地发觉,她的似水温柔好似盛开在水中的白色茉莉,清素而淡雅。

那是个平凡的夜晚,他第一次遇见她。

她是误入此地?还是勇闯禁区?有点儿离谱!他的目光一直没有收回。

舞池里,墨岚没有像别的女孩那样肆无忌惮地摇晃着脑袋,只是闭着眼睛随节奏轻轻摇摆。

他不由自主地上前,不由自主地和她一起摇动着舞步。

"你有种特别的味道。"

他说。

她只是瞟了他一眼,一副目中无人的样子。

他微笑。

"笑什么?"

"笑你的个性。"

"个性?呵,个性是什么!"她用着干净的带着些许磁性的声音质问,但不等男子开口,又决然注解道,"只不过是被迫当父母眼中的乖乖女留下的后遗症罢了!"

"来这里不宜穿长裙的。你第一次来这种地方吧?"

她回了他一个白眼,任性的味道,仿佛全世界唯她独尊。

女孩用男子最常用的方式回击了男子,这令男子产生出几分聒噪的挫败感。男子似乎被女孩的冷漠所震慑。她的言辞却像极了玫瑰枝干上的荆棘,给人一种尖锐多刺的触觉。而这种触觉,正像是对准了你的心脏。

他不再说话,只是跳舞。

人们的身体在烟雾袅袅的暗室里疯狂地晃动,只有墨岚小心翼翼地让衣裙在斑驳的灯影下轻摆着。男子本能地舒缓了自己的动作，他从她身上闻到一阵惬意的疼。

为了保持那份来历不明的惬意，很长时间，他们缄默不语。快节奏的音乐协调着他们凌乱的舞步。他们配合默契。

一切就绪。音乐依旧，舞步依旧。

特别的萍水相逢，他们彼此言语不多。那种相识过程像极了上演在古旧酒吧里的默片，他们交换了联系方式。或许这只是多余的程序。

夏季的茉莉正在黯然颓败，也许，所有噩梦就在茉莉凋蔫的那一瞬开始上演。

翌日晌午。

男子孑然一身在中洲岛上乱逛，路过昨夜的那家迪吧时，他驻足闭眼，深吸一口初夏的气味。他期待能与她再来一次特殊的邂逅。

南方四月的阳光很妩媚，但这一切在他的眼里只不过是一幅画景。"画景"的背面，浮起了淡淡的茉莉花香。

他驻稳脚步向四面扫视，思索着花香是从哪个方向飘来。但，似乎是一个幻觉，分不清来源。他缓缓地向前游移。身体像被花香摄了魂魄，漫无头绪地在茫茫人流里寻找一个目标。

那种暗香，清淡而飘忽，若即若离，如迷如幻。

就这样，男子独自在人来人往的小岛上瞎晃着。整个中午，没有目标的寻觅把他折腾得头昏脑涨。男子也不明白自己在干什么，浪费了这么多时间仅为寻觅一种虚无的气味。

他抬起左臂，手表上的时针指向"二"，与分针形成九十度夹角——再过五分钟就要上课了。

男子起身，但并没往学校的方向跑，而是转身进了一家网吧。

QQ上，男子邂逅了女孩。他似乎又闻到了那种淡淡的茉莉花香。

"这个时候，你应该好好复习。"男子不清楚自己为何要打出这几个字，兴许只是在没话找话。

"你没资格给我提这个，因为你也逃课了。不是么？"依旧是那种毫不客气的口吻，但很平静。

二人只是一问一答，一种莫名的关心和一种冰冷的回应，然后彼此沉默了许久。他看着她的头像，感到似曾相识，又似乎惝恍迷离，仿佛上个世纪曾在地球的某个角落萍水相逢过。

"你很像我的初恋女友。"

男子突然对女孩说。

"何必对我说这些？"

他一时无言以对，她不但冷漠，还会抬杠。

"一个对你来说完全陌生的人，陌生会是一种安全状态。"好半晌他才想出了理由。

"为什么？"

"因为你像她，而我只想说这些。这是我很久没提起也不愿想起的事。"

"你们现在不在一起了？"

"是的。她早已离开了这座城市。那年我十七岁，读高二。对了，你多大？"

"十七岁。"

"十七岁是个复杂的年龄。"

"别说了，我不喜欢复杂，现在的我已经太复杂了。我只希望简单，一切都简单。"

"怎么说？"

"你没有经历过吗？那些狗屁习题压得我喘不过气来，每天都要累死累活地挑灯夜战到凌晨。有时我觉得自己像是一只被囚禁在牢笼里的鸟雀，每天只能在有限的空间里挣扎，重复做一件没意思的事，好累啊！妈妈每天都在书房外盯着我……在学校里老师盯着，回家妈妈盯着，那简直像是监视。现在妈妈终于出差了，所以我是不是该给自己解放一下……"

"所以你放松了？"他顿了顿，继续敲打键盘，"可我觉得你不适合这种场所。"

"或许吧。我得下了，妈妈快要回来了，我不希望她回来后还发现电脑是烫的。"她说。

"你知道吗？当我第一眼看到你的时候，似乎找到了一种安静，心灵的安静。当然，这是直觉。保持那份安静，请你。"他想挽留住她，便静静地等待她的回音。

约莫过了五分钟，女孩的头像在他的好友栏里变成了灰色。她没有再回话。

男子想，他或许喜欢她。可是他动辄不停地回忆起和初恋女友的种种过往。一样是充满学生味的叛逆，一样做着极不愿意做的事。

冗长的下午，男子在网吧里泡了三个多小时。他不停地抽烟，浑浊的烟味弥漫了整个网吧。加上长时间的电脑辐射，他觉得整个脑袋像被蒙了一层保鲜膜，头痛欲裂。

是的，应该把一切该忘记的都忘记。美好的回忆对一些人来说从来就是布满鲜花的陷阱。但曾经经历过的初恋往事，像是一把利剑在他的心里刻下了深深的痕迹，留下了难以愈合的伤口。

夜晚十一点过后，整个城市开始沉默。

和昨日一样，男子坐在迪吧的那个阴暗的角落里，点了一杯加冰的柠檬汁。玻璃桌旁，他吮吸着杯里的吸管，默默地看着花瓶里即将凋零的玫瑰。兴许是在回忆过去，或者等待网吧里邂逅的那个女孩。

他翻开随身携带的书，里边夹着一张女孩的照片。清秀的脸蛋，丝缎般的秀发倾泻下来，披散在白色的连衣裙上。她有着与墨岚一样迷人的笑靥。

这时，又一张照片从一只白皙的手指里滑出，落在男子面前。男子抬起头，是墨岚。只是，这不再是昨日的墨岚了。她穿着一条橘色迷你裙，蓝色眼影闪烁着亮粉的微光。微合的唇间透出几分妩媚与娇娆，她与照片上的她判若两人。女孩收回照片，慢条斯理地放回钱夹里。

男子迷惘地看着原本就陌生却越来越陌生的墨岚，然后再看着照片上的她：与初恋女友一样清秀的脸蛋，一样是丝缎般倾泻而下的秀发，一样将长发披散在白色的连衣裙上。天底下恐怕再也难以找到如此相似的两张照片——应该说是两个女孩。她对他微笑。

他一脸疑惑地小声说道："到底哪个才是真正的你？"

"像现在这样不好吗？"她扬了扬眉毛，"这样很适合现在的场合。不是吗？"

"我不希望你和她们一样。"

"低俗？不，这是个浮躁的尘世，很难有人逃脱它。"她抽出花瓶里暗红色的玫瑰，放在指间玩弄着，"我不想回到过去。那样太累了！"

她把玫瑰花瓣一片一片地撕下，任花瓣肆意坠落。每一个动作都很随意，看似慵散。花瓣零落了一地，也落进了男子翻了一半的书页里。

女孩转身轻盈地走进舞池，留下一阵浓烈刺鼻的香水味。

他感到晕眩。

在她舞姿的每一个动作里，都充满了炽烈的狂野。仿佛世界末日之前，她要和这个世界好好玩玩。和每个陌生人一样，她有节奏地晃动着脑袋，发丝像触了电似的向四面八方直挺着扩散开来。

对于这样的墨岚，他显得很漠然。他把照片上的她与现实中的她作比较，这是一个熟悉的陌生人。他想，认识墨岚兴许又是一个美丽错误的开始，也许该终止与她的来往。

一连几周，男子没有再去那家迪吧。

某日，男子不经意间在网络上看到一则新闻。

"某迪吧十七岁女孩死亡。"而新闻旁边的照片里那个做成马赛克图像的长发女孩的轮廓隐约地接近墨岚。他顿时感到一阵昏眩，脑子里一片空白。但愿那只是一种巧合。

男子又去了那家迪吧，却没再见到墨岚。他又开始回忆，回忆他的初恋女友，也回忆与墨岚的短暂相处。那些无法用言语表达的情感，散发着比吗啡还厉害的毒性，把他灌醉，让他中毒。

男子叫了一扎啤酒，慢慢地喝着。那种燃烧的感觉刺激着他的胃。爱的时候认真去爱，不爱的时候就谁都不爱。他对自己这么说。

有时候，保持陌生才是最好的接触方式。一旦开始转为熟悉，兴许那份初有的好感就会变得支离破碎。有"缘"未必有"分"，那些虚幻的缘分，他开始只相信前者。

走出迪吧的时候，男子的身体开始有些轻飘飘的，他醉了。

他坐在路灯下，翻开随身携带的书。书中夹着他的初恋女友的照片，随即，几片玫瑰花瓣从中掉落下来。他将头靠在灯柱上，慢慢合上眼睛。突然，他似乎又感觉到了那种淡淡的暗香，飘忽不定，若即若离，如迷如幻。

几分钟后，他猛然睁开眼睛，才发现世界依旧安然。只是——

残香，暗留。

遗失的过程是质变。

一些无法被岁月遗忘的东西，即便它存在的时候再美好，当你贪婪地重拾回味时，也只能变成伤痛的印记。

→ 每个少女都粉红

\ \ \ 王宇昆

喜欢粉色的男孩子应该很难找，不过找一个不排斥粉红的男生应该容易很多。

对于崔芒芒来说，粉红大于一切。

粉红色的床单，粉红色的笔记本，粉红色的壁纸，粉红色的牙膏……

甚至，连男友的脸颊都必须是粉色的。

一

因为换了一罐新的木糖醇，加上八月的一场淅淅沥沥的雨，崔芒芒终于清醒了一些。

她嚼着粉红色包装樱花口味的木糖醇站在门框前，双脚伸进屋檐下形成的雨帘中晃来晃去，这是崔芒芒来到日本外婆家的第三天。

外婆提着篮子从房间里走出来，崔芒芒听到她的脚步声，收回已经湿漉漉的脚掌。

"你的脚趾甲油不错。"外婆撑伞走出去之前打量了一眼崔芒芒的脚趾,然后点点头说道。

粉红色的指甲油是从中国带过来的,妈妈为了说服她来日本的外婆家度过一个暑假而送给女生的礼物。

崔芒芒看了眼自己的脚趾,目送外婆出门后继续在门前无所事事地晃着脚。

现在空荡荡的木房子里就只剩下自己一个人,屋外面的雨滴声像巨大的捣蒜声把无聊的气氛烘托得更加无聊。

说起来,崔芒芒第一天来到外婆家的时候,外婆给她准备了一双白色碎花的麻布拖鞋,崔芒芒不允许任何不掺粉色的物品贴触到自己的皮肤,所以在第二天自己出去买到一双粉红拖鞋之前她都是穿着粉红色的袜子在地板上行走。

她把自己这个被称之为"少女味"的癖好一一讲给盘腿坐在对面的外婆听,她看着外婆一边做着水果冻,一边看着电视里面的促销广告,陷入了沉思。

"外婆最喜欢什么颜色呢?"崔芒芒巡视着六十岁妇人独居家中的所有摆设

与衣着发出了这样的问题。

"最喜欢啊，白色吧。"外婆把盘子中的果冻切好然后起身准备拿到冰箱中冷藏。

崔芒芒看到她胸前别着一朵小巧的白色菊花，想起昨天和外婆一起去给外公的墓前摆的一捧新鲜的白色矢车菊。

"为什么会喜欢白色呢？"外婆走回来拿给崔芒芒一盒未开封的木糖醇。

女生在看到粉红色精致的包装后，眼睛发出光芒，她拿出一颗咀嚼着继续问外婆。

"白色的东西都看起来很干净，你外公的皮肤就很白。"

外婆说到这里脸上泛起红晕，她从胸前放着老花镜的盒子里拿出外公的照片给崔芒芒看。

因为是黑白色的寸照，所以皮肤当然是白色，只是照片上的外公还只是个年轻的男孩，眉毛是日本人统一那种修得怪怪的样子。

"你也喜欢皮肤白的男孩子吧？"外婆把照片收回盒子里，一脸羞涩的表情问崔芒芒。

女生吐掉嘴巴里已经嚼到失去味道的木糖醇，一本正经地看着外婆的鼻梁。

"我只喜欢粉红色的男孩子。"

二

一个月前外公因为突发的心肌梗塞而去世，所以，远道而来日本的一个很重要的原因就是陪陪外婆。

刚刚和男友分手的崔芒芒还没来得及从纠结的失恋困境中自我解救就需要去帮另外一个人从悲伤中痊愈。

可当她观察了三天外婆之后，却并没有发现她因为失去一个人而沉溺于痛苦无法自拔。

"果然要比我厉害哦。"崔芒芒穿着自己从便利店买来的粉红拖鞋在房间里趿拉来趿拉去。

今天没有起早的外婆躺在房间的小床上面无表情地看着天花板。

"现在看着白花花的墙，却记不起他的模样了。"崔芒芒停下步子坐到外婆的床边，然后顺着她的视线也望向天花板。

"记不起来也好，省得太难过。"崔芒芒收回视线，挤了挤眉头然后把外婆从床上拉起来。

"忘记了吗？今天你要去参加老年舞会。"女生提醒道。

从便利店看到老年舞会的召集宣传单，所以私自帮外婆报了名，带着一套舞蹈鞋回到家的时候，外婆竟然惊讶地看着崔芒芒，摇头拒绝。

"一把老骨头，干吗要跳舞啊？"外婆对于崔芒芒的劝说全部以这种答案回绝，无奈之下女生只好答应外婆的要求才换来对方的点头同意。

外婆换上了崔芒芒早已经挑好的衣服和裤子，又涂上了一些口红，整个人看上去年轻了十岁，崔芒芒拍了一下外婆的屁股，俏皮地说道——

"还真是美。"

外婆打起精神挎着她那个小巧的钱包，浑身散发着古龙水的香味走出了家门，剩下崔芒芒一个人留在屋子里，女生才想起来外婆并没有给自己准备早餐。

而脑袋里低空徘徊着的那个来自外婆的交换条件却又像是脚趾甲上的粉红色彩，醒目地呼唤着崔芒芒。

"去交一个新男友吧。"

女生在厨房里挑着昨晚的剩余甜点，重重地呼出一口气。

三

"这么说你的前男友不是粉红色的？"那天在回答外婆自己喜欢什么样的男生时，崔芒芒又想起那些一点都不新鲜的故事。

"他唯独讨厌粉红色。"崔芒芒一副嫌弃的表情，鼻孔放大，嘴巴还向上噘了噘。

生活在粉红色世界中的女生自然对男友有一条严苛的标准，就是对方也要喜欢粉色，可是满大街找到一个喜欢这种颜色的男生的难度不小于找到一条用第三条腿走路的年轻人。

可事实总有巧合，崔芒芒就成了那个用第三条腿走路的年轻人。

崔芒芒为了在马路上追回一个被飞贼拽走的包，被邱毅浓撞了个天昏地暗。当时的崔芒芒对着男生喊出一句"我不重要，先追包"的时候，男生的屁股被女生的手掌重重拍了一下，于是邱毅浓顺着崔芒芒手指的方向冲着飞贼追去。

最后，邱毅浓在群众的帮助下，把崔芒芒的包抢了回来，临走前还给了飞贼一个重重的脑瓜崩。当崔芒芒看着遇不逢时的男生大汗淋漓地走向自己，把粉红色手袋递来的时候，崔芒芒才惊觉自己的世界没有坍塌。

女生掏出包里唯一的一个粉红色的手账本，夸张地捂在胸口。

"所以包里只剩了这么一个本子吗？"邱毅浓自觉地拿起手袋开口朝下倾倒着，却空空地没有任何东西。

"什么叫剩？是本来就只有这么一个本子。"正当女生拿回手袋装回手账本准备拍拍屁股走人的时候，却发现右腿像失去知觉一样根本直立不起来。

邱毅浓纠结于自己卖了这么大力，却只是为了追回一个破本子，而不停地对着面前站立无能的女生翻白眼。

"你现在想逃逸也不行了。"崔芒芒伸出一只手，示意邱毅浓把自己扶起来。

邱毅浓只觉遇到了一个出现概率小到圆周率第十三位小数点的奇葩少女，可当崔芒芒真的从医院出来，拄着拐杖充当第三条腿的时候，缘分这种东西才真正巧妙地将粉红少女与讨厌粉红的少男联结起来。

四

外婆回来的当口儿，夕阳周围的火烧云把庭院的红色野花渐变出一些可爱的粉色，坐在门框前晃着腿的崔芒芒看着外婆提着她那精致的小钱包走进来。

"给你买了紫菜饭团。"外婆参加了一天的舞会，本应当筋疲力尽的面容现在却看起来容光焕发。

她显然对于老年人出现的这种细微的精神变化而感到欣慰，外婆和崔芒芒吃完饭团后一起软在地板上听电视机发出零零碎碎的声音。

"有没有认识一些新的朋友？"外婆身上散发出来的古龙水明显比早晨的时候变淡不少，老年人身上那种让女生难以接受的特殊香味渐渐冒出来，崔芒芒捏着鼻子问道。

"才第一天而已嘛。"外婆扭了扭脖子，一些白头发从她新染的黑发中跑出来，崔芒芒依然注意到外婆的胸口处没有卸掉的白色菊花。崔芒芒侧过身子看着躺在旁边的外婆，欲言又止的模样，转了转眼珠，又平躺回去。

"外婆一定记得和外公认识的故事吧。"

"外公是留学来的中国，那时候我也在教书。"外婆吸了吸鼻子，一副准备开始回忆的样子。

"他说喜欢中国，想要留在这里，后来有了你妈妈，家里人反对，我就一狠心，跟着他跑到日本来了。"崔芒芒听完外婆的话，笑着说外婆原本也是个"叛逆少女"。

"在日本一待就是几十年。"

气氛随着外婆的感慨变得温热起来，夜晚的凉风透过窗户吹进屋子里来，把外婆悬在面前的那几缕头发吹得飘起来。崔芒芒此刻看着身边的她，仿佛走过岁月红毯后一个人在尽头回味，企图暂时重返甜蜜。

而现在的崔芒芒与她的交谈像是去掉了年龄之间相隔几十年的跨度，如朋友一样地聊天。

"那你和前男友分开的原因是什么？"外婆把话题转向了崔芒芒，她一副好奇心强烈的样子，甚至激动地去拿梅子酒要和崔芒芒喝一杯。

崔芒芒看在倾听者是外婆的份上，终于选择打开话匣。

她看出，表面上装作已经从外公去世的悲恸中释怀的外婆，其实内心仍沉湎在挥散不去的难过中。

五

一定是日久生情这条铁律，而非什么一见钟情，才让邱毅浓喜欢上崔芒芒。

当邱毅浓站在崔芒芒面前，捧着两杯芒果汁的时候，崔芒芒其实看到了男生脸颊粉红的羞赧，但依旧抛出冰冷的回应。

"答应你可以，把芒果汁换成蜜桃汁。"然后女生在街头等了四十五分钟，看着邱毅浓从另一个街道巷口端着两杯蜜桃汁跑回女生面前，这才换来崔芒芒的点头答应。

可邱毅浓以为他们会像普通情侣一样，穿着情侣衫轧马路，分享一双耳机同一首歌曲，或者吃着一份甜甜圈和马卡龙。

但现实是，每天一身粉红色，就连美瞳都是粉红色的崔芒芒给邱毅浓带来了无比麻烦的视觉困扰。

这让邱毅浓觉得，自己在爱情的市场里买到的不是一个一对一的女朋友，而是一大盒粉红色彩的杂物，诸如崔芒芒粉红色的嘴唇，粉红色的手机壳，粉红色的穿着，以及粉红色的说话方式。

于是逐渐地导致邱毅浓看到任何粉红色的东西都有一种想要呕吐的强烈欲望。

按照崔芒芒对外婆的描述，最终邱毅浓因为崔芒芒在一家裙子店前面对三条颜色分别是浅粉色、浓粉色、荧光粉的裙子陷入了三难境界而提出了分手。

连导购员小姐都提醒崔芒芒已经站在这三条裙子前足足一个小时之久后，崔芒芒仍旧没有做出选择。

但这之前的场景是，崔芒芒试穿了这家店里所有粉红色的裙子，一一穿给男友邱毅浓看，最终才锁定了这三条。

瘫软在店中沙发上的男友看着崔芒芒犹豫不决的表情，终于爆发了心底的小火山，以一句"这不是我想要的生活"而结束了这场感情。

失恋后的崔芒芒终究还是把这三条裙子都买了下来，每天像是祭祀祖先一样将它们平铺在床上，犹豫着到底选择哪一条才能配得上今天的心情。

可最终，还是从融成一团的粉红色块中只看到了邱毅浓的脸，因此从未真正意义地穿上过其中的任何一条。

讲完故事的崔芒芒从自己的房间里找出那三条裙子拿给外婆看。

"你穿浓粉色好看，衬得你皮肤白。"外婆倒是琢磨了一下，给出了意见。

"果然只有女人彼此才心有灵犀，邱毅浓早这样就好了。"崔芒芒捋了捋裙子上的褶皱，舒展下眉头，"可惜他也看不到我再穿这些裙子了。"

和邱毅浓分手后的崔芒芒虽然给男友打过一通电话，但收到"您拨的电话已停机"的回音后便将挽回的心死死地丢下了，于是正好顺着妈妈提出来的日本之行好好地人间蒸发。

"既然分开了，就应该开始新的恋爱。"外婆帮崔芒芒拿出那条浓粉色的裙子，起身走到女生身旁，俏皮地在崔芒芒耳朵旁边说道，"让真正喜欢你的人欣赏你。"

六

八月的雨一直断断续续地延伸到九月，在崔芒芒的监督之下，外婆每天都按时去参加舞会。

这天屋子外面的太阳终于露出脸来，把空气烘得暖洋洋的，外婆一大早就开始忙忙碌碌地打扮。崔芒芒假装睡着，看见外婆偷偷抹了自己粉红色的唇膏，还给松弛的皮肤上抹了些粉，穿上了一条碎花裙子，一个人在落地镜子前面转了好久的圈。

"今天有客人要来，你先帮我把食材准备好，今晚大餐。"外婆把小饭桌端到半醒未醒的崔芒芒面前，然后从兜里掏出一张食材清单拿给女生。

"按照上面的买，别忘了。"外婆最后嘱咐一遍，然后挎着她那精致的小包合上了门。

崔芒芒吃完早餐，看着跟胳膊差不多长的食材清单陷入了困倦。

"一定要去福源道旁边的便利店买。"用粉红记号笔着重标出的话在清单的最上方。

崔芒芒换上昨晚那条浓粉色的裙子，提着便利袋，按照地标先找到福源道，然后再找到那家名字为"至野"的便利超市。

因为学习过一些日语日常会话，所以和日本人一般的交流足以驾驭。当崔芒芒从自动门开启后、看到这家超市的墙壁是淡粉色的就开始对这里充满了好感。

"你好，我需要五百毫升的蜜桃汁原浆。"女生对站在果蔬汁前的男生服务员说道。

穿着粉红色T恤笔直地站立在崔芒芒面前的男生遗憾地告诉崔芒芒原浆已经卖光了的时候，崔芒芒只好挑了几个桃子打算回家自己打汁。

"如果你可以等，我可以用机器现做一些，还是蛮快的。"

于是，崔芒芒就帮着男生担任起果蔬区的导购，直到男生费了好大的力气制作出女生要的原浆。

崔芒芒挑选好外婆所需要的所有食材，又折回来看了一眼男生。

"我觉得，你长得很像我前男友。"

"那就是很讨厌的模样咯。"

"不过，你的粉色T恤很好看。"

崔芒芒对男生说出这句勉强算得上夸奖的话后，男生从身后的筐子里拿出一颗蜜桃送给女生。

"作为补偿，要你等那么久。"

七

将所有外婆要求的食材一一准备好后，打开电视啃着那颗蜜桃的崔芒芒听见了外婆说话的声音。

崔芒芒立刻起身去门口迎接，外婆的身旁并行的是一个头发也白得差不多的老头，不过皮肤却看起来没有那么松弛，微微发福地挺着将军肚，和外婆一路上有说不完的话。

外婆向崔芒芒介绍了身旁的老头。

"这是十谷，我的舞伴。"崔芒芒有礼貌地鞠躬，向老头问好，并介绍自己的名字，然后拿出准备好的拖鞋。

"今天要吃涮锅。"外婆简单取蜜桃原浆加了些冰和水给十谷端过去。

十谷帮着女生和外婆把涮锅的器具和架子一起抬到院子里，崔芒芒跑回屋子里拿了些蜡烛出来。

"今天的夜色不错哦。"十谷君抬头望了望天，对着外婆和崔芒芒说道。

忙着吃的女生只顾得上吃，所以一直点头，嘴巴里发出的吧唧声却丝毫没有影响到两位老人放下筷子抬头观看天象的情趣。

"天文台说有可能会看到流星雨。"外婆给十谷舀了一碗米汤。

崔芒芒听到有流星雨后激动地放下筷子，吆喝着"既然是流星雨，错过了就太可惜"之类的话，一旁的十谷倒也是同意地点点头。

一顿美味的涮锅晚餐后，在崔芒芒的强烈挽留下，十谷多留了一会儿，外婆和十谷一起坐在院子里，把木椅调整至舒服的角度，方便观察天空，崔芒芒在院子里的水池边清洗锅具。

"十谷君看到星星会想到什么？"躺在椅子上的外婆侧了侧头对着躺在另一个椅子上的十谷说道。

"死去的人吧。"十谷也侧过头说道。

"我和十谷君一样,不过,我努力让自己不去想。"外婆看着天空,叹了一口气。这时候,崔芒芒从屋子里拿出手机,播放了一首《樱花小调》,十谷从木椅上起来,伸出手邀请外婆跳一支舞。

女生看着外婆和十谷在生长着杂草的院落里悠闲地踱起舞步来,满足地笑了笑。

那晚实际上因为云层过厚的原因并没有看到一颗流星,不过两个老人还有崔芒芒并没有因此而觉得遗憾,因为他们收获了比看到一颗转瞬即逝的流星更要美好珍贵的东西。

"改天来帮你们打扫院子。"临走前十谷对着外婆说道。

"是该打扫了,杂草长得太快。"

外婆驻足在门口,跟十谷道别,还送上了自己酿的梅子酒。

八

因为喝了一些小酒有点微醺的外婆托着她那粉嘟嘟的脸看着崔芒芒把家里清扫了一遍。

崔芒芒倒了一杯醒酒茶给外婆,然后一头倒在外婆的怀里。

电视机的声音压过了外婆咕咚咕咚喝茶的声音。

"十谷人不错哦。"女生揉了揉外婆的肚子说道。

"多把他叫到家里来做客吧。"女生停下手的动作,支起身子。

"你的确应该多交些朋友啦。"

在连续第三句话没有得到外婆的回应后,崔芒芒只好拿遥控器调低电视机的声音。

"才认识不到一个月而已。"外婆瞥了瞥旁边的女生。

"一把年纪,还用得着交什么朋友啊。"外婆一口气把茶喝完,崔芒芒接过杯子。

就在这时，女生的手机突然响起铃声，原以为是妈妈打来的电话，接起电话的时候却听到的是一个陌生的声音。

"你好，请问是芒子小姐吗？"

"你好，我是，请问你是？"既陌生但又感觉分明是从哪里听到过的嗓音从电话的那一端传来，崔芒芒有些疑惑。

"哦，我是今天上午你来我店里买东西的那个导购员。你买原浆的时候胸针落在我这里啦，方便的话可以抽空来取走吗？"

低头看了一眼今天穿的裙子，细想明明记得好像没有佩戴胸针，但当去房间的首饰盒子里面寻找一番后，的确发现少了一只粉红色的胸针。

"是粉红色，上面有一只招财猫的吗？"崔芒芒向电话里的男生确认。

"嗯，是的。"

"那我明天到店里去拿吧，谢谢你啦。"

挂掉电话后，一脸茫然的女生再次找了一遍首饰盒，发现的的确确少了一枚胸针。

"有东西丢了？"外婆的视线移到崔芒芒的身上。

女生点点头后回答道，"不过，说是在今天上午去的那家便利超市里找到了。"

"那明天我和你一起去吧，正好你也可以一起来陪我练舞。"

外婆帮女生收起首饰盒，点头答应外婆的崔芒芒却仍旧纠结于"今天上午明明没有戴胸针"这个问题上。

九

崔芒芒今天跟着外婆一起去了舞会，坐在一边吃薯片的女生看着外婆和十谷手扣手跳着和谐的舞步。

"要不要一起来啊？"十谷来邀请崔芒芒，崔芒芒张开塞满薯片的嘴巴拒绝。

一直等到舞会训练结束，崔芒芒邀请十谷今天再次来家中做客，十谷欣然同意，三人临走到家门口的时候，崔芒芒才经由外婆的提醒想起要去便利超市取胸针的事情。

崔芒芒把外婆和十谷留在家里，自己一个人跑去了福源道的那家"至野"便利超市。

"原来你叫至野啊？"崔芒芒接过男生还来的胸针后又看到了男生胸前的牌子。

"我是这家店老板的大儿子。"名叫至野的男生正了正胸牌笑着说道。

"不过谢谢你哦，这枚胸针是我最珍贵的礼物了。"崔芒芒把那枚胸针重新佩戴回衣服上。

至野今天依旧穿着那件粉红色的T恤，身上散发出很清淡的香味，崔芒芒突然联想起和前男友邱毅浓在大街上"撞遇"的故事。

同样清秀的面庞，但镶嵌在粉红墙壁超市里的至野却让崔芒芒倍感舒服，女生觉得很有可能是因为至野笑起来弯成月牙的眼睛和他与桃子相映粉红的脸颊吧。

"你喜欢粉色？"崔芒芒不由得发问。

"粉色是我的幸运色。"至野的嘴角向上扬了扬。

九月穿堂风把整座便利超市的蜜桃香味都带动了起来，崔芒芒看着眼前男生的表情，也露出了久违的如同雨后初霁般的笑容。

十

这次的晚餐外婆做了寿司和鸡尾酒，十谷和崔芒芒吃得肚子鼓鼓的，外婆给他们端来饭后的茶水。

"十谷君，和外婆配合得很精彩。"崔芒芒端起茶杯做出想要和十谷碰杯的动作。

"下周的舞蹈比赛,就请好好努力吧。"

十谷和崔芒芒碰了一下杯子,两个人把杯子里的茶一饮而尽。

"我怕拖了十谷君的后腿。"外婆在一旁悻悻地笑起来。

"那就再努力训练一下吧。"崔芒芒从房间里拿出自己偷偷改掉尺寸的粉色裙子给外婆。

"比赛之外的事情就都交给我吧。"

崔芒芒让外婆试一下修改后的尺寸,换上粉色裙子的外婆在十谷和女生面前不好意思地转了几圈。

"还真是个有心的姑娘。"在十谷君的拍掌称赞下,外婆摸了摸崔芒芒的脑袋说道。

崔芒芒看着脸上洋溢着幸福色彩的外婆在新朋友十谷面前释放着快乐,突然觉得当初自己一口气买下这三条裙子的真正目的原来是在为这一刻准备的。

一个星期后,外婆和十谷君参加的舞蹈大赛结束,外婆穿着崔芒芒准备的裙子和舞伴来了一场生动精彩的表演,崔芒芒也带了便利超市的男生至野一同去观看了比赛。

比赛结束后外婆邀请了十谷和至野一同去家里开庆功派对。

"你终于放下了前男友。"在厨房里准备晚餐的外婆对着一旁帮忙的崔芒芒小声说道。

"你也一样啊,我们都要有新生活。"崔芒芒乖巧地把头倒在外婆的肩膀上。

好似彼此拯救的伟大使命,从外婆的胸前卸掉象征着"难过"的白色菊花开始,就意味着生活又将重新启程,即便时而仍会沉溺于旧时的痛苦和沮丧、失落与遗憾中,但不可否认的是,总有人会接纳不变的自己,然后走入自己崭新的生活里。

当然还有粉红至上的崔芒芒和她的新朋友至野。

十一

不过，故事其实并没有如此地顺理成章。

两个星期前，也就是崔芒芒来到外婆家的第三天。

崔芒芒在便利超市看到舞会学员召集的广告宣传之后，便替外婆报了名字。女生提前申请帮外婆选择了舞伴，在"妻子去世""性格开朗大方"的关键词下锁定了十谷君的名字。

于是，崔芒芒邀请了十谷君到一家咖啡馆聊天。

"希望你和我一起帮她从伤心和难过中重拾快乐下去的信心。"女生对着面前长相和善的老头说道。

十谷君很配合地点头，崔芒芒起身向对方鞠了一躬，说道：

"请帮我保密，那就拜托您了。"

之后，被崔芒芒以"交一个新男友"为交换理由而去了舞会，在热情的十谷君的邀请下，外婆向舞伴忧心忡忡地袒露了自己的心声。

"喜欢粉色的男孩子应该很难找，不过找一个不排斥粉红的男生应该容易很多。"

在十谷君的带领下，外婆见到了十谷君的侄子至野。

"帮芒子小姐从失恋的阴影中走出来，就先和她交个朋友吧。"

说着外婆从口袋里掏出偷偷从崔芒芒首饰盒里拿出来的胸针，递给了男生。

"千万不要说我来找过你，拜托了。"

故事到这里，才真正开始了她粉红色的美好转变，至于那朵白色的菊花就成为过去吧。

在你左右

\ \ \ 沈嘉柯

我在街道边上寻找餐厅,厦门的地面洁净无比。路过一家小餐厅,抬头看见了名字,叫"在你左右"。

十四岁的时候，梁暗恋、我，还有左左，三个人走在一条狭窄的教室外走廊上，常常遭遇无数白眼。你看，你看，你们两个男生一个女生，一共三个人，也不害羞，把别人的路都给挡着了。

左左是个凶悍的男生，他挥舞了下拳头，就没有人再嘴巴像螃蟹一样吐泡泡了。但，每当这个时候，梁暗恋就一边摇头，一边说，武力是不能够解决问题的。左左不搭理他，只是仰高了鼻子，发出古怪的声音，以表示他心中的嘲讽。

我站在他们中间，常常被逗得笑个不停。

请千万不要误会，我和他们只是好朋友。他们两个人，早在认识我以前，就是不错的兄弟。

他们的友谊，年头超过五年。他帮他打架，他帮他写过情书。男生的友谊，很直接。

五年，是多么漫长的一段时间啊！

【因为你不穿裙子】

之所以成为好朋友，左左说，是因为你不穿裙子。

我便低头。

左左反复强调的话，我漫不经心。我问梁龙，为什么你会被大家叫作梁暗恋。他似乎害羞了，满脸通红，两手一分说，因为有一次几个男生晚上出去消夜，吃东西的时候，我说我暗恋班上的一个女生。

那，是谁呢？

我看着他，相信自己眼睛里藏着的全部是笑意。

可是，他没有给我答案。左左也在旁边起哄，我们这样熟悉了，为什么不告诉我们呢？我们都可以帮你啊！

梁龙摇头，你们都帮不上的。

我说，左左是男生不方便，难道我也帮不上吗？

问答游戏不了了之,因为上课的音乐又响起了。睡在教室里,我看着那些勤奋用功的人群里的梁龙抿得紧紧的嘴唇和微卷的倔强头发,有些出神。然后我渐渐陷入梦中。没有老师会管我的,我无所谓求上进,是女生里只等毕业的那一类。真是光阴漫长,什么时候才能够等到毕业呢?

等到我醒来,天色昏暗了。左左坐在我旁边,说,肚子饿不饿?

当然饿啊,我看看时间,已经睡了三个小时。

那是一个盒饭,打开来,有我喜欢的半格子虾仁炒芹菜,小半米饭。我握起勺子吃起来,毫不客气。

左左这么做无疑有点奇怪,他在其他的时候都是野蛮粗野的男生。

可是,此刻却温柔无比。

尽管如此,尽管我和他是好朋友,我常常叫唤他的名字,使唤他出去买炒冰、瓜子、冰糖梅子。可是,我还是记不住他的脸,一转眼以后就不记得了。

我不喜欢穿裙子。可是这个夏天异常炎热,我也有点儿立场不坚定了。女孩子们行走在学校里,裙子晃动着,风吹着,牛仔裤是那么闷热。

梁龙跑过来问我,文科理科分班,你选什么?

我说,还有什么呢,当然是文科,背诵东西我起码还算是有点儿兴趣。梁龙点点头,不说话。我问,左左呢?

哦,他当然读理科啊。他的物理和化学好得不像话,数学总是贴着满分游走。我也哦了一声。夏天为什么那么长呢?期待暑假吧。

暑假终于等来了。我站在教室后面,坐在小花园里的一块大翠蓝石头上,和左左、梁龙商量。

不如去海边,我们去旅行,我提议。

左左似乎激动了,说好啊,就去海边,可惜我不会游泳。我说,我也不会,怎么办呢!

梁龙说,我会啊,我可以教你们。

左左忽然面色苍白了,用力咳嗽。我和梁龙赶紧拍他的背。这世界很奇妙,看起来那么健康强壮的左左，却有哮喘。

等到左左不再咳嗽，安定下来，他有点黯然，说，我不去了，你们去吧。我今天要早点回去。

海边旅行，谁也没有去。三个人，少了谁都没意思了，我是这样觉得的。梁龙似乎有点失落。我们各自回家了。中间，左左在一个盛夏烈日当头，空气连尘埃都耀眼的午后，抓着一篮子桑葚来我家，在院子外叫我的名字。他笑容满面，全然看不出，这是个平时凶悍的男孩。我光着脚板在家看一本小说，懒得穿鞋子，也就光脚出门接他。

左左说，我不进来了，我跑郊外了，鞋子很脏。他还问，梁龙不是说要来给你送龙虾吗？

我说，没呢，压根没看见他的人。我们都奇怪了。

左左解释，我和他说好，我去摘桑葚，他去抓小龙虾，然后来你家院子聚餐。我们约的是在下午五点半，一定来这里会面。

那么，为什么他还没到？

我觉得我的心顿时像一个发了热的汽水罐子。

【你到底暗恋谁】

我们在路口的一家音像店子找到了小龙。他的旁边是口袋，在买草蜢乐队的一盘专辑。我和左左互看一眼，笑了。是的，那是我喜欢的音乐。那也是我的礼物。

聚会的理由也简单，这一天是我的生日。十年过去了，今天我才终于有心情再过生日。

当时，小龙有点不好意思，他知道我们在寻找他，就道歉。我说，既然已经出来，就不回去了，找个地方坐下来吧！

我们经过一街香樟树的小公园，找到当中一片草地。我说，这里好吗？梁龙抬头却无话。左左搭腔，说好啊！挺好的。

我们找了路边一家小饭馆加工小龙虾，打包带着，还买了一些冰块和紫红色的桑葚放一起，然后是一大件罐装啤酒。

我们还没有开始进餐，三个男生摇摇晃晃走过来。本来，这是公众场所，谁都来得。可是，那三个流里流气的男生，抛掉烟头，靠近我。无所事事的小流氓总是充斥着每个人的青春期。我却一点儿也不慌张，我只是没想到，最先跳起来的，是梁龙，他一拳打到其中一个人的鼻子上，但是却被反推倒。一贯斯文的梁龙，不擅长打架。然后，左左慢慢站起来，面向一把光亮的匕首。

左左三拳两脚制服了他们。

小流氓，怎么会是学过跆拳道的左左的对手。逃掉了两个，还有一个被左左揪住。被揪住的这个，就是反推倒梁龙的。

我们吃掉了所有食物，喝光全部啤酒，开心地聊和开心地笑，我有两个勇敢的男生为我站出来，无论如何，值得欢喜。夜晚了才散去。

那个倒霉蛋被我们绑在公园铁栅栏上，他的叫嚷太可恶：我要杀了你们，你们给我等着。

梁龙、左左脱掉袜子，塞满这个家伙的嘴巴。恶作剧很可笑，不过我已经来不及阻止他们。那个小流氓眼睛里的仇恨火焰，如果可以燃烧到我们，一定会将我们三人烧成灰烬。

回去的路上，他们光着脚，我也提着鞋子和袜子，光着脚。

夜晚的风凉凉地吹过来，我忽然不想长大了，为什么年华不可以停留在这个十四岁的夏天？

快到家，就要分别，我挥手，说谢谢。

我有一点点醉了。我看见左左也有点醉了，他问，小龙，你到底暗恋谁？不是小置吧？

我的心忽然跳了一下，安静等待下文。

小龙就垂下眼睫毛，说，你们都不认识她的。

【没有哭出来】

依旧是上课，下课，考试，以及谈论未来。

未来，多么遥远的一个词语。小龙渐渐专心学习了，与我同在文科班。

左左则仍然窝在角落里。左左的成绩很好，对谁都很清高。他简直是优秀的异数，和那些白面学习尖子一点也不相同。

左左时常转悠过来找我。有时候带来一盒子冰激凌，有时候，是午睡后的一瓶子汽水。我能够察觉，有什么在他心里成长，藤蔓植物一样，想要攀爬到我的心上。可是，我吃了他送来的冰激凌，喝了汽水，继续回教室睡觉。

就要高三了。

班主任在讲台上说，早恋的某些人，现在也该收敛了，以后考不上大学，你们也没希望继续在一起。

台下都笑了。

我也笑了。左左是可爱的，他的可爱，只是对于我。而小龙呢？

我的失落，那么无边广大。只是，我藏得很好，掩盖高明。我总是在睡觉，可是，眼角满是他。我曾经以为过，他暗恋的是我。因为没有看见过他和别的女生走近过。唯一走近的，只有我。

但也或者，他和很多男生一样，把不爱穿裙子的我当男生一样交朋友。

左左的生日是四月十一日，到时候该怎么过呢！去年他没送我礼物，我是不是也不必要送他礼物。

去年小龙送了我一张碟。

我珍爱如宝。

那一天，来的很快。

我们约的是在老地方。

其实去年，也是偶尔走到那个小片区。那里香樟树茂盛，走在树下，很阴很凉。

我和梁龙一起去买了一块巨大的蛋糕，我们打算全部抹在左左的脸上。至于礼物，梁龙送的是CD，我则是一串手链。

我们赶到的时候，左左躺在地上，红色的鲜血，从他肚子下流出来。他的表情充满错愕，像是不可置信。

那个小流氓撒腿就跑，我认得他，就是那个被我们塞了满嘴臭袜子的家伙。蛋糕丢到了地上，我跟在小龙后面气喘吁吁，我跟不上他。他的力气爆发了吧，背着左左去路边上拦车。

可是，医院为什么那么远？

左左的呼吸那么急促，表情那么难受，汗水在他额头如下雨。

后来，终于赶到了白色的医院。

后来，医生告诉我们，伤了内脏，救治无效。

再后来，我又在教室里睡着了，好像醒来，随时都会有左左出现，手捧一盒子冰激凌，或者是别的什么零嘴。

我一直没有哭出来。

好像哭是一件特别难为情的事情。

而小龙，再也没看见他笑过。

【在你左右】

左左不在了。

我像是一夜之间，明白了人生。

在这个世界上，有些人永远留着遗憾，不可得到所爱，而有些人被爱过，也永远无法在午后，接过一小盒子冰激凌，笑着说，我喜欢你，而不是说谢谢啦！

小龙明显地和我疏远了。难道，我们不应该安慰彼此难过的心？

高三的五月，我生病了，在家休养。

他也没有来看望我，只是打了一个简单的电话。

我居然最后考上了一所普通的大学，那年数学试卷太简单，而我临时背诵的历史与政治，考得不错。

我读完了大学，继续留在这个城市生活。而小龙高三那年毕业，就考到了沿海的一个城市里去了。

原来，我还是幼稚的。我以为他暗恋的是身边的女孩子。可是，谁知道呢，在遥远的海边城市，会不会才有他喜欢的女孩子。

然后，我又毕业了。我在一所中学教书。

没有人再叫我小置了，孩子们都叫我徐置老师。

二十一岁那年，大学毕业以后，我又工作了三年了。

如今我已经二十四岁了。

十年已经过去了。

我决定去海边看海。看看海，其实并不难。只是，去那个城市，需要鼓起勇气。

小龙在那个城市开了一家小小的餐厅。我揣测着，会是什么样的女朋友站在他的身边。他可还记得，与我、还有左左在一起的岁月？

小龙来见我，开着一辆宝石青颜色的小车，只是，他是一个人来的。本来嘛，谁好意思带着女朋友去见以前的女同学呢？

十年了，我惊讶地发现，梁龙的面貌居然没有多少变化。变化的是眼神与衣着，也许在十四岁那年，他的容貌与性情已经固定。除了下巴泛出一点青色，那是成年后常刮胡须的痕迹。

倒是我，大学里几度恋爱，伤了又好，好了又伤，为爱憔悴了，又因为幸福而滋润发胖，又艰难地减肥。来来去去，都没有修炼成正果。

我们说起许多许多的往事，说到许多许多的同学，却唯独不提左左。原来，那是我们共同的一道伤疤。年少时候失去的朋友，对我们而言，悲伤只可封存，不可消散。

然后我们去了海边。

我第一次看见真实的海水，原来，不是那么蔚蓝，接近透明。零碎的贝壳很斑斓，却太小，没有可以带走的大型贝壳。天因海而低。

躺在沙滩上，我们沉默了许久。

小龙，不，应该是梁龙，以一种奇异而低沉的声音忽然说，那年，晚上我和左左回去的路上，左左很高兴。

我闭着眼睛，默默听着。

梁龙自顾自继续说着，左左摸着头，他的头发很短，说终于不用和兄弟抢夺女朋友了，既然你喜欢的不是小置。我说是的，你去追小置吧，小置真的是一个不错的女孩子。我忽然觉得，双脚疲倦，回去的路好长，似乎永远走不完。

我仍然默默不语。

如果是这样，那么不出意外，我也许会成为左左的女友吧！

这么多年来，我只想问小龙一句，你可喜欢过我？

可是，现在我什么都不想问了。现在，我也不想揭破，当时你的话是违心的吧？

因为左左已经离开了这个世界，你便永远无法走出那年的茫然。死去的兄弟最爱的人，有那么难以面对么？

海浪声很温柔，虽近，却远。梁龙要回去了，我说你忙去吧，让我一个人玩几天。

我在街道边上寻找餐厅，厦门的地面洁净无比。路过一家小餐厅，抬头看见了名字，叫"在你左右"。我忽然心一动，走进去。

此时是淡季，无多少食客。

我问服务员，可有什么吃的？

女服务生一笑，说，都是套餐，小姐看菜单吧！

我看见了一道叫"在你左右"的。

我笑了，是什么内容呢！

是用味道偏辣的小龙虾仁，一点点桑葚，米饭，搭配一杯啤酒。服务生答。

那年的生日所吃的，不外是这些食物呵！

我问，老板呢？是不是姓梁？

老板不在，老板不是本地人，说忽然想回家看看一个老朋友，昨天坐飞机连夜回去了。你认识我们老板？

我笑而不答。

在你左右，我念了一遍名字。

谁在左，谁在右？又是在谁的左右？

我说，就这个吧！

"我暗中想，总有一点爱吧，你我之间总有一点爱吧。可以交给我吧，总算得恋爱吧。半点心，请交给我，不过是个小小愿望吧，你的心，却一早已整个完完全全交给他……"

我的耳机里放的是草蜢的《半点心》。歌曲早就很老了，乐队已经解散了，连他们的恩师梅艳芳也离开了繁华世界，乐队怀旧精选集也出了。

光阴永远不可追回。有些问题，也不再需要答案。送我的CD，已经听到满是裂纹，封存收起。吃完，我也该回我的那个城市了。

我把MP3的歌曲设置为重复播放，又放回了开头了。

在开始的时候，是这样唱着，"我说这里好吗，你抬头而无话……"

➲ 来不及好好说的再见

\ \ \ 王宇昆

上天最终没有再给我重来的机会，岚子小姐第二天在病房里离开了这个世界。

"岚子小姐,最近怎么样?"

"真快到头了,什么都是一个味道。"

岚子小姐摇摇头,额头前垂下来的那缕头发有气无力地晃了晃。

一

岚子小姐敲门的时候我正在洗着袜子。

她化了淡妆,口红的颜色是小年轻才会用的,卷发像干枯的杂草,给人一种刻意掩饰苍老的感觉,粉红色袜子上的樱桃图案故意暴露在脚踝的位置。

她向我打招呼,用了"好久不见"之类温暖的字眼。

"把那双脏鞋脱在外面。"我用下巴指了指她那双沾满泥的马丁靴。

舅舅提前打过招呼,眼前这位看起来有五十多岁的岚子小姐将住进这间狭窄的出租房里。我的抗议不起作用,在舅舅的劝说下只好答应。

她坐下,那双粉红色的袜子有点刺眼。她紧紧盯着我,嘴里说"真的长大了",她意识到自己的目光让我感到不舒服,视线开始巡视起这间小屋子。

一个十几年和你的生活没有交集的人,某一天突然站在你的面前,还要和你住在一起。不单单我会觉得不舒服,家里的空气也会变得混浊吧。

听外婆讲,我尚未记事的时候是见过岚子小姐的。后来,七岁的时候离开乡下的外婆,跟着舅舅一家来到这里,起初是住在舅舅家,毕竟舅舅也有小孩,第二年自己就搬了出来。

她接着开始像查户口似的提问起来。

学校的生活怎么样?我没在上学了。

那现在在做什么?打工、当模特、做歌手练习生。

会不会很辛苦?你敲门之前倒还好,敲门之后觉得生活可能会变得糟糕。

这个回答很直接地噎住了岚子小姐,我心里有些开心终于能让她闭嘴了。面对陌生人这样的敌意,好像是从很小很小就培养起来了,不然怎么会被舅妈和舅舅的小孩讨厌呢。

我懒得再聊下去，又起身打算回去洗袜子。广播里放着赤西仁的歌，电吉他的音让心情更加烦躁。

"没吃午饭吧？我去给你准备午餐。"

这句话在我的身后冒出来，语速很急切，我停下，转身看着岚子小姐一边笑着一边点头，像只忠诚的秋田犬。

"房租一人一半，水电费省着用，厨房在里面。"

其实肚子是饿的，但为了面子，我故意用着严肃的语气。

她穿着粉色袜子的脚在木地板上发出"哒哒"的声音，令人有些嫌弃。

我想我可能是一个人住太久了。

二

最终我没能吃上这顿饭。岚子小姐发现家里的冰箱空空如也，便跑去附近的超市买了些食材，她做好的这顿午餐端出来的时候已经到了晚餐的时间，而我急着去参加培训。

岚子小姐做了一大桌子的菜，占满了整个桌子。食物和食物待在一起会获得幸福，但人和人在一起相处起来却没那么简单。

"吃一些再走吧，有你最爱吃的青豆。"岚子小姐指了指那盘青豆酿。

"不了，你吃吧。"不想迟到，最后还是拒绝了。

坐电车的途中，我一直在想岚子小姐一定会生气吧，可想想也觉得自己并没做错什么，毕竟和岚子小姐缺席的这十几年相比，缺席的这顿饭根本算不了什么。

而且，自己早就不喜欢吃那什么青豆了。

一路上想了很久，到站时给自己下了结论，我真是个自私的人啊。

辍学之前看着优秀生们为了得到老师的青睐会不择手段地讨好，做模特时又常常目睹被上司压榨的模特过着心酸的生活，想要做歌手出道，殊不知同期生之间又有着如此凶残的明争暗斗。说到底人都是自私的动物吧。

当练习生是件很辛苦的事，每天很晚回到那间破旧的出租房，就感觉像是掉进了一个无底黑洞。

这天凌晨我回来的时候，家里却不是一片漆黑的幽静和孤独，电视机发出的声音和岚子小姐的鼾声让我觉得有些安慰。

"到房间里去睡啊！"

我对于电视机还开着这个细节有些不满，朝她吼了一句。

岚子小姐惊恐地醒了，她强撑着眼皮又浮出笑容。

"你回来了啊，我想等你回来，没想到看着电视就睡着了，我这就给你去温饭。"

岚子小姐从沙发上起身的时候有些踉跄，昏暗的光线里她那张铺着一层妆底的脸显得更粗糙了。这时她的肚子"咕噜"叫了一声。

"不用了。"

我看着那满满一桌的菜都罩上了一个透明的盖子，接着关掉电视机的按钮，走去了自己的房间。

我没有管身后岚子小姐的表情是否是失落或者无奈，我只是觉得自己好像不能突然适应这种被人关心的感觉。

因为这种感觉真的离开自己太久了。

夜里刚入睡不多久，我就听见客厅里发出牙齿咀嚼的窸窣声，有些头痛，所以心里发起闷火，冲出门看见岚子小姐正一个人坐在桌子前吃着饭，她只开了那盏黄黄的小夜灯，一个人捧着碗，看得出是很克制地减小发出的声音，小心翼翼的样子看起来可怜兮兮。

想要冲她吼的我径直走了出去，但只是倒了一杯水。

"对不起，我是不是把你吵醒了？"岚子小姐看到我后，着急地放下碗，起身给我道歉。

我没有说话，水进入喉咙里带来刺骨的凉意。打开冰箱，发现十几个小时之前还空如荒原的这里塞满了各式各样的食材。

是一种像是自己被填满被抱紧了的幸福感吗？

我明显感觉到自己关门的动作变温和了许多，我一口喝完整杯水，又径直回了房间。

之后的睡眠获得了前所未有的满足。

三

尽管我把大门关得严丝合缝，她还是走进了我的生活。

她为了早起定下的闹钟很吵，常常打扰我的睡眠，我一怒之下摔坏了她的闹钟，她在那张小床上一个劲地跟我道歉，从那天之后我就再也没被她的闹钟吵醒过。

她没有工作，但每天都会有一段时间从家里消失，我理所应当地认为她是去玩了或者买东西了，却在某天路过一家擦鞋店的时候，看见了她在帮客人认真打磨着皮鞋。

她好像特别热衷做饭似的，一日三餐都变换着花样，尽管我起初都不怎么领情，后来厌倦了打工时的员工餐，也就开始吃起她做的菜来。

寿司、团子、寿喜烧、天妇罗、咖喱猪排、香草冻……五十多岁的岚子小姐在小小的厨房里，一边碎碎念一边做着食物，看起来是幸福的样子。

但不得不说在岚子小姐身上，总有些奇奇怪怪的地方让我无法解释。

自从她住进来后，或许是年纪大了分不清醋和酱油、盐和糖，家里装调料的瓶瓶罐罐上都被标上了名字，但当看到她每次都是用一个小小的秤来称取调料的时候，我都会觉得莫名其妙。而且岚子小姐每次料理的时候，手里都会捧着一个小巧的手账本，她看着手账本嘴巴里念叨着，做好饭就会立刻把它锁进自己房间的抽屉里。

转念一想，毕竟是十几年没有接触过的人，多多少少会有我所不知道的秘密一直隐藏在心里吧。

日期上的数字渐渐地从"1"标记到了"20"，陌生感被时间逐渐打磨得干干净净。

21号是我的生日，几年前自从搬出舅舅家后就再也没给自己过过生日，没想到是岚子小姐的提醒，我才记起来。

"拓海有什么生日愿望吗？"

"想我喜欢的人来听我的演唱会。"

我坐在桌子前吃着她刚刚煮好的玉米，岚子小姐在厨房里调着柚子茶。

"诶？有喜欢的人了？"

岚子小姐转过身来一脸好奇。

"你管那么多干吗！"

我语气里示意她不要再问下去了，岚子小姐转回身去，继续搅拌着。其实只有我明白自己故意隐瞒了些什么。

"生日愿望说出来就不灵验了，所以我就是随便说说而已。"

岚子小姐没有应声，柚子茶里的蜂蜜渐渐融化，我闻到了它甜腻的香味。

四

生日那天，打工店的老板放了我一天假，我待在家里自己随意练习歌曲，却发现之前乱堆在房间角落里的CD全不见了。

都是自己最喜欢的歌，没了甚至比掉钱还要着急。我翻遍了所有垃圾桶都没找到，无计可施的时候，岚子小姐恰好提着购物袋从超市回来。

我突然想起几天前她曾经做了次大扫除。

"我的唱片呢！你是不是把它们当垃圾都丢掉了？"我在还没来得及换好拖鞋的岚子小姐面前怒气冲冲地盘问。

她顺着我手指的方向看去了那个角落。

"之前我是想打扫一下屋子，那里都是一些废旧的杂志和垃圾，所以我就一起清理掉了。拓海，对不起，我不是故意的。"

岚子小姐眼睛里挂满了歉意，她额头前耷拉着的那几缕头发也失去了活力。因为天气炎热，我看见她脖子上的衣服已经被汗水浸湿了。

她的道歉显然不会熄灭我的怒火，我把她手上的购物袋用力丢到地板上，然后躲进了房间。

"你去给我找回来！不然就滚出这个家！"

我在房间里大喊了一句，感觉天花板都会被震得掉下来。

之后，整个世界又变得安静下来，我闷在房间里想着岚子小姐是否真的会跑出去给我找CD，可想想又似乎不太可能，几天前就被当作垃圾丢掉，怎么可能会找到呢？

就这样我在房间里发呆，看着窗户外边的云彩由一大片碎裂，然后又重新聚拢在一起，再然后，天就黑了。

七点多的时候，我在玩手机，岚子小姐敲了门，她试探性地问我是不是还在生气。

我没有应声，她在门外再次向我道歉。

"拓海，我一定会帮你把它们找回来的，你先出来吃饭好吗？一天没吃东西，身体会饿坏的，我给你买了生日蛋糕，还亲手做了鸡排，出来尝一尝吧！"

语气软绵绵地让人怜悯，像是小时候做错事情的小孩子在祈求大人的原谅。

走出来很惊喜地看到岚子小姐精心布置的一切，蛋糕、蜡烛，还有那些幼稚到死的彩带，这些我小的时候统统没有的东西现在看到却觉得有些感动。她指了指盘子里那块金灿灿的超大鸡排，眼睛弯成一座桥。

"我准备了一下午，腌制就有十道工序哦，快尝尝味道怎么样！"她显然比我还激动。

我仍旧有些不情愿，肚子却不合时宜地发出了求救信号。

蜡烛发出的光芒在岚子小姐的瞳孔里映射出来，只是匆匆瞥了一眼，但仍然感受到了那种温柔。这种温柔很少，严厉的舅舅没有，打工时的老板没有，练习时的同期生也没有，因而这来自岚子小姐的眼神突然变得珍贵起来。

她唱完生日歌，对我提出了一个请求。

"我还从来没有听过你唱歌呢，将来要成为歌手的拓海，今天就满足下我这个观众吧。"她双手合十，祈祷似的看向我。

我摇头。心底里传来一个类似"为时过早"的提示音。她有些失落，也没有再强求，接着把鸡排推向我。

我用刀子叉了一块鸡排，入口的第一下就恶心地吐了出来。

"太难吃了！你是不是把糖当成盐了！"

嘴巴里那种夸张的甜让我大口灌着水，岚子小姐有些不相信，她也叉了一块鸡排，然后又是一脸歉意地对我说对不起。

食欲瞬间消弭干净，我无奈地叹了口气。

"我吃饱了。"

情绪上似乎有些不愉快，我搁下叉子去看电视。

坐在餐桌上的岚子小姐自言自语了一句"不能浪费"后，一个人开始解决起鸡排来，她小心翼翼地咀嚼，不时看着天花板。我在心底嘲笑着她还挺能忍，没想到半个小时后的她就在厕所吐得昏天黑地。

我拿着一杯温水站在厕所外面，看着她额头前耷拉下来的那几缕头发沾上了她呕吐出来的秽物，味道充斥了整个房间上空，我实在忍受不了，放下杯子出门去透气。

说了难吃，干吗还强忍着啊？真是个莫名其妙的人。心里想着，门嘭的一声合上了。

五

每月的22号，按理来说是舅舅打来生活费的日子，按照前几年的规律，生日所在的这个月份不仅会拿到生活费，还会收到一份迟到的生日礼物。然而这个月，仅仅收到了生活费。

"果然人都是会厌倦的，懒得再用心准备一份对自己来说没有利益的礼物了吧。"我这样在心底里抱怨舅舅，然后把生活费从自动取款机里取出来。

路过一家药店的时候，买了些治疗呕吐的药物。

回到家，岚子小姐不在。我把药随意丢在她房间的桌子上，却瞥见桌子上某处隐秘的位置，藏着几瓶一模一样的止痛药。

午时，岚子小姐回来了。她拎着一个塑料袋，皱皱巴巴的样子。

"幸运，老天眷顾，找回来了一部分。"她打开塑料袋，我看见里面装着那些之前被她丢掉的唱片。

岚子小姐依旧用她那温柔的目光看着我，那一刻，我看着她有些苍白的脸颊，心里像是长出了一株酸葡萄。

……

"还记得当时你就这么一丁点，别人都夸你是个美人胚子。"岚子小姐用手指比画着，我们坐在一起分享着每一张CD。

"是啊，他们都讲这是遗传，可我却不知道你的模样，外婆也不给我看你的照片。"

"怕你会因为思念而难过吧。"岚子小姐说道。

我沉思后问了她一个问题。

"那你又因为思念而难过吗？"

我们都愣了几秒，然后岚子小姐紧紧抱住了我。

"拓海，我突然觉得自己不再遗憾了。"她的声音刚刚好传到我耳朵里，像是紧紧攥住了一个一直在等待的答案。

我的手犹豫不决地在空中悬着，最后终于抚住了她的后背。

然而我怎么也想不到，日历上被标记为"22"号的那一天是我最后一次听见她的声音。

岚子小姐一觉睡到了晚上八点，我催促她起床做饭的时候，始终没有叫醒她。我害怕地打了救护车，和舅舅一起把她送去了医院，在急救车飞驰的一路上，我看着戴上氧气面罩的她，那几缕头发紧紧贴在她的额头上，我也跟着变得有气无力。

六

从抢救室出来的岚子小姐被送进了重症监护室，医生给了我十分钟探视的时间。

我走进病房，看见了被医疗设施包裹住的岚子小姐。她保持着微弱的呼吸，脸颊上的沟壑不再用妆粉填盖，头发中白色已经多过黑色，那是第一次我用了那么久的时间打量她。

她安静的样子像是个被世界和岁月风蚀雨剥的琥珀。

"岚子小姐，对不起，我真的是个混蛋。其实你不用那么辛苦给我做那么多好吃的。我那么挑剔，脾气还那么暴躁，不知好歹，干吗那么照顾我，关心我？你痛苦的时候，我却一个人跑出去吹风，摔坏了你的闹钟，还经常对着你大吵大吼。可你……"我握住她的手，想要带给她希望。

"可你为什么从来没有怪罪过我，明明有那么多不能吃的东西，为什么还强忍着陪我一起吃啊？为什么瞒着我自己偷偷靠着止痛药来缓解痛苦。你告诉我为什么，为什么啊？你为什么对我那么好？可现在这么好的你为什么会抛下我离开那么久？你知道，你越是这样，我就越是矛盾，可现在我连这种犹豫不决的机会也没有了。我们都忘掉那段空白，你重新振作，醒过来好不好？"我的鼻头发出强烈的酸楚，眼眶很快就充满了泪水。

好像我再一用力回忆，瞳孔里就会变成一片汪洋。

我多想要抱着她的身体，却无能为力地像个被全世界丢弃的小孩。

然而上天最终没有再给我重来的机会，岚子小姐第二天在病房里离开了这个世界。后来才得知岚子小姐的脑袋里长了一个坏东西，那个坏东西压迫着她好几条重要的神经，让她每天都活得小心翼翼，同时也失去了品尝世界滋味的能力。

收拾遗物的那天，我用锤头砸开了她抽屉上的那个锁头。

抽屉里是那个手账本还有一张CD。

6月30日

我从医院请假了，医生终于答应我在最后这段时间可以去看看拓海。可是现在想想，我这个不称职的母亲，除了能给他做点好吃的，别的都无能为力了吧。所以我今天去书店买了好多料理书，今天的任务就是整理出来，到时候做给拓海吃！想想就觉得幸福。

7月21日

这个月靠着去擦鞋店打了工终于凑够了拓海的生活费，今天是拓海的生日，我把拓海的生活费打给弟弟了，让他明天就转给拓海，生日礼物这次想要亲手准备，然后送给他，于是我就做了鸡排，但没想到不小心放错了佐料，让拓海不喜欢。身为妈妈，竟然不能给自己的儿子做出让他满意的食物，真的太失败了。鸡排丢掉挺可惜的，我没管医生的嘱咐就大着胆子解决掉了，没想到晚上就开始难受了，希望明天就能恢复正常。

7月22日

果然像医生说的，通向终点的最后一个月真的就要结束了吗？我现在浑身难受，所以抓紧时间随便写点吧。今天上午身体稍微恢复了些，跑了半个区终于把我不小心丢掉的那些CD找回来了，很开心，但又很难过，因为这些CD里面我竟然发现了我的作品，而且拓海还在里面写了自己的感想。我撒谎说有几张没找到，其实是自己想要留下。我想他听到这张专辑的时候应该还只有十一二岁吧，时间真快，我对不起他。

我手里拿着的这个手账本，里面不仅有岚子小姐的日记，还有她手抄的一百多份食谱。看到这里，我的眼泪就"啪嗒啪嗒"掉了下来。

那张CD是岚子小姐三十岁时发行的一张专辑，那时候她离开我有五年多的时间了，我记得外婆说她当时面临着梦想和我的抉择，后来她选择了前者。违背所有家人的愿望，一个人去了陌生的地方。

我打开了CD，看到了我十二岁那年用马克笔写下的梦想。

——我想将来有一天，实现了梦想的岚子小姐也可以看着我实现我的梦想。约定好了，我们一定会再相会的。

虽然是一位成功的歌手，但却不是一位成功的母亲，曾经的我在这种矛盾中艰涩地行走着，而今天，自己似乎就像当初的岚子小姐，体味到了那种在梦想面前义无返顾的勇气。

我开始回忆起与岚子小姐有关的二十二天的回忆，这空缺十多年后的一期一会。原来她为这次相遇做了那么多，我却没能好好珍惜。

深深地吐出一口气，我坐在房间的地板上，抱着那个破碎的闹钟，终于走失在了眼睛里的汪洋中。

"岚子小姐，其实，我喜欢的人就是你啊。"

|第二辑|

接近一种本质 / 刘卫东

杂耍 / 丁　威

故乡的洋槐花 / 魏春亮

黄土屋脊 / 刘卫东

故乡的茶味 / 丁　威

在所有的寂寥里，沉寂的心绪随着空灵的平仄编排着经年的过往，勾勒着如烟的阑珊。流年风过，我，只想安之若素，等一帘如景的旖旎。

➲ 接近一种本质

\ \ \ 刘卫东

　　我想拥抱这些热烈的生命,连同村庄、山岗。我独偏心于这种幸福。如果丧失了生命内在动态的美,思想就会随时搁浅、触礁。

我一直试图凭直觉去接近一朵花。闪亮的花瓣上露水晶莹,花萼硕大。我有时觉得它会发出尖锐的号叫。我偶然想起金斯堡,一个号叫的男人。但我清楚这不是城市里混乱的交响的模拟,它不属于单纯的某个离乱群体。在长长的河流两畔,在宽阔的绿得发蓝发亮的草原腹部,你不可能追踪它。时间的碎片轻易地击中人的脆弱的神经,使人迷失在这无边的盐碱地。这是开满野花的旷野,找不到人的足迹,它消失在花的中间,阳光从破旧的河床上折射过来。人的影子在这个陌生的新鲜的生物语言系统中间散解。河水涌动,心灵的清洁器皿涨满了春天的气息。人似乎也是一朵穿行于金色阳光下的游动的野花。野花刺眼,满眼的神秘。你的心性与气质与这些精灵相去甚远,你的肉眼辨认不出这个家族的族徽。你迷失在人口的密度、种种俗语和美女作家中间。

田野一片静穆,河网密布,广袤,凶险。人的思想随着浓郁带有野性的花香不停地变换,到处是死角,到处是河沟,还有昆虫扇动彩色的小翅膀的声音。无人的花野,泥土湿热,豪华的车轮早已废弃腐朽。地气从人与花中间上升,蒸腾,人面模糊,花形变幻。我一度怀疑这是从母体里蜕脱出来的剽悍的俗物;河流的水花煞白,洗净了这生命接连的声音。阳光热辣辣地落在脊背上,微风将这种痛苦吹向田野,吹向草丛中隐蔽的深渊。野花浓香猛烈,极具冲击性,使人感官反应不及,口舌干燥,神经有一种幸福中浸渍过来的痛楚。浅唱低唱的小溪穿过羊群和土坡,消失在湛蓝的天空。你无法握住它的触手,不能与它进行交流。听听这熟悉的呼吸声,像鲜嫩的胚芽在春天毫无顾忌地疯长身体。野花鲜艳,很野也很美。一个久居城市,身心懒散的人容易迷失在突然袭来的花香中。我以为这是一个常识。人的繁衍、语言、个性与此相比似乎成为一种虚假的东西。它永远不会是现代工业可以制造、复制的手工作品一类。我宁愿相信它掌握着一种生存理念，一种嬗变过程中必须守住的东西。

我沉浸在这种神秘的花香溢满静谧的山岗。树枝伸进水里，弯着身体触到野花的花蕊。有的树枝丫伸过了河的上空，在空气中被野花霸道而浓郁的味道浸渍着肉体。滴进水里，野花的味道在阳光撒播种子的河流里飘向远处的村庄，融入那些不被我们重视的涣散的时间深处。也许这是我们青春遗失的某个原因和疾病袭击的缺口。由此出发的理想、语言、谣曲、野调和物质主义凶猛侵入思想和软弱的肉体组成的乌合阵地。

我仍然是孤独地信任着我的朋友和导师。我固执地相信他们就在这里。花香蛮横地出入夹杂着小动物吱咛的声响，气味漫山遍野，缠住树木，缠住河堤，贴在我的脸上，继而越过绿色的大片农田。花朵溢满雄性和金属的明亮光泽，密度大，使我感到渺小卑微。粗壮的根茎，叶脉在阳光下被光线扭曲，我看到流水如蛇般越过邻近的竹篱笆。水纹映在野花的性感花托上，金色、土黄。如果夜晚有星光，你会发觉河水不同寻常的另一种延伸，直到进入你回忆和辛酸深处的方向。它制造悲哀、人的秘密和村庄的古老信号。它提醒你，泛滥的抒情是罪过与毁灭。

我痛苦地觉醒在晌午一个人的田野。花香野力十足，以剧烈、令人震撼的速度在旷野奔袭动物和人。它在左冲右突，忽隐忽现，混合了水汽与尘埃钻进人的鼻孔，将人缠住，使记忆堵塞。我像遭到笨重的旧石器的打击，反应迟缓，好久才扭回头来，一双怅然不知所以的眸子溢满了忧郁。花香冲击着河滩，河边的礁石和浮游的鱼儿也陷入一种空前的迷乱。

大风从背后的村子刮过来，羊群走回围栏，太阳在头顶直射下来，遍野燥热，泥土青灰，树木叶片在我头顶微微晃动。人群躲进孤独的风中，岁月的大风从花野掠过，野花摇头，扭动，起舞，惊艳，妖娆，节奏剧烈。我的小调急遽地喑哑，隐伏在隐隐作痛的干燥的喉咙里。

野花的头颅朝着阳光汲取生存的能量和养分，山岗成了野性的躁动的河流，不可抗拒，解脱，只能狂奔，呼啸，挣扎。

我惊疑地想起，田野里大雁开始向南迁移的光景，诸鸟高飞，秋天的成熟气息充溢整个旷野。村庄安静，栅栏上还有一枝折下的断了的花。老鼠们打洞时咬住了野花的根，撕毁了花叶和野花灵魂中饱满美丽的东西；一直把它们拼命拖到大地的空虚、猥亵、孤独、远离丰收、民俗、风水的深渊中去，企图让它们的青春在没有阳光照射到的地方腐烂、分解。荣辱皆命。

我发觉这是一种渗透性极为强烈的火辣但细腻的花香，遍野都是这种野生生命的热情及痛苦。在太阳的炽烤下，人和花都有一种钻心的刺痛感，血液迅速流过心房。我惊出一身冷汗，我已经站在金秋的边缘。

野花布满山野，布满人凄迷的眼睛。野花纯净，因阳光而血流清洁。

这是侵略人、刺激人神经甚至迷幻视觉的气味。野花呼啸，没有恐惧和悲悯，哪怕一丝的忧伤。坚韧的野花，永不坠落的野花，明媚的阳光清洗它们的成熟的躯体；洁白的云彩从山岗隐去，阳光躲进云层，天空阴沉了下来，一如中年人骤变恼怒的脸色。我陷入了不可制止的惊慌之中。我边跑边诱惑地回头，遍地的野花开始低沉地发出怒吼，雨水打下来，打碎了野花美丽的唇。我淋湿了身体，满脸的迷失，辨不清村庄在哪一个方向。那些金黄的，橙色的，湛蓝的，苍白的，忧郁的，火辣的野花在兴奋地交头接耳，散发出生命原始的气息。我发觉我是个可笑的懦夫，无助地待在英雄的血域。

这些花仿佛每一株都像女人，站在山岗上，或在浑浊水浆中劳作的女性。

我陷入迷惑：这是燃烧的朱颜？是战国的美女还是西北的女人的手指？

雨还在下，野香阵阵，令人为之迷醉，令人叹而长吁。在这个生命之秋，它们开始摆脱城市邪恶的诱惑，它们狂欢的舞蹈打动了山野所有刚刚迎来丰收与成熟的生命，不亚于注入一支灵异的药剂。它不是来自消费白菜、石油、灵与肉的城市，而是越过下流小调的蛊惑，定居山坡，与青春同居。

我想应该是这样。野花嘶啸，如马。野花生息，繁衍，从一个细小胚芽开始，崩溅生命的灵感和火花与灵异的令人激动的力量，以及强大的适应自然恶劣、粗糙的环境能力。这就是所谓青春，或者民风中弥留的秘密。

缄默的花儿保持着神秘，如黄金般舞蹈；旷野安寂，如生命最初的黎明。自然界中，电闪雷鸣，风雨冰霜，没有野性和坚韧品格的花朵断难生存。这是自然的规律，它不讲任何私情，适者生存。这是一种进化论也是自然生命无法回避的生存问题。我喜欢野百合，因为它的一丝野性，它是自然的宠儿。野性是自然界最富深蕴的一种尊严，这是生命的大无畏，蓬勃的茁壮成长。野性是人体一种原始性质的起码的健康，起码的种族繁衍的需要。野花强烈的生存欲望是足以藐视城市里繁忙的医院流水线上硕大的人、冰冷的手术刀。

我开始感到惭愧。一个不能理解这种强悍生命力的人会深深陷入这种乏味不能自拔。通常，这是人的悲哀，他的脾胃、心脏、血压无法抑制这种大自然的宠儿的略略带有破坏性的冲击。脆弱的身体经不起这种自然的力量的强烈颠簸，我终于发觉了悲哀，站定了脚，站在我劳动与游戏的土地上，我不会再离开。

阳光重又光临大地，河带飘摇，野花又恢复了兴奋。体香越过发亮的深秋的河水飘向村庄、牲畜和远方。也许这就是真正的野花的性情、性格。我琢磨着，思考着，让自己漫游在它们中间。是转折点，是死亡、衰老、代谢，也是新生。这是我们农耕文化人唯一的信念。出于这种信念，我决定留守在我理想栖息的土地。

这是毫无隐私、阴暗，毫不媚俗的野花。野花欲望如焚，像百兽之王的狮子。这是永不熄灭的野花，赤红的火把。通体没有一丝阴暗，筋络与大地的骨血相连；有柠檬色、橘黄色、绯红、黑浓、赭石，还有绛紫。这些花不能在城市狭窄的充满自以为是的角落生长，淘米水和闲言碎语会玷污这大自然的精灵。我佩服的是，这种理想的颜色、这种不可干涉的野性，至少人与羊群、暴雨无法干涉它们的自由。它们永远是热烈的生命运动中、舞蹈中的陶醉似幸福生命的思考。有时人会嫉妒野花的这种存在或生命方式。它生长在我们的村庄里，使我们骄傲。

野花纷飞，野花健康。我已经走不出这炽热撩人的花野。

我觉得失去了跳跃能力、伸展技能的人是悲剧的人。人不能以野性为核心，但人不能缺少它。这是拒绝冷漠、死亡和服从的生命。这是才能的体现，智慧的姿态。

这是亲密的野花，这是素面朝天的野花；这是自私的人所不能企图的健康。

我想不起这些神秘的物种的起源，它深深影响着我的神经脉络，我的性格、理想。

我想拥抱这些热烈的生命，连同村庄，山岗。我独偏心这种幸福。如果丧失了生命内在动态的美，思想就会随时搁浅、触礁。当初的诺亚方舟就是因为这个原因而消失在都市人的视野和理想中。

站在民间村墟的高地，我面朝荒山的花野，新生不息的理想潮水般涌来。野花起舞于人间精神枯萎的龟裂旱地，展示着生命不灭的浩然与天生的个性。我知道这不是可以预约的野花，不可以亵渎。尊重这种健康和美也是自我的反省和对健康的理智认识。它怒放于生命的暗角，车马的前方，黑暗的罅隙，民间、道德的前沿，始终如一。那就是相信青春或一种本质。

偶尔我见过那些灿烂的疯狂的倔强的野花，躺在阳光下的岩石上，肉体糜烂；随光线一点点枯去，惊心动魄地演绎着生命的高贵、不屈与壮烈，野性十足地死去，像古代战死于沙场、兵不血刃的英雄。这是对我们脆弱生命的嘲笑吗？我们没有重视过，这是我们村庄文明的一种符号；我宁愿相信这是我的另一种坚定的理想。

我由衷地赞叹那些岁月风霜中的野花，顽强、具有饱满意志的不屈生命。在如此坚韧的生命面前，有一种宝贵的信仰和通向理想前沿的心声，有一种我们坚守的青春立场！

青春的觉醒在于理想旗帜的飘扬；青春的本质就是坚韧，就是开始接近一种思考的姿态。

而青春的道路只有一种，接近青春的本质也永远只有一条道路。

→ 杂耍

\\\ 丁 威

他仍旧在翻着空心跟头,一个跟头接着一个跟头,我们为他叫着好,把巴掌拍得麻木了。

我并非爱热闹之人。许多时候,如果无他事,更愿意一个人:有一间房子,茶水泡好,一本书,就可以挨去一上午、一下午。于傍晚夜临,去外面散散步;临睡前,再读几篇闲散文字。对个人而言,这一天几乎可算得上功德圆满。

小时候,却也有几次记忆深刻的热闹场景。印象较深的一次是看露天电影,一次是看露天杂耍。看露天电影时,我还没有上学,那天晚上骑在父亲的脖子上,我吃了许多零食,至于电影是什么,全无半点印记了。而看露天杂耍时,我已经上学了,突然间地,父亲与我,就隔开了距离,开始此后多年的父子之战。

半下午的时候,杂耍班子的铜锣在村子各处敲响。铜锣余音的屁股上,挂了一串吵闹着跟随的孩童。这条尾巴也随着铜锣的声响越敲越远,变得越来越长,到最后，屁股上几乎挂满了整个村子的孩童。注意看过去，甚至，零星地，还有不少邻村的孩子。

我不在他们当中，只在铜锣经过我家门口时，在门口盯着他们的闹腾腾的身影，看了好一会儿工夫。要待父亲点头了，我才能在晚饭后，松开父亲手中的缰绳，像一匹脱缰的马儿一样，奔跑而去。

晚饭时，我揣着心里的巨大蹦跳，一碗饭吃得神游其外。饭往嗓子里进，话涌着想从嗓子里出，也还把耳朵眼子尖着，细闻着门外的一切声响，把一丝一毫的微小声动都捉到耳朵中来。突然，又有铜锣声在匝起了，金属的铜音在空气中颤着，每一锤子下去，都像是敲在了耳蜗的广场上，把个脑神经只闹得沸反盈天。一声铜锣就是一燎火，烧得我身体里团团焦灼，几乎在凳子上扭动起来。和着铜锣声响的，还有大人小孩匆忙赶去的脚步声。这一切，都是极重的石头，或者说，是火焰上烧灼的石头，在心里，只沉，只烫，把凳子上坐着的我的屁股，变成了一块猴屁股。

父亲的饭碗放下了，我的晚饭也随之放下了，没有了饭咽下去，话又按捺不住地，从嗓子眼跑出来了。

我说，爸，我想去看玩大把戏的。嘴上说着，眼睛却并不敢去看父亲，只把眼神到处流动着。

父亲慢吞吞的，立起身，却并不应声。只从口袋里摸出烟，点燃了，吸一口，而后潇洒地，缓缓地，连着吐出了四个烟圈。依次地，一个比着一个地，扩大开来，看到父亲这样抽烟，我心里就有了眉目了。

就又说，爸，我想去看玩大把戏的。这样说时，我已经拿眼睛看着父亲了。他从容不迫地，又猛吸一大口烟，这次，他竟然连着吐出了五个烟圈。在昏黄的灯光下，这五个烟圈简直像上帝身后的那一团烟云，扩大，流散，轻飘。待第一个烟圈直抵到我身边时，父亲吹了一口气，这五朵烟圈，就轰然作云雾散了。

父亲说，作业都做完了吧？

早做完了。

跟你大哥他们一块儿去,别玩太久了,明天还要上学。

我应着声,脚步早已飞出了门槛,只想到要把步子一下迈到山海关般,把身子搬到杂耍班子那儿去。去到时,在街东头上,杂耍班子已经从附近的人家把电灯扯起来了。人群围着黑压压的一圈,我从人家的屁股间,大腿间,猫着腰,顶着脑袋钻进去,还被人用屁股的狠力,把脖子夹了一夹。管不了那么多了,我一猛子就站到人圈里。

已经在表演吐火了。一根铁丝绕着一团黑漆漆的棉花,那个年轻人绕着人群走了一遭,嘴里喊道:"闪开闪开,烧着头发,烧着眉毛。"说着说着,从右手里灌了一口东西,噗的一声,把燃着的棉花火焰吹出几丈远。人群"呀"的一声,有人跳开去,惹出来一阵哄笑。我也只把豁掉牙的嘴,咧成一张面瓜开了。又绕一处人群,又是噗的一声,火焰就飞出几丈远。人群起先有了防备,这次倒安稳了。那个年轻人绕到竹竿撑起来的灯柱下。远远地,夜间的蚊虫都没了脑袋般疯着往灯光上扎,一团黑气的蚊虫缭绕着,只把昏沉的灯光遮得时明时暗。那个人站定了,朝着电灯所在的方向,噗的一口吹过去,一团黑气的蚊虫就扑簌簌地落下来,简直能听到它们落地时,雨落水皮子般的响声。接着,又是噗的一口,又是一团蚊虫的黑气沉落下来。放眼看去,灯柱下,已经是尸横遍地了。我想着,此时,脚踩上去,脚底一定是噼噼啪啪的一阵响动。

喷火的年轻人又绕着人群几周后,又表演了在脖子上绕钢筋。钢筋卡着脖子,只把他脖子上的筋络,变作一条条肥大的蚯蚓,像是再用一丝力道,那条条蚯蚓就将夺着脖子的皮肉,奔逃而出了。还好,年轻人在地上吼叫着,扎着硬生生的马步,把浑身的气力一点点逼到指头上,在一声嘶吼下,把钢筋抻开了。

这之后,那晚的高潮来临了,仍旧是这个光着膀子的、浑身块块肌肉涌动的年轻人。他从道具箱子里拿出来两个钢球,一大一小,大的略有一个半鸡蛋形状,小的略小于一个鸡蛋。他绕着人群,把钢球示意给众人看。有人掂了掂钢球的分量,嘴巴里赞叹着,意思是实在,挺沉。那个年轻人把钢球揣在兜里,又扎起了马步。两支胳膊平举着,一下又一下地运气,双手的大拇指和食指朝上,其他各指弯曲着，像是要把浑身的力道，都凝于四根指头上。这样他一下又一下地运气，一声又一声地跺脚。终于，要开始表演了。

只见他从口袋里掏出两个钢球，在手上抛了两下，又掂了掂分量，而后把小的又装回了口袋，大的拿在手中，同时也把嘴巴大大地张开了，他咬合了几下上下颚，就开始吞大钢球了。人群一片讶异之声，我把眼睛都捂上了，只敢从手缝中望着他。大钢球进了嘴巴，进到了嗓子，能清晰地看到，钢球在脖颈上凸出的大大一块。我龇起了牙，心也随之慌张起来。年轻人的脸色慢慢通红，脸色的血色烧出一片云霞，他手指往里推着，同时马步又一下一下狠命地跺着地面，慢慢的，钢球在往下游走。我仿佛听到噗的一声，从耳朵眼里夺路而出，那个钢球沉落的声音清晰可闻。

咽下了这颗大钢球，年轻人的脸色又慢慢恢复了本来颜色，只还在嘴角残留着痛苦的抽搐。紧接着，他又从口袋里掏出来那个小钢球，这会儿，几乎是一转眼的工夫，小钢球就被他吞进了肚子里。经过了刚才那颗大钢球的惊心动魄，这颗小钢球早已让我把捂在脸上的手移开了，我几乎可以说是坦然地看一场热闹了。

两颗钢球都被他吞进了肚子，他张大嘴巴绕着人群一周，向我们示意着。我仰着脖子，却只看到他的下巴，人群里早已经是一片"啧啧"的赞叹声。在走近我身边时，我在他的光脊背上摸了一把，一手黏腻的汗水，在手指间摩挲着，我看着灯光里他高大的身影，仿佛石刻的筋肉在灯光下，闪着汗水的明光。

接下来，他要做的是，把两颗钢球再从肚子里吐出来。他又开始扎起了马步，一下又一下地运气。这一切做完，他开始在地面上翻起了空心跟头，一个跟头下去，又一个跟头下去，好几个跟头后，地上落定了一颗小钢球，带着肠胃的黏液，冒着灯光的热气，定定地站在地面上。我们都盯着那颗小钢球看，真沉啊，沉到仿佛随时都会遁地而去，只钻到地心眼儿里去。

我们热热闹闹地拍起了巴掌，叫嚷着。年轻人挥挥手，人群就又安静了下来，我们随同着，也把心跳系到了嗓子眼儿。因为，我们大家都知道，还有那一颗沉之更沉的大钢球，此刻，还在年轻人的肚子里。我甚至觉得，像那颗小钢球一样，假如大钢球一直在年轻人的肚子里，一个不当紧，年轻人就会随着大钢球，也遁地而去了。

他仍旧在翻着空心跟头，一个跟头接着一个跟头，我们为他叫着好，把巴掌拍得麻木了，仍旧是不管不顾地拍下去。可是，年轻人的跟头却翻得越来越慢了，一个跟头翻过去，简直是，下一个跟头就几乎要变作头先着地了。心里的铜锣一阵紧似一阵地，"咣咣咣"地敲作一片雨声沉落了，我的心在铜锣震动的平面上，被声音的力道碾压着，我简直不敢呼吸。

年轻人下一个跟头翻完，就跪到地上了，他一只手撑着地，一只手摸着嗓子，脸色都是血色，呼吸像两根直通通的烟柱，喷着狠命的力道扎着往前跑，我的心早已揪成一团了。

他又立起身，扎起了马步，运气，胳膊伸出去，指尖却在颤抖。我咬着牙，盯着他。他运完了气，缓慢地站直了身体，接着，吼叫着，翻了一个跟头，随之，他没有两脚接住地面，而是一扑腾着，背先着了地。地面扑起了一阵灰尘。刚才吐出的那颗小钢球还静静地，躺在他身边的不远处。他躺在那里，不动了，眼角的泪水也滚出了两颗。我知道，那不是哭泣的眼泪。他喘着粗气，但慢慢地，气息就渐渐软下去了。杂耍班子的其他人，就围了上来，像是班主模样的人，抱着拳头向众人道着歉，嘴里说着对不住。人群里却已经有人跑开去喊医生了。年轻人终于像一滩失败的流水一样，平躺下来，灯光照上去，浑身的汗液亮出一片水光来，他平躺在那里，脸上是安静的痛苦，看过去，简直像一座高山。

后来，人群就渐渐散了，我也随着人流回家了。回家后，我多想把这个年轻人说给父亲听，告诉他，那个年轻人的神奇，和他躺着地上时，那一片灯光照耀出来的光芒。可是，父亲已经疲倦得准备睡去了。我已经忘了那晚是否做梦了，但我知道，那天晚上我很久很久都还沉浸在激动之中，许久都睡不着，想了什么，都在时间中成了一片烟云。

第二天早上，我中午放学后，又见到了那个年轻人。他肩头上扛着一口袋挨家挨户要来的粮食，脸面上喜气洋洋，早已不见了昨晚的痛苦之色。到了每个人的家门口，大家都赶忙地，把粮缸里的米，毫不吝惜地，装满缸子倒给他，甚至是，又回头再多装几缸子给他。到了我家里，我回身跑到厨房，也狠命地给他装了满满一缸子，倒进他口袋时，我看了他一眼，他清瘦、稚嫩，面目上竟还有几分羞涩。我想问问他，那颗大钢球吐出来了吗，但是看到他脸面上轻松的神气，这个问题无疑是多余的了。

最近，读书总是要把虚无感读出来，只觉活过一生，不过是活在蚂蚁的一条腿上，活在树叶的一条脉络上。"留得生前身后名"，也不过是"是非成败转头空"。这个杂耍班子的年轻人，现在他又在人间的哪一处所在讨命，又在哪一处的床榻上安身，吃下哪一碗饭，又把如何的眼泪和汗水吞咽？

人世浩大，我与他，只见过匆匆两面，我们，这两粒水珠，滚动着，就又各自遁开去，流向各自的未知与茫然。

➲ 故乡的洋槐花

\ \ \ 魏春亮

故乡风树,新旧相续。酥润的春雨刚晕开了娇嫩可人的杨叶,四月的风中就飘起了洋槐花的清香。

南国的四月,校园里又飘起了洋槐花幽幽的香气,晚风中行走在婆娑的树影下,不禁又想起了故乡的洋槐花。

家乡是一片坦荡的平原,到处是成片成片的庄稼,在庄稼与庄稼的间歇处,如麻子缀脸,散落着一个又一个的村子。所有的村子,也都那么普通,一排一排的房子,几条横穿竖梭而又坑坑洼洼的小路,承载着几百几千人,活一辈子。每一家人,分得几亩地,劳动耕作,拉扯几头牲口,喂几只鸡鸭,栽几棵树,日子慢慢地过着,一代,又一代,都这样,熙熙攘攘地总有那么一群在那里。然而,隐秘的变换却总

是逃过了我们的双眼。那一群人中，孙子早就成了爷爷，而爷爷早已在哭声中入土为安。人世的转换，岁月的更替，现在的一群就再也不是往日的那一群了。离家漂泊的游子经年不归，村子就开始变得陌生了：田地里新添的坟冢宣告了老人的离去，孩子的笑脸在眼前晃动，而于他却显得格外生分了。唯有那石墙青瓦的房子不倒，河畔高树细枝长存，才能给游子以安慰，证明那风物依旧，并非他乡。

平原上的树木种类贫乏，但道路两旁，却随处可见杨楝之类，梧柳之属，在夏日的蝉鸣中蓊蓊郁郁。每逢冬去春来，新鲜的生命便如锅中之水般沸腾了开来。且不必说那蔓延四溢的野花，墨绿广阔随风翻滚的麦浪，还有那叽叽喳喳乱窜觅食的雏鸡，单单是树木新抽的嫩叶散发的幽香，陶醉其中，也足够心旷神怡的。立春之后，村子内外随处可见春风的痕迹：清泠泠流动的河水，远现近却无的草色。然而树枝仍是光秃秃、乱蓬蓬的一团，繁茂喧腾的春天却总是姗姗来迟。可是，不知道哪一天早上醒来，睡眼矇眬中，你会听到淅淅沥沥的春雨未停，而微风捎一二雨丝入窗，清清凉凉，吹面不寒。睁开眼睛，世界就一片明晃晃的翠绿了。一簇簇肥大新鲜的树叶挂在枝头晃动，黄如透玉，绿似凝脂，欢欢喜喜的挤作一团。树叶相击，飒飒作响。雨水划过嫩叶，纷纷扬扬地随风飘洒下来，亲在脸上，落在肩头，也无须拂拭。然而杨花蒙蒙、乱扑人面的情景稍纵即逝，待到树叶如妙龄的姑娘，呼啦啦长开时，满树臃肿，便只见威武，不见雅致了。

故乡风树，新旧相续。酥润的春雨刚晕开了娇嫩可人的杨叶，四月的风中就飘起了洋槐花的清香。故乡随处可见洋槐花树，屋前庭后，村南庄北，烂漫时节，景随步移，那一蓬蓬、一簇簇，花开无主，都在你眼前轻摇。一树一树，都挂满素雅玲珑的花串。相形之下，那鳞状般的叶子便微不足道了。每当此时，整个村子都沉浸在了芳香的怀抱中，所到之处，香气扑鼻，清心怡神，仿佛每一寸皮肤上都布满了嗅觉器官。而如果恰逢月半，晚风习习，天朗气清，肥硕的月亮高悬长空，光华流泻，打在树梢，一片明晃晃的银亮匝地，摇曳不定。徜徉在明明灭灭的林间，幽香氤氲，伸展双臂，让晚风抚过肘腋，而灯火阑珊，人声渐远，抚摸着粗犷的树皮，心中常常会涌起种种美好的忧伤，无可名状，却又那么实实在在。以至于岁月流逝，多年以后回想那些恍惚的过往，记忆中的少年仍然沉醉忘归，昨日的感伤如初，依旧激荡着今天的心怀。

然而花红易衰，一旦暖香袭人，我们便迫不及待地瞄上洋槐花了。洋槐花树多刺，攀爬而上是不大方便的，高效而廉价的工具是爬钩。寻一根粗细适中、长度足够的棍子或竹竿，再找一把镰刀，用绳子绑在棍子或竹竿前端，系稳扎牢，便大功告成了。奶奶健在时，每年的爬钩都是她弄的。那时我还小，经常跟着奶奶，携着爬钩提着篮子去村头放羊。把羊拴在树上，任它去吃左右的青草，我们就用爬钩去削挂满花串的树枝。细小的枝条好削，锋利的镰刀划过，就干干脆脆地荡落而下。但粗大的树枝却不是那么容易屈服的，通常都需要使出很大的力气，拖着爬钩努力向后下方拽去，那树枝弯得如一张弓，你只要不松懈，继续用力，听到咔嚓一声，树枝就断了。而枝之黏韧者却是十分难缠，削也削不断，拉也拉不折，几枝残损的花束在上面，颓然碎落满地花瓣。

洋槐花枝削下来之后，我们就要赶紧拉到一旁，捋起花朵，不然，羔羊的嘴巴是不会闲着的。花序井然，从头到尾一捋，便只剩下一根青绿的嫩梗了。美丽的花朵鱼跳珠溅般落下，须臾，满满的一篮便在了。剩下的枝叶委顿于地，也就任羊羔们大快朵颐。将近晌午，艳阳高照，挎着满篮洋槐花，赶着肚子滚圆的羊群归来，咩咩的叫声都格外地悦耳。

洋槐花是香的，无论是在花开之时，还是烹调之后。生的花朵也是可吃的，捋下一把嫩嫩的花儿，细细品味，便是一口丰满的清甜。然而一旦吃得多了，难免作心，所以人们也只是尝个鲜味儿，并不贪多。真正的美味还是需要蒸煮的，把洋槐花放在冰凉的井水中，淘洗干净，铺在早已准备好的笼布上，满满地一箅子。压上锅盖，不停续柴，通红的大火呼呼腾起，闷闷地烧上一二十分钟，缭绕的雾气中，暖暖的夕照下，屋子内外就飘起了醇厚的香味。我们等不及母亲呼唤，早就迫不及待地拥上锅台，抱着碗眼巴巴地观望。但是母亲还要再点上些许香油，那味道就越发诱人了。多少次，一家人坐在饭桌前，共此灯烛，其乐融融地享受着那点简陋的美味。那味道，那氛围，无论过去十年，二十年，甚至更远的绵长岁月，都会令我依然怀念。

那时候，都是姐姐和我去采洋槐花，带回家来，由母亲动手淘洗上锅的。后来不知从何时起，饭菜就常常是大姐做了，大姐出嫁后由二姐代替，而我，永远是那个烧锅的傻娃子。姐姐在锅台后转来转去，我就坐在锅台前，柴火一把一把地添着，谈笑风生。这时，父母通常会在地里干活，做好饭后，我们便去地头叫他们回来一起吃饭。家里的日子虽然没有饥寒交迫，却可以说是捉襟见肘。自然没有珍馐佳肴，只有萝卜青菜也足以飨待自己了。我依然记得那段难以吃到白面馍的日子，家里一天也只有一两个白面馍，而那又是为劳苦的父亲准备的。但是每次父亲都会故意剩下一块半块，连带一些菜。兄弟姐妹中我是最小的，通常那饭菜都会顺其自然地归了我。那时蔬菜是很难买得起的，更不用提肉类了，很多时候馍馍加酱豆也就过得去了。但是到了仲春，洋槐花开的时节，桌上的菜蔬便可稍作改观，那种别样的味道总会令我回味无穷。所以夏天涨水时，河水漫溢，被淹没的河沿小路上，河螺遍布。我就会网罗一盆，放在桶中一夜，让其吐出脏物，然后放开水中煮熟，挑出螺肉，洗干净，再加上红辣椒翻炒，那味道甚是鲜美。可是辣椒多了太辛，而螺肉虽味美，却不易消化，终究不可多食。相比之下，洋槐花就温润养人得多。然而离乡多年，每每故地重游，却总是假期错过，儿时谙熟的味道却再也无缘重温了。

有时总会觉得生命是一次历险，前途难测，吉凶未卜。昔日那一群在洋槐花树下叽叽喳喳嬉戏打闹的孩子，谁也想不到，似水的岁月流逝后自己的模样。我本是农家子弟，本应该成为朝雾初升的田野上年轻的种田郎，在父母的安排下，娶一个手脚粗大的女人，生下能吃盐的儿子。可是现在，我却负笈他乡，将美丽的洋槐花、清澈的河流、破旧的老屋，抛在了道阻且长的远方。即使望穿秋水，风雨兼程，你都再也回不去了。只有记忆残存，那些美好的过往依旧，如清清河水下，梦幻虚空般的荇藻，还在脑海摇曳。

可是，有些记忆你以为还在那儿，努力回溯，却发现早就已蒸发，只留下一种氛围，印证着那时你的欢乐，抑或伤悲。姐姐哥哥是爱我的，但是要记起什么特别关爱的举动，又总是不能。点点滴滴的幸福停留在昨天，组成了我无忧的童年。那时候，姐姐还未出嫁，哥哥也还未娶，奶奶仍然健在，父母也依然那么年轻。我单纯地以为这样的生活可以像春天的小桃树一样永远闪耀着灿烂的光辉，可是现实总是使人措手不及。那年大姐在锣鼓喧天的欢庆声中，流着眼泪出嫁了，而我却不明白为何母亲和奶奶也泪眼婆娑。然而几年后，当二姐也披红戴绿进入婚车，寒冷的北风中我却哭得不能自已。从此之后，我便觉得这个家已四分五裂了。不久，哥哥也结了婚，父母也出门打工，而我也已上了高中，进城读书了。再后来，奶奶突然暴病，去世了，在一个阳光惨淡，朔风野大的冬日下葬，葬礼上人们哭作一团。我看到奶奶的遗体安然地躺在棺材里，却总也弄不明白，一个人怎么就可以那么无缘无故地睡去，千秋万代，这个世界上的一切，无论是丰功伟业，还是鸡毛蒜皮，都与他无关了呢？如果死亡是那么无常，人们或迟或早都归于荒冢，前尘不曾见，身后未可知，两段茫茫无涯之间，这一刹那虚无缥缈的现世又有何意义呢？多少次站在奶奶的坟前，风吹着离离荒草，呆呆地愣上半天，总是不禁怅然若失。而回过神来，却总是在恍惚间难以找到回家的路。所谓家，也仿佛早已不是家了。一家人东奔西走，辗转他乡，留下孤单单的老屋，阒无人迹地守候在故乡，只有在春节来临团聚一堂时，寂寞已久的屋子才能添点生气。阳光明媚的早上，姐姐姐夫带着酒肉来到，还有他们的女儿和儿子。孩子们吵吵闹闹，而姐姐和母亲或邻居絮絮叨叨拉起家常。而中午做饭时，姐姐依旧在锅台后转来转去，我依旧坐在锅台前，柴火一把一把地添着，却再没那么多话可说了。吃饭时总是觥筹交错，而父亲每次都会喝醉，有时还会哭。父亲年幼失怙，兄弟姐妹尚小，一家人全靠他支撑，风风雨雨走来，心中苦楚，却无处言说，只是拼命地喝酒，喝醉了，就沉沉睡去，鼾声雷动。任别人怎么劝，他也依旧故我。午后的时光在父亲的鼾声中寂寞地滑落，一霎时太阳便西斜近地，融在远处那片芜杂的树林里。寒雾轻起，姐姐姐夫又在冰冷的阳光中离开了，抱着他们的女儿和儿子。看着他们风中憔悴的脸，心中的伤悲总是无法抑制。觉得生活不能这样过啊，可是生活又该怎么过，我却又说不出来了。我们可以摆脱贫穷，可以摆脱困厄，可一切都在流逝，那遍布华林的悲凉你又怎么摆脱呢？从前那么坚定地认为不变的东西，在人去楼空后，已经变得面目全非。常常会想不明白，人生怎么会变成了如今这般模样。可那些逝去的，毕竟是远远地逝去了。土地的元气会耗竭，高宇广厦也会倾塌。岁月的河流里，无论你如何努力打捞，得到的始终是一把又一把的空劳徒叹。只剩下明日山岳，世事茫茫，嘲笑着浩瀚宇宙中一颗渺小星球上几个卑微生命的哀欢。

→ 黄土屋脊

\ \ \ 刘卫东

北方黄土高原上，骨骼清瘦的黄土小屋，茅草屋檐下，我曾经在漫长的雨季中饱受刺骨的煎熬。

我曾经听说过一个远古的故事，大禹治水，其实只不过用了一把黄土。北方浩荡奔流的河流将黄土带到更远的平原，在这里诞生了方块字和黄土小屋。

我用十年的时光来观察黄土地上生活在黄土小屋里的伐木者、雕刻艺人、酿酒师、泥水匠们的生活。伐木者从我读《诗经》的年龄开始，就出现在河畔的森林里，河流的对岸是桃花和金黄的秸秆。那种木头特殊的气味，高粱酒的醇厚与伐木者和泥水匠青铜色脊背上的汗珠顺着河流,被风带到很远的地方。风穿过湿漉漉的青芦苇,绕过金黄色的草垛,带着谷子的清香,轻轻地,在午后的时刻落在屋脊上。

陕北高原,北方的河流将泥水匠的歌声带到了田野,辽阔的高原上你会看到弥漫的绿色线条,随着风儿摇动。黑青色的屋瓦,起伏的地势,酿酒师弯着脊梁将大堆的红高粱酿成烈酒,到了春天,这种烈酒散发出桃花一样的芬芳气息。

黄土小屋,这种泥土的建筑代表的是一种汉语言的气质和性格,它是属于浑浊不清的语言谱系里最坚韧的种子,随着春天桃花的花蕊被播种在古人的诗句里。我以泥水匠、伐木者、酿酒师的身份站在黄土小屋的屋顶,阳光下远方的高原连绵起伏,绿色的海浪带着民间艺人沿着黄河的流水走向远方,被泥土的波浪湮没的黄土小屋只露出青黑色的屋脊。屋脊上的青草和芦苇的气息会把远方的梦境带回他们贫苦的村落,沉淀在黄土小屋的记忆里。

北方黄土高原上,骨骼清瘦的黄土小屋,茅草屋檐下,我曾经在漫长的雨季中饱受刺骨的煎熬。北方的冷雨打在屋顶乌黑发亮的一排黄土烧成的青瓦上,烟尘滚滚,瓦松、茅草、野花、洁白的棉絮、芦花都从屋顶上滚落下来。冰冷的雨水浸泡着焦渴炸裂的金色玉米。田野里一排排的黄泥小屋的屋顶在雨水的敲击下,屋瓦的夹缝里开始冒出蒸腾的水汽。贫瘠的屋顶长满粗野的花朵,金黄、橙色、黑紫的花瓣从泥土里探出身体,那微小干瘪的种子挣脱束缚的一瞬间,那些泥土就开始塌陷。从更远的高原上遥望凸出的青色的屋脊,雨水把青草的味道带给天边的云彩,那是生活在这黄土小屋里孩子的童话。

一粒盐巴,一颗小石子,一件羊皮袄,打结的草绳,这是黄土小屋的全部。

黄土高原上迷失的河流将更多的黄土和故事带到这个世界。千里茫茫,黄土的泥浪波澜壮阔,穿过山谷和石崖,在泥水匠、伐木者、酿酒师的皱纹里,这些讲给黄土地上的娃娃们的故事就是天上的云彩,无论是在传统的祭祀还是祈祷中,这种五彩的河流就是古代的大禹和造字的仓颉所使用的黄土,长大的娃娃都会因此有着健壮的体魄。

我一直相信，五彩的河流就在我手中的泥土里隐藏着，在酿酒师苍老的歌声里，它会带我像云朵一样找到汉字的归宿和童话。我在黄河的水声中学会了汉字的发音：虫，鱼，鸟，兽。我看着泥水匠用朴刀在屋脊上刻画着这些吉祥的符号，这些是我汉字的启蒙，草木山水，都是这种劳动得来的智慧。

伐木者建造的绿色屋脊，五彩的云朵，那就是高原上唱歌的河流。那是我回家的路。高原的风儿将绿色的河流带到我的心里，母性的河水哺育着我的成长。

古代的黄土如今成为伐木者和酿酒师屋脊的一片砖瓦，呢喃的歌声穿过春天的绿色树林，跟着民间艺人一起上路了。这群穿梭在黄土高原上的民间艺人是风的歌手，他们黑色的头发里夹杂着稻草的香气，远方泥土的气息使城市里的孩子瞪大了眼睛，看着他们背着行囊叫卖木雕的手工艺品。在孩子们的眼里，他们像风一样穿过城市，他们的歌声是神奇而美丽的。这些民间艺人也像漂泊的孩子一样，穿过河流和城市，把他们的故事带到云朵飘到的地方。

我在高原的故事里寻找汉字的始祖，它是古代的大雁，在高原上栖息，有着金色的翅膀，汉字的形体、骨骼。听着高原上的民歌，风吹来的沙飘过黄土屋脊，娃娃们就在屋脊下看着那些雕刻的图画文字：虫，鱼，鸟，兽。低矮的屋脊就是他们的黑板。汉字的发音是鲜活的，他们能感觉到那黄土屋脊的寓言，风会把他们的梦想和故事带到北方的河流。

北方大地，河流苍莽逶迤，黄土高原北起古代的长城和阴山，南达秦岭，西抵祁连，东至太行。在波浪跳跃的地势上，你可以看到彩云与青草屋脊，就像内陆陆地挺起的脊梁。黄土塬上的沟沟坎坎，山尖尖、圪梁梁、羊肠小道有脚板硬过石板的孩子和抽大叶烟的泥水匠、酿酒师踩出的打夯歌、吆牛调。

高原上的孩子都有这种悲伤和故事。树木被伐木者雕刻成屋脊上的横梁，支撑着黄泥小屋，家庭，支撑着汉字的谜语。贫贱的黄土如今和着苦涩的雨水成为黑瘦而暴躁的一群人的家。泥墙里混杂着草根、砖石、瓦砾、铁屑，更多的是人的汗水。金色的稻草和骄傲的芦苇混杂在这贫瘠得几乎使人发狂的世界，以一种宗教似的姿态成为这黄泥小屋最结实的一部分。这种生活方式和观念从一开始就影响着我的思考。咀嚼着苦涩的草根，看着田野上一墩墩结实的茅草房子，我对那种水土和饮食特殊的理解就扎根在这小小的草籽里。当暴雨狠命地抽打着这屋脊，看着人们裸露着脊背拖拉着农具陷入慌乱，看着泥浆溅满那张衰老的悲观、焦急的脸，我在古老的歌谣引导下，沉迷在这酸楚的雨季，我听到了那破旧的屋脊的呻吟。往事和心火慢慢郁积，直到风雨慢慢停歇。那泥墙里的芦苇已经失色，丧失锋利，金色的稻草也已经腐朽，庞大而虚弱的泥墙就在风雨侵蚀下濒临坍塌的宿命。

伐木者建造的黄土小屋，它不是清真寺，没有信仰，也不是教堂，没有人为它祈祷，为它迷狂、献身。它旋生旋灭，在这焦渴的土地上挣扎。水土接不上文明的血脉，只能由它自己来承担和选择这历史的宿命。野花的繁殖，瓦砾的腐败，荒草的疯狂，黄土世界的滚滚黄尘，已经不可阻挡地陷入生存的困境。黄土屋脊雕刻的龙凤、虎豹，还有那展翅的孔雀，如今只能作为一种象征牺牲了，那屋脊庞大的木质骨架在蠹虫的腐蚀下渐渐地剥离了美的符号和色彩，剩下消瘦的骨骼和狰狞的身体。时间和世情一起压榨着这黄土的骨血，如今能剩下的只是狼藉的风景。这种悲壮启示着我，支撑着人们在困境里生存下来的还应该有另外一种知识和精神。

屋脊是泥土的，它并没有睡着。它还在呼吸，呢喃，唱歌，蠕动，飘浮。它是松软的，有生命的，有记忆，有翅膀，它会做梦，讲故事，会咿呀学语。站在高原上，你看到它好像是飞进你的视野里的，你觉得它又像是在缓慢地移动，是童话里的移动城堡。它没有徽派建筑的繁杂，没有竹楼的飘逸，也不是纯粹的木石结构。它活动着身子骨，像云朵一样俯卧在屋顶。从起伏的高原上看，它是流动的，伸缩着疲惫的脊背、肩胛骨，踱着步子，炊烟就从青草屋脊上升起，孩子们的朗读声也飘荡在林里山间。

虫，鱼，鸟，兽。掌握了汉字就懂得了黄土屋脊的意义。汉字的书写规则和美感就在于这种寓言包含的秘密和启示。父性的屋脊，承载的是一个家庭，一个故事的秘密，就像黄土高原承载着汉语的秘密，它是在这个寓言中成长的孩子的童话。汉字的骨骼，黄土的厚重，它们构成高原上绿色的文明。雕刻的木纹承受着风雨的侵蚀，它对于我来说就是汉字文明的脊梁。高原苍莽一片，母亲河的水声和歌声都沾染着这种血性与唯美。这种丰腴的汉字和娃娃们健壮的躯体因此在高原的恩泽和河流的哺育之下，有着金石的质地，文明的建筑即使被高原的沙砾湮没，也不会土崩瓦解。

屋脊覆满青草、芦苇和爬山虎，墙边落满蒲公英、矢车菊、荞麦，有时候会在其中发现一棵羊齿、蒺藜等。疏雨茅檐，泥土小屋，漏雨苍苔，但是不能惊动中枢的屋脊。它沉静，富有智慧和经验，坚忍而倔强。十年，几十年的光阴不会磨损它的锐气和稳重。泥水匠和酿酒师的黝黑脊梁就像山脊一样，风吹雨打日晒，兀然自若，这是一种生活的智慧和勇气。

青龙，白虎，朱雀，玄武。古代的文明血液浸染这黄土，它们倒成为娃娃们的姓氏、名字中的一部分。他们就像高原上传奇的山鹰，是贫困的家庭里那巨大的檩，是父亲们歌声中绵延的山脊，承载着一种勇敢。

遥望黄土高原上的村落，你会看到那结实坚韧的青草屋顶，雕刻着鱼纹陶盆的屋脊。使用青铜农具，背诵汉语拼音的黄土地的后代有着钢铁的筋骨、动情的腔调。犁铧翻开汉语的书卷，那种东方古老的传说在黑污的棉絮、发黄的牙齿、黑脸膛的孩子们的童话里复活。如果你从文明的城市，跟随酿酒师、伐木者、泥水匠的歌声一路穿越波澜的黄土来到这彩云之下，你会为生命的坚韧、无聊的慰藉而失色。看着泥水匠、伐木者在黄土谷地上穿梭着，赤裸着青铜色皲裂的脊背，烈日的暴晒之下，你会联想到它们与黄土小屋草绿屋脊的本质联系。

从遥远的文明世界，黄河的歌声会把你从尘嚣的中心带到汉语的腹地。沧浪之水，无疆的高原山梁挺拔，地势连绵，母语的海洋那最珍贵的一抹绿色原来就是贫瘠的黄土小屋那屋脊之上不息的绿色。

遥远的古代长城、高原的孩子美丽的童话会把你从城市的沙漠带到母语的河流边上，让你跟随戴着白头巾和羊皮兜的伐木者和唱爬山歌的酿酒师的歌声，来到文明奔腾浩荡的绿色流域。人们会击鼓而歌，把你的悲伤湮没在绿色的潮水里。巨大的脊梁携落累累黑色的伤痕，像被割破了血肉的陶罐色彩烧伤了我疲惫的眼睛，色彩点燃了整个黄土地，流淌着，涌动着，湮没古代的卵石，古老洁雅的音调，逍遥的文字。

我不知道古代的仓颉有没有眼泪。文明的世界，汉字的秘密如烧毁的甲骨、木刻，被伐木者和酿酒师雕刻在贫瘠村落里茅草覆盖的屋脊上。这种吉祥的文字成为人性的沙漠里灼烫的绿色，蘸着笔墨，写下的全是五彩华章。

渐渐地，我感到了它的柔软和苦涩，青草的绿色弥漫原野，那是泥水匠掌心里的春雪，是屋脊上的刀痕。文明的大陆，彩陶色彩一样的屋脊，我所歌唱的就是那生命河流中一抹绿色。

金色的阳光下，风儿吹过，白云飘过，我坐在黄土高原的屋脊上，让我扯开嗓子给你唱一首高原情歌吧。

⊙ 故乡的茶味

\\\ 丁 威

我又回到了故乡，喝到了真正的故乡的茶，有好有坏，滋味不同，却唯独那一种，是叫我沉默地攥紧了茶杯，叫我热泪盈眶。

说到茶，我还年轻，没有见识过许多茶味，难免捉襟见肘，舌尖滑过一片茶，说不清道不明是哪种，只知那一种泥做的水样的东西，留在唇齿间，将人往空明的高处升。

　　四月天，清明到谷雨，正是新茶时节，蛰居一冬的，探出脑袋；又赶上这样好听的节气名字（节气的名字都藏韵，如芒种、白露、雨水）。嫩芽，指头一掐，是一痕油油的茶绿；嗅，躲不掉的清香；嚼，苦涩又回甘。用唇采茶，不伤其嫩，可看作一张嘴的欲说还休，含着力，试探，用唇的柔软包住茶的嫩，舌尖扣住，扯呢，也是缓，回力的劲道，摘取云朵似的，如一朵雾似的小蜂采蜜，一片毛尖就被采下。而后的工序我不甚明了，道不出一三五，就留给那些熟稔茶之道者，我所说的是端上桌面的那一道味，云蒸雾绕的时候，那一片茶里的心绪。

　　前年，我还藏在北京的干冷里，衣物不够，又没暖气（后来买了几瓶二锅头，冷的时候，就喝上几口），和同学藏在一间不足五平方米的房间里。由于房子的格局问题，终日不见阳光，关了灯，蒙上被子，是不分白天黑夜的。工作又没有找到，每日就是上网投简历，期盼着能有一家公司垂青于我，而后便是在漫天的风沙里，赶上几班公交，倒转几线地铁，迎接别人一次次的目光打量、问询，将那些烂熟于心的自我介绍添油加醋地倒腾给别人，像年轻时候的海明威在巴黎一样，想要用手敲敲木头，期待好运气的降临。

　　找了近一个月的工作，手头的钱眼见变少，日子却只是无望。印象中北京的天气一直不好，风沙吹得外面一阵阵嚣叫，杨树早已落尽它最后的叶子，触目皆不见绿色，只剩灰。天空自不必说，就是人脸，也是倦怠得灰蒙蒙的一片。那些街边的站台、闪烁的车流灯光、灯火摇曳的娱乐、入夜后依旧拥挤的地铁……构筑着北京的旷远、间隔、距离。

　　一个圣诞前的夜晚，和同学穿行在繁华的三里屯，彩灯挂满了视线，用城市的妖娆撩拨外乡人的心弦，几乎是疼痛的。走一路，只一路的沉闷，眉头几乎皱成一副锈蚀的锁，任谁也无从打开。期待什么呢？期待北京这个城市收留你？它是祖国的首都，是心脏，血液从这里出发；它意味着新生、时尚、活力、跃动，等等；想象它的广阔天地，那些年轻的骏马啊，扬起你的蹄子，抖擞你的鬃发，将你青春的嘶鸣响彻万里，前方一望无际，我年轻的骏马要驰骋千里，几乎是号叫，几乎要热血回流，几乎将重整河山待后生。拒绝抒情的年代，想起浪漫自由主义的八零年代，说到北——京——，你也要在零度的冰冻里抒情，说一说梦想的北京，说一说理想主义花朵般的北京。

可是啊！你相信北京有驰骋的沃野千里，你也要相信北京有生硬的拳头、有冰冷的拒绝、有干涩的冷漠、有物欲的盲肠……那个夜晚，和同学几乎绕尽了大半个三里屯，走到最后，只剩一口一口的喘气和叹息。后来，你简直要分不清哪些是喘气、哪些是叹息了。我苦笑着对他们道：热闹是他们的，我什么也没有啊！心里想的尽是：回家，还有那一床温暖收留我，一碗热粥种下我的眼泪。

父亲打来电话了，还有母亲，手机放在耳边，我觉得隔着好远啊。母亲依旧絮絮叨叨，他瘦弱不堪的儿子啊，北京的湿寒是否侵蚀他，哪一阵冷风吹他，哪一块砖石硌疼他，有没有一碗饭喂饱他的肠胃，那些烈酒是不是还在熊熊烧着她儿子的疼痛，那些失眠的夜晚是不是还在折磨着他衰弱的神经；衣服暖不暖、被单厚不厚，冷风过时、冬雪降时，他的儿子躲在哪里？母亲在电话那头长吁短叹，好像她的儿子就要被北京打败，狼狈、脆弱，好像全世界的暖都抵不上让她看见我，看见了心里就踏实了。她说啊：你不在跟前，我瞧不到你，我哪能放心得下，北京那么冷，你年轻又不管不顾，只知道消耗，我哪能安心？每夜我睡不着，就只是想你，你是我儿子啊。父亲接过电话，一阵沉默，责怪我到北京也不跟他们打声招呼。我还嘴硬，说自己大了不想拴在你跟前。父亲又一阵沉默，问我钱够不够，北京天气寒，和家乡不同，别仗着年轻，就拿筋骨去扛。我说，我知道。手机里是长久的呼吸，一个父亲和一个儿子的沉默，隔着山似的沉重。我理解这是爱，我如此固执，硬要撇下嘴，将他的爱生硬地收下，不言语，算作勉强接受。而后，便是短暂的重新梳理一遍嘱咐。忙音过后，我点上烟，回到住处，烟灰结了老长一段，缓慢跌落了。

后来，我在一首诗里写道：他也在异乡，在床榻之上/空空洞洞地老去，挂念着你/把一点点的温暖收藏/故乡的云再飘起来的时候/他把爱给你，像小时候田埂上的那些悠长的午后/他的烟一直都没熄灭/我很小，他也一直年轻。

那些被时光打败的父母亲啊，心里藏着这样的一个儿子，因为瘦弱、多病、固执，又多加多少心血？！

那间住处的楼下有一个饭店，是老乡开的，我们都喜欢辣，又因为钱少，就只点那两道小菜：小炒肉和醋溜白菜。辣椒只一根，就叫你脸面通红，就要大口灌水。起先老板只有白开水，我们一口一口嚼辣椒，一口一口灌白开水，将在北京的一点感触掏出来，怀念一下过去的岁月，对比一下，好像那些日子一个挨着一个似的，都是好日子。

有一天，老板提上来一壶茶水，叶子很宽大，一看便知不是什么好茶，泡久了，汤色是暗的，让人想到说不出话来的那种喑哑的暗。不过，有茶总好过寡淡的白开水。我们照旧点了如上的两道菜，菜没上来前，我给他和我自己各倒了一杯茶，刚端起来，因为热气蒸腾，茶味就上来了，多久没喝茶了，感觉的神经立马就察觉到了不同，鼻子闻了下，太亲切了，又闻了下，眼泪几乎要出来，喝了一口，眼睛就脆弱得忍不住了。我跟他说，你尝尝这茶。他看着我湿润的眼眶，尝了一口，没舍得咽，脸上的表情我全都了解。我说，你猜我喝这茶想到了什么？我们几乎同时道出了：家！

它让我想到了家，更进一点，是爷爷家那些便宜的茶。用瓷缸子泡，放很多茶叶，倒满一大缸子水，盖上壶盖，焖，才不管这是不是一种不好的泡茶方式呢。而后，端起来，喝下一大口，不去品它，咕噜一声咽下去，因为太浓，嘴里就全是苦味。等吧，那些粗劣的甘味稍后就会泛上来；待甘味退去，再灌上一大口。如此几番，一缸子茶就喝尽了。我不说喝茶，那是豪饮，管渴，饿了，甚至管饱。

我们在菜还没上桌前，就喝完了一壶，就又续上一壶，菜也上了桌，一样的一口一口嚼辣椒，一口一口灌茶水，话却少了，似乎那许多话都融在了家乡的茶里。喝吧，喝吧，家乡话都在茶里；你喝到饱，家乡就像茶水一样流在身体里了，那些家乡的滋味，你要在北京——这个找不到家乡的地方——喝醉在家乡的滋味里吧。

那天，我们吃得特别有味，似乎家乡的茶特别下饭。饭后，我们还坐了一会儿，一人又慢慢地喝了一杯，一点一点地品，是要品出乡音、品出乡味、品出乡愁的那一种。起座的时候，摸摸滚圆的肚子，相互笑笑，就像回家了一样。结账的时候，跟老板说，这茶真好喝，让人想家。老板笑笑，特别亲。

那之后，我们每次去，都要满满地灌一肚子茶水回来。在那些苦闷的日子里，家乡的茶，成了不系之舟的港湾一般，收留我，慰藉我，给我温馨，让身心沉在那一丝丝的家乡茶味里，说不出的亲切，道不明的热泪盈眶。

后来，临近过年，同学要回家，我要孤零零地待在这座并无好感的城市。想到这，我也就辞去了工作，和同学一道买了回家的车票。我于北京，灰暗暗地离去，那个时候，我是一个被打败的兵，算作仓皇地逃离了。

临走前的那顿饭，我们依旧是在老乡的饭店里吃的，吃不够的那两样，桌子上沉默得很，各人在想各人的心思，想着灰蒙蒙的这段生活，是青春里不起眼的一个注脚。再提起，个中滋味，谁能说得清。关于梦想，关于热血，关于生活，我们也许只有沉默的份，就像这最后一顿饭，嚼着嚼着，你都不知道该怎么下咽了，后来就喝茶，想用家乡的滋味冲淡一点什么，可是它又是什么呢？我们说青春啊，这个光明的动词，你哪里能说得出口？

熊培云说：没有故乡的人寻找天堂，有故乡的人回到故乡。

我后来回想，那在北京的第一口茶，结结实实地烙在记忆里了，想起之前写的一句：对于爱茶之人，茶乡即是故乡。我又回到了故乡，喝到了真正的故乡的茶，有好有坏，滋味不同，却唯独那一种，是叫我沉默地攥紧了茶杯，叫我热泪盈眶，叫我想跟你说起：漂泊、亲情、故乡、故乡……

| 第三辑 |

我心匪石 / 张　珂

三叶 / 郑　琪

冷雨扑少年 / 潘云贵

秘密 / 张　珂

佛曰："如是因，必得如是果。"不经过春耕夏耘，如何能有秋收冬藏呢？

→ 我心匪石

\\\ 张 珂

你不要嫌她来迟了，其实每一步她都思考了好久。你不要嫌她胆子小，她只是很热情，但怕吓跑你。你不要嫌弃她笨，不会说话，她想和你聊人生、聊理想……

我的朋友火锅是个脾气很暴躁的人，从她的名字就可以看出我们对她的敬佩。先麻后辣，一发起火来咕咚地冒着热气，扔什么进去都能三秒钟之内煮熟。不接她茬还不行，恼起来能让你连锅底都给吞了。古今这样的姑娘都很容易被人招惹，大概男人都以为豪爽的女人容易被不负责任地勾搭。所以他们走过来笑嘻嘻地，要号码也笑嘻嘻地，流着哈喇子，三步远就能闻到一股人渣味。

火锅每次也不恼，笑盈盈地报个微信号。火锅报出来的微信号是我们朋友九曲的，九曲在大冒险输了之后迫于火锅的淫威换成了她的头像。火锅微信三年没被人骚扰过，九曲微信三年没约到过人。

没约到人的九曲变得很暴躁，火锅的好友提醒总能让他精神一震，从含蓄暧昧到奔放挑逗，九曲每次把对面的人聊得心急火燎，对面流着哈喇子的人也不知道其实和他聊天的是个从小玩拳击的东北糙汉子。

火锅虽然暴躁，但在爱情里如鱼得水。和她谈恋爱简直是一大享受，因为她虽然暴躁但从不会无理取闹。我们戏称火锅为鸳鸯锅底，简称鸳鸯。鸳鸯交往的男朋友没有一个劈过腿，单凭这一点她就已经秒杀百分之九十的人了，包括我。

我很真诚地问过鸳鸯这里面的诀窍，没道理，鸳鸯又不是绿茶，凭什么爱情处理得这么风生水起。

鸳鸯说她六岁的时候和喜欢撒泼打滚的表弟一起拜年，表弟大吵大闹要红包，她当时满脑子都在想桌上的红烧肉，谁也不搭理。结果最后收到的红包比表弟的厚了两倍，鸳鸯当时突然福至心灵"会哭的孩子有奶吃"这句话是错的，哭，只会引起人的厌烦，在此基础上给的一切东西都是为了堵住烦躁而施舍的。以一哭二闹三上吊作为威胁，换来的只是短时间的敷衍和长时间的不耐烦，闷声发大财才是亘古不变的真理。

鸳鸯把这个真理用在她的恋爱上，从来没有大哭大闹以分手作为威胁。鸳鸯告诉我，一吵架就分手只会换来一段时间的甜蜜，我的男朋友会因此而紧张我，在这之后的几天对我百依百顺。我指东他绝不往西，我要星星他会连月亮一起摘给我。但这个日子比女人的生理周期还要短，忠犬公的形象最多扮演不超过一个星期。接着感情裂开的口子忽然变大，最后"刺啦"一声，男朋友一把撕开这个游戏黑洞，不耐烦地说："还没哭够啊！老子再找一个。"

所有的男人都是这样的。她笃定地说。

我被鸳鸯的话震撼得说不出话来，她六岁就明白的道理，我二十二岁了还没摸到诀窍。

"那你怎么没有谈超过三个月的呢？"我有些嫉妒地问她。

"这就是我接下来要和你说的弊端了。"鸳鸯一本正经地说，"虽然这样我不会和人撕破脸，但也没到多喜欢的地步，至多半年就没感情了。"

"那你就没有特别喜欢的人啊。"我恨恨地说。

鸳鸯有些娇羞地看着我："没有。我知道爱情不能使小性子，但不使性子的哪叫爱情啊？所以我还没有特别喜欢过一个人呢。我特别羡慕你，有自己喜欢的和不喜欢自己的，有分手之后还念念不忘的。那是什么感受啊？"

感受你大爷。

我拿起九曲的手机，愤怒地调戏对面的人渣。

九曲私底下和我说，鸳鸯一定是受过很深的情伤，不然怎么会无欲无求到这种地步呢，九曲说得一脸神秘，鸳鸯这种谈个恋爱什么也不要的人必定是从前要的太多，失望太多。"说不定哪天鸳鸯就抱个孩子回来直接喊叔叔阿姨啦。"九曲笑得撒欢。鸳鸯在他后面听到这话笑得更欢，扛了一箱啤酒过来砰的一声摔在地上，直接拍拍九曲的肩膀："来，我们俩对瓶吹，你喝赢了，微信头像想换什么换什么，我喝赢了，你得喊我阿姨。"

九曲面如死灰。

我在他们对面笑得前仰后合。我和鸳鸯差了五岁，中间隔了圣斗士星矢和四驱赛车的年代。我第一次遇见鸳鸯是在学校小区附近的广场。我一边吃卤鸭一边看喷泉。喷泉的水花不停变化，我手里的卤汁香飘四溢。那段时间我无事可做去学了瑜伽，全身的七经八脉被打通，每天晚上听见老骨头咔咔作响，不仅没有瘦下来，还食欲大增。通常我是不会做出在广场吃卤鸭这么不雅的事的，但那天喷泉旁边小情侣出奇地多，他们卿卿我我腻腻歪歪，而我拎着卤鸭全身散架。于是愤怒的我坐在喷泉边的椅子上开吃，旁边的小情侣纷纷避让，用嫌弃的眼神看着我。可能分子在运动中将我卤汁的香味传得太远，没有小情侣愿意和一个吃卤鸭看喷泉的人坐在一起。

广场舞的音乐声在另一头响起，我眼前的灯光不停变化。没有人来打扰我，整个广场和跳广场舞的大妈都是我的。我觉得人生得到了极大的满足。下一首舞曲响起的间歇，我听到了不小的争吵声。男的站起来双手比划着说得面红耳赤，女的不为所动，背影落寞得比我吃卤鸭还认真。我一阵唏嘘但快活地想：吵吧，吵吧，让小情侣都分手吧。我手里比着RAP，和着舞曲的节拍，觉得见证了一对情侣的争吵简直太棒了。结果我摇摆的时候没掌握好规律，腿上的袋子被嗨洒了，卤汁弄了我一腿。

那个女的就是鸳鸯。我哭丧着脸看着腿上卤汁的时候，鸳鸯走到我旁边坐下来，盯着我的大腿和酱汁。没办法，那男的愤然离席。方圆几里只有我这儿有空位。我思量很久，觉得不能带着一腿的卤汁回学校，于是硬着头皮和鸳鸯说："你帮我看一下卤鸭还有书包，我去冲一下腿。"

说完我就直接冲到了喷泉里面没给鸳鸯任何拒绝的机会。那天我人生丢人的履历又更新了两章，一章是在喷泉广场吃卤鸭，还有一章是去喷泉里洗腿上的卤汁。在喷泉里玩耍的熊孩子看见一个二十岁的老阿姨，纷纷开启了喷水模式。

而我拖着湿漉漉的头发回椅子上的时候，看见鸳鸯正在吃我的卤鸭。

"你怎么吃我的卤鸭啊！"我质问她。

"是你让我帮你看着的啊！"她毫不客气地顶回来。

"那我也没让你吃啊！你还吃我鸭腿，我准备留到最后吃的。"我瞪着鸳鸯。

"我刚失恋，你连一个鸭腿都不愿意给我。"

我看着鸳鸯比我大好几岁的脸被噎得带了哭腔："你怎么欺负人啊？"

鸳鸯犹豫了一会儿，把鸭腿伸过来："要不你尝一口？"

"算了，"我把头扭了过去，"谁让你刚失恋呢。"

鸳鸯笑得美滋滋的，接着就咬了一大口，我在旁边看得直咽口水。最后鸳鸯一抹嘴巴上的鸭油，打着饱嗝和我说："其实我也不是失恋，是我要和他分手，他不愿意，但我晚上确实没吃饱，嗝。"

你还我鸭腿！

鸳鸯江湖老大姐般打量我几眼："小姑娘，你很厉害啊！我头一回看到人看喷泉吃卤鸭，还把卤汁吃到身上的。"

我哼一声不理她。

鸳鸯再接再厉："小姑娘，大晚上一个人来这儿吃卤鸭，单身吧？"

你是不是有病！

我还没骂她，鸳鸯忽然轻轻地说："我现在也是了。"我突然感到心酸，想要安慰她几句，鸳鸯忽然拍拍我肩膀，高兴地说："我叫鸳鸯。你单身几年啦？"

从此鸳鸯和我一起练瑜伽，一起吃卤鸭。小区门口的烧烤摊被我们挨个吃了一遍。后来瑜伽老师退我们钱，让我们回家自学，她说我们俩是反面教材，会影响她创收。

于是我们俩心安理得地吃起了烧烤，也遇见了九曲。

九曲比鸳鸯还要大一岁，是鸳鸯的同事。鸳鸯说九曲以前追过她，我问她怎么后来没在一起呢。鸳鸯云淡风轻地说，她和九曲说她此生最大的梦想是跳伞的时候，她的对象在半空中向她求婚，或者她对象在蹦极的时候，鸳鸯向她对象逼婚，不答应不给上来。九曲吓傻了，再也没提过追求的事。

我和鸳鸯刚一坐下，九曲就立刻说要打包走，连个招呼也没敢和鸳鸯打，就及时地把我们那桌账给结了。我随口问鸳鸯："九曲是不是怕你啊，怎么上赶着给你付钱？"鸳鸯眉头一皱，猛地一拍桌子："九曲过来。"

鸳鸯一声吼，几个桌子的人都不吃烤串了，回头看着我们。九曲脚步僵硬，回头干笑两声："钱都结了，还有啥事？"

鸳鸯瞪他一眼："你没事给我付账干吗？"

九曲愣了，结结巴巴："这，这在东北都这样啊。看见认识的女孩吃饭不给结账，那还是男人吗？"

鸳鸯又一拍桌子："这是东北吗？"

九曲哑口无言，哭丧着脸，鸳鸯又一瞪眼，九曲带着哭腔："中彩票了。"

鸳鸯立刻回头看着我眉开眼笑："你等着，我再去点四个烤翅。"

那天晚上九曲打包回去的烧烤又打包回来。鸳鸯吃个烤串吃得挥斥方遒："你别看九曲看着怂，从小练拳击呢！"鸳鸯指着九曲和我说，"来，你给妹妹表演一个单手捏碎玻璃杯。"

九曲："捏你妹啊。"

我瞪九曲一眼，九曲突然反应过来，说错话了。鸳鸯不高兴了，把酒瓶子放得震天响："你这人怎么那么没素质呢！你得请我妹妹吃一个礼拜烧烤赔罪。"

九曲真的请我吃了一个礼拜烧烤。喝啤酒的时候，鸳鸯突然想起来，亮着眼睛问我们："你俩都是单身吧？"

我心一抖。九曲"嘿嘿嘿"傻笑："虽然年龄差得有点大，但你要是介绍的话。"

鸳鸯一巴掌拍在九曲的后脑勺，晃得我眼睛都疼："你怎么净做美梦呢！我是不明白我这个妹妹年龄小，单身还能理解。你都奔三十了怎么还单着呢？哈哈哈，你是不是有问题啊？"

我还没来得及嘲笑九曲，鸳鸯就火力集中对准我："人家念大学一个礼拜一个男朋友，你念大学还真是念大学啊。哈哈哈哈。"

我和九曲都在心里想，你妹呀。

九曲和我说他以前谈过一个女朋友，和鸳鸯有些神似，说完他很认真地和我纠正，是长相上的神似。鸳鸯静若处子的时候和她很像。九曲很颓丧地说自己喜欢大家闺秀型的，以为鸳鸯长得美也是这样的。没想到老天很公平，给了鸳鸯明艳的长相，还给了她暴躁的个性。九曲很感慨地说鸳鸯的那些男朋友都不知道鸳鸯真实的个性。九曲说，连鸳鸯自己都不知道她想要个什么样的男朋友。

鸳鸯说她不知道什么才是真正的恋爱。她没有认真喜欢过一个人，也不敢在恋爱里奢求什么，她总觉得自己什么都不缺，也就没必要收贵重的礼物。可时间长了，她的男朋友就真的什么都不送她了。鸳鸯的男朋友哪怕是分手后都没有说过鸳鸯不好，他们总说鸳鸯很懂事，他们说鸳鸯你多完美啊，娶回家当老婆什么节日都不要礼物，还能洗衣做饭。鸳鸯连呸两口，让他们有多远滚多远。

我问鸳鸯那些人知道不知道你这么暴躁，鸳鸯扭捏地说不知道。她说："他们只知道我叫鸳鸯，可不知道鸳鸯前面还省略了'火锅'两个字。"

我叹口气，觉得鸳鸯比我多活的这五年也未必高明到哪里去。

鸳鸯问我，那些长久的陪伴为什么即使争吵还不分开，为什么使小性子了还会被容忍，为什么时不时就会有惊喜，为什么会爱得刻骨铭心，甚至是分开了还会对对方念念不忘？

我答不上来。鸳鸯叹口气，算了，你比我少了五年也没机灵到哪里去。

九曲和鸳鸯对吹一箱啤酒的时候，九曲理所当然地喝趴了。鸳鸯不屑地看着九曲："才五瓶就倒了。"我在旁边看得心惊胆战，大人的世界好复杂啊！我还是吃烤串吧。

其实鸳鸯自己也喝高了，她就是不肯承认。鸳鸯拍拍手掌撑着站起来："把你九曲哥送回去，他明天还要出差。"

我和鸳鸯扶九曲起来的时候，九曲拍拍鸳鸯："鸳鸯，你不能这样啊。喜欢一个人就要用力爱，用力使性子，用力对他好，你这么懂事体贴的，又不是演'二十四孝'，何必呢！"

鸳鸯愣了一下，眼圈忽然红了，有些委屈地说："没有人教过我啊。我本来已经够暴躁了，如果谈恋爱也那么暴躁，会没人喜欢我的。我只能收敛感受，不然没人要我了。"鸳鸯说到最后变成了哭腔。

九曲摇摇头："不是的。你什么都不要，什么都不说当然很好，可是你也什么都得不到，男人会以为你不要，都不给你。你太懂事，什么都不缺，反而容易被人骗。"

鸳鸯哭得更厉害："我以为什么都不要求是对的。"

九曲打着酒嗝，拼命摇头，好像想让自己更清醒一点："什么都不要，连失去都没有，怎么会知道自己到底喜不喜呢？"

鸳鸯吸吸鼻子，把九曲架到出租车上，突然小心地在后面拉我袖子小声说："你觉得你九曲哥哥怎么样啊？"

我看着醉得不省人事的九曲和脸色酡红的鸳鸯用力地点头。

鸳鸯笑眯了眼："那等明天你九曲哥哥出差回来，我请你们吃饭。"

九曲回来那天鸳鸯紧张得堪比我家楼下准备相亲的姐姐，不停地问我她妆花了没有，裙子漂不漂亮。我说又不是见家长都好都好，反正你什么样九曲都见过惊喜太大容易被吓到。鸳鸯不好意思地看着我，忽然怯生生地说："你会不会笑话我啊？我都那么大了，还像你们小姑娘似的。"

鸳鸯说这话的时候怯生生的，眼神向旁边闪躲，身子往沙发后藏。我突然想起我初恋的时候很怯生生地和别人说："我喜欢你，你能不能喜欢我呀？"

我吸吸鼻子："挺好的，谁谈恋爱，谁就是小姑娘。"

鸳鸯眉开眼笑口里哼着甜蜜蜜。

九曲坐下来的时候，鸳鸯欲言又止，一张脸憋得酡红。九曲猛灌一大口冰水摸摸胸口："鸳鸯，我想换微信头像。"

鸳鸯没反应过来："为什么？"

九曲挠挠后脑勺："我出差的时候遇见了一个女孩，我有女朋友了。"

九曲说完就往后一退，生怕鸳鸯打他，结结巴巴地解释："但你放心，大不了我申请个小号，以后还有人加你我再调戏回去就是了。"

鸳鸯没有说话，整个人气氛都降到了冰点。完了，我跟着九曲往后面一缩。鸳鸯估计要掀桌子了。

没想到鸳鸯忽然猛地一拍桌子，比从前任何一次都响亮："速度够快啊！改天带过来我请你们吃饭！也不早点说，多大点儿事，不就是个微信头像吗？一个大男人磨磨叽叽的！换，现在就换！"

九曲松口气："吓我一跳，我以为你要打我呢！"

"打什么打！"鸳鸯口齿清晰，神采飞扬，拿过来九曲的手机就要换头像，没想到按了半天屏幕都没反应。

"你换密码了啊？"鸳鸯忽然说，声音低沉下来，平静没有起伏。九曲没有注意到，还在不好意思地傻笑，摸着后脑勺说："嗯，我女朋友换的。"

鸳鸯握紧了手机，眉眼带着笑意："那微信头像你赶紧换成你女朋友的吧，小姑娘肯定喜欢。"

我看着鸳鸯一杯又一杯，越喝越精神，眼睛在啤酒杯后面透着亮晶晶的光。

九曲打车刚走，鸳鸯忽然用力扯我胳膊："你扶一下我，我站不稳了。"

"那你还逞能。"我气急败坏。

"你不懂。"鸳鸯摇摇头，"这是最后的战役，我赢了。"她对着我"嘿嘿"傻笑，眼里的光比天上的星星还亮，笑得傻头傻脑没心没肺。我顺着她目光抬头看，什么都没看到。鸳鸯忽然捂着脸，鼻腔里传出闷热的声音："我赢了，可我怎么那么难受呢？"

鸳鸯的肩膀抽抽搭搭："九曲从来没告诉我，用力喜欢一个人会那么难受啊！"

我拍拍她肩膀，不知道说什么。鸳鸯双手埋着脸，传来似有若无的抽泣声：

"你和九曲都骗人啊。你们说要认真喜欢一个人才不枉此生，可我真喜欢了怎么恨不得形同陌路。九曲说用力去爱，可他没教我用力遗忘，他也没告诉我要不要用力恨。"

鸳鸯抱住我，哭得撕心裂肺："你教教我，你教教我……"

我抱着鸳鸯，忽然明白她从来没有认真喜欢过别人的原因：爱太痛苦，恨更痛苦，我不敢爱你。

我宁愿什么都不要，将我们的爱情明码标价地摆在天平上。我不会多要你一分一毫，你也不要对我多加要求，我们彼此清楚各自的砝码和最大承受量。我们从不会红脸，从不会争吵，我们也从没爱过。

我们走过千山万水，看云起雨落，喝了两箱的啤酒说了一宿的情话。那些呢喃的，都是说给你听的，那些恐惧的，都被我们深藏了。我们走了九十九步，跑得头发散了，跑得衣服皱了，跑得心跳加速，一句"在一起吧"随时要脱口而出。直至最后气喘吁吁地站在第一百步的格子里看见你和恋人拉着手一脸惊奇地看着我："你怎么也在这儿？"

我以为你会说："老娘找了很久才找到你的，还走错过路呢，呆子赶紧把旁边这丑八怪的手松开啊，我都来了你怎么还不抱我呢？快和我自拍，什么角度好？老娘喊你呢，听到没有？"

但是，鸳鸯不着痕迹地从一百步的空白格子里退出来，站在第九十九步的位置上，整理好仪态，从容不迫地说："我是要去旁边的，你们玩得开心点啊。"

鸳鸯走了三年，才走到九曲这儿。

九曲不知道，当年公司聚会他玩真心话玩到尴尬不敢开口的时候，是鸳鸯在旁边一人瞪了一眼，然后装作无所谓地说："那咱们大冒险吧，你头像换成我头像敢不敢？"

同事集体嗅到猫腻，兴奋地想起哄，但鸳鸯又是挨个儿瞪下来，于是所有人巴巴地看着九曲。九曲大赦般连连点头："换，现在就换。"

鸳鸯呷口酒，敷衍地要开下一局，但刚入口啤酒的泡沫像是要顺着她心里的笑喷涌而出。同事集体出手,那一晚九曲不停在输,大冒险一换就是三年。三年里鸳鸯等九曲开口,九曲没说过一句话。鸳鸯想,是她吓到九曲了,九曲刚追她的时候,她不该说蹦极的梦想。后来鸳鸯不提跳伞蹦极,九曲也再没提过他喜欢鸳鸯。

鸳鸯把九曲送到出租车里的时候,小声地和我说:"那既然你九曲哥不错,我和他在一起怎么样?他太笨了,干脆我来追他吧。哎呀,你不要笑了。"

鸳鸯这一走,就走了三年。一步一步,小心翼翼。

你听见风声,骂咧咧一句冬天真冷,其实它从好远的夏季赶来,但它来迟了。你看见雨水,不耐烦地说被淋湿了。其实它从早上就在云层汇聚,只是它胆子小,落下的迟了。山谷里回荡的声音好空旷啊,你说一个人好孤独。其实山谷很用力地在回应你。只是它太笨了,只知道不停地重复你说的话。

你不要嫌她来迟了,其实每一步她都思考了好久;你不要嫌她胆子小,她只是很热情,但怕吓跑你;你不要嫌弃她笨,不会说话,她想和你聊人生、聊理想,但怕你不开心。你能不能停下来,听听她的心里话。起风的时候,下雨的时候,山谷回荡响声的时候,你能不能停下来听听她的话呢。

鸳鸯哭着和我说:"我知道我在等他,每个人都知道,只有九曲不知道。"

如果你遇到了喜欢的人,请你一定要告诉他。大雨滂沱的夜也好,酷暑难消的夏也好,大声说给他听。你拥有冬天的风,早晨的雨,山谷里的回响,把这些都告诉他。在第一步的时候就告诉他:"我喜欢你,现在我要追你了。你等我走到你面前再告诉我答案。"

哪怕跌跌撞撞,哪怕穷途末路。

→ 三 叶

\ \ \ 郑　琪

只希望你手里还留一点我的痕迹，不要再像当年那样不辞而别，你什么都没带走，我被迫留下你太多。

昨天梦到你回国了，醒来的时候怅然若失。

恍然间手里的咖啡几度倾倒，泼溅在手上依稀半点儿深色，仿若苍白的手上沾了泥土。还有几滴默默无语，陷入了干净的新书页，藏到了印刷体背后。我努力几次昏昏睡去，却再也接不上半段的幻梦。那杯缺糖的苦咖啡，刺激的除了味蕾，还有一颗麻木不仁的心。

最后一次见你是什么时候？就好像一场送别那样的长度，重得我没能拖动双腿追上你的脚步。我从来没提过，怀着胡思乱想的少女心，自以为是地认为来日方长。

异乡你发了女朋友的许多靓照，她温润地钻进你的怀里，画幅就那么大，只够看到满满的她。

你的心里怕也是这样吧。

我昨天撒了那包糖，那种你说我崇洋媚外的日货，我曾经兴高采烈给你看，你竟满口嘲讽地胡言，引得我暴怒，掐青你的手臂。

糖从一米的高度坠落，坚硬的部分竟然像玻璃一样剔透明亮，可是怎么又不扎眼呢。我俯下身去捡拾，也想不起这些开始的源头。

那年你坐在我的旁边，班级很小，就将两个组的座位并起来，否则我连称你一句邻座的机会都没有。你的同桌文长卿投身学习的苦海不可自拔，她认真的样子很温婉，至少满足我那本奇葩同学录里你写的，未来的"她"，最根本的要求是体贴柔顺的，而身边的我分明就是一只夼了毛的猫，肉垫里隐藏的利爪时时伺机待发。

你对文长卿成天是一副服服帖帖的样子，对我就忙着挑衅。长卿毕竟任职副班长，不怒而威这种能力极其不幸地在她身上发扬光大了。她干练的短发和高昂的下巴，永远目视前方，面朝老师，也见得其成绩春暖花开。文长卿总是一本正经，恰如其分地对比了我们俩每一节上下课的嬉笑玩闹。我上课偷偷塞给你的糖果，还怂恿你递给她，她都只是嗤之以鼻。我们巴结几次都是失败，也就不得不放弃这种尴尬的行为。

当学生的时候，玩的时间都是海绵里挤出的水，是上课老师背过身去写字时的交头接耳。我们忙着研究新近的武侠科幻，可谓是藏在抽屉里的一个个惊慌。如今，金庸和古龙著作都升级成了名著经典，我们当年的疯狂也算是功不可没。文长卿不管不顾，时常屏蔽我们俩的探讨，待到高深欢乐处时，她发现这边的声音远远超过讲台上发号施令的那位，就会扭过头来冷冷地看你一眼。你背对着她看不见，可就害惨了这头东张西望做贼心虚的我。我猛地缩回去，留下你一个人低着头微微侧向我，引得老师几度侧目。

可是你总说你这等坏学生把戏技术高超，因为你保护着当时也算不菲的崭新小说，从来没有失手过。和你闹了别扭，我就开始幻想着你被惩罚，老师从课本下拔出你夹藏的书目，你怯怯地躲避，想想也是很好笑，结果我却从来无缘看到。我得到的好处就是源源不断从慷慨的你那里接手一本本小说。

我们俩脾气那么坏，两头牛都炫耀光鲜的犄角，两只狼都比试鲜丽的牙。你惹了我，我会怀恨在心，报复你种种的辱没行为。

叛逆期开始我也特别坏，每天爆粗口哭爹骂娘的次数激增，当时丝毫不觉得惭愧，只是过足了嘴瘾。你深受其害，尽管你也没有濯清涟而不妖。我们都知道，即使这样，也并非真正生气或者存心侮辱。那些新鲜的骂人话，变着花样满地发芽，你说你只是将他们视为表达情感的语气词。我们互喷的次数越多，文长卿就愈加不屑。她看向我们的次数越来越多，我也受不了她老成的行为举止，就好像安插了什么明目张胆的间谍破坏我们俩珍贵的时光。

合唱队里的福利就是有机会浓妆艳抹，这样可以向你炫耀，在学校做任何违规违纪的事情都要被视为大事和你分享。那会儿文长卿算不上骨干，但也和我并肩。她很安静地坐着看英语，我却欢乐激动，常常被逮住狂批，在夏天妆掉得特别快，无论和汗有没有关系，廉价粉底扑簌簌在空气里飞舞残渣，口红娇艳得可怕，像一张血盆大口。褪去一身校服演出裙，我离开化妆间就向教室飞跑，还找了个理由回去取水，真正目的是让你看到我至少不是校服下那么平庸。但是当你看到我，我还没来得及露出得逞的笑，就被班主任逮住，在你面前被狠狠训斥。

我既不反抗也不退缩，只是看到你，往我这边瞥了几眼，却又若无其事，趴在栏杆上，之后就被班主任庞大的身躯遮住了。

我觉得真是伤心到了极点，并非我自作主张，而是你的漠然。文长卿抿着娇艳的红唇来把我领走，她也朝着班级的方向匆匆瞥了一眼，快得让人察觉不到。后来你说："你真傻，就由着班主任发发神经，也不思考自己该不该承受这样的邪火。"我不以为然，感慨你还是注意到了我。

尽管有言称打是亲骂是爱，你也常常嗤笑自己浑身被我掐出了肌肉，至少也强壮如牛，我还是抑制不住揍你。我拿着饮料想糊你一脸，你却赶紧妙语连珠，说："你要是泼了就真成泼妇了。"我竟然还会被你惊得无话可说，那时候我真是太年轻。你时常威胁我要和老师好好谈谈我对你进行的暴力，后来纸包不住火，班主任都开始调侃我们了，她说："喂！你为什么就让她揍还不还手？"那时候我当着班主任的面狠狠地在你背上砸了一记重拳。文长卿对此不闻不问，仿佛嗤之以鼻。你左右逢源，顾不得伤痛，先是得意地看看脸红的我，又讽刺一下不理你的文长卿，表达你深深的怨恨、你在她心中不轻不重的地位。

你慷慨激昂："你为什么没有女孩子样，凶得半死！我同桌文长卿这样的姑娘看起来就比你讨喜。"我愣是鄙视你："为什么要改？这样多生龙活虎。别是你爱上她了。"说完，心还是生生抽搐两下。文长卿每次都旁观这一切，却依旧手指不停，匆匆做着笔记。她的手连顿一顿都没有，字迹流畅而美丽，现在最多和事佬般安抚我几句。

每次分食时你都会多嘴："你还吃糖呀，有钱，吃进口的。"我倒在你手心里想收回："不吃就算了，叫唤什么。"你赶忙放到嘴里，还作声咂吧嘴，仿佛这就是偌大的幸福。或是在你哥们毛衣上粘拉面，往你哥们椅子上泼水，玩弄冬天我的头发发散出的静电。那都是很相似的满足。考试周前语文早读，我们一起朗诵司马相如的散文，司马相如笔名长卿，我们一起看文长卿微微变色的侧脸，她最多侧过头看我们一眼。

我一向说一不二，我要你夹在小说里的枫叶。那时候南国和香山十万八千里远，如今缩短不了距离减得了时间，去一趟比不得现在七八个小时的动车。后来我难眠，妄图坐三十二小时卧铺去北京看看你看过的枫树林，顺带着寻找那里你曾经采撷的痕迹。你每次都故作犹豫，奈何不住我又耍赖，风干的部分擦破地吊着残渣，最后还是夹进了属于我的那本散文里。我还肆意妄为抢夺过你的什么呢？你从日本带回来的硬币，你从巴厘岛捡拾的贝壳，看似不起眼毫无意义，我却一件一件收藏在抽屉的角落，仿佛有你在身边的气息。

或许那时候，我就该安慰自己，你每次向我炫耀，只是不好意思直接给我罢了。

为了撇清我们的关系，你哥们还是传了你和文长卿的绯闻，时时调侃你"喜爱女强人的秘密温柔"，你倒也不否认，像是世界与你毫无关联。你依旧逍遥法外，以和我一起违背校规而骄傲自豪。

这些文长卿都不知道，她生病了，就没再出现。你身边的座位空着，渐渐地也就更习惯朝我的方向贫嘴了。高中分完班，那时候我们都在千人名中寻找自己，你手插在裤兜里随口问我，"你在哪个班？"我挑起眼睛："八班，就是你当年脑抽风去竞选的号码。"你笑笑不说话。

可是那时候我开始转变了。一个暑假后，我像是从这一切中醒了过来。我不再有粗俗的语气词，我不再有狂妄骄纵，我越来越满足你提出的条件，像文长卿一样，沉静至极。

可是之后越来越缺乏交集，见面也少得可怜，看到你穿起筒靴帅气地站在操场边上，等那些男孩子叫你过去打篮球助一手，你连鞋都不用换就去了，我倒是没觉得自己有多么迷恋打篮球的男孩，但是我对你每次跳跃都感到欢喜。只是不能让你知道，我坐在远处听你的投球声剧烈撞击着地面，一声声不至于证明你在抛头颅洒热血，也让我明白你还在那个地方奔跑。那时候，我越来越像冷静的文长卿，像得都不再争执，丝毫没有棱角。

之后每次有机会再看到你，都要装作不在乎大声说笑，心里却冲着要吸引你的目光。看到你也并不在乎，我连这样做的动力都没有了。强颜欢笑制造巨大的心理疲惫，我演技不好，持续时间不能太长。

我逐渐不像当初，你也如此。没有你在身边，都有人编派你很优秀、托福高分，我身边有很多条件不错的女生都喜欢你，你考出国，她们家财万贯能够追随你。问起你，她们说："欸，你和他很熟吧？说说和他的故事。"我当时有多少次苦笑着讲我们共度的岁月。她们给我的报答就是，汇报你一个又一个变化万千的女朋友。

你为什么疏远我？就是因为长卿吧。

后来呢，当这一切都散去，结束时破开的彩蛋，华丽包装下是仓促的做工，粗糙得不忍多想。文长卿是喜欢你的，我知道。但她较真又高傲，不肯说起她心底埋葬的温情。她每次看向我，其实都是在偷瞄你的背影，希望你能够拜倒在你曾赞美过的温柔。你知道么？长卿身子不好，中考后患病四处求医休学一年，后来无法进入快节奏的学习，原本遥遥领先，之后狼狈滞后。从那次你为了我和她大吵了一架后，我再没有联系她。听他们说，这和我们都有关。她不开朗，但也不至于患上忧郁症这样残忍。

我都是知道的，你那群共患难的好基友忙着撮合，什么话都说的。文长卿久病初愈，就约你见面，你仗着她是你同桌也是几世恩情，可是没料到她是向你表白来了。那一刻的她更像我，也比我做得好上千百倍。可是你拒绝了。你哥们说文长卿没准是病得明白了生命的价值，第一次露出真面目，她手里握着的玻璃杯狠狠敲击着桃木桌面，破口数落你一定是倾心于我，可是这些年你明明都更袒护她，为什么要让她这样误会？那一刻你才明白成熟的文长卿其实内心单纯，而我才是心思缜密，从来没有走漏一丝风声。她是说了什么不中听的话，你哥们都不敢说给我听，而你那样直接地为我辩白，说难听些是真的吓唬她，尽管你没有意识到。她本来就有心病，身子骨又弱，这样又何尝不是致命的打击。而后你对我总是默默无言，找不到可说的话，就像没了舌头的青蛙，略显怪异。而我那时也自顾尴尬，竟然这样就相去甚远。

你走的时候我都不知道，你哥们告诉我时，还很吃惊我蒙在鼓里。之后我安慰自己，你女朋友有一双晶莹的眼睛，他们说她也整天疯疯癫癫的，和我当时一样，能够对你撒泼，但还能对你温柔有加。至少我这个难缠的货色被你摆脱了，算是你的巨大福分。

　　昨夜混乱的睡梦里我说，你等等，疯了似的在诸多反复的超市里寻找那包同样的糖，可是不断迷路。只希望你手里还留一点儿我的痕迹，不要再像当年那样不辞而别，你什么都没带走，我被迫留下你太多。

　　我等了你这些年，但我要亲手结束这一切。

　　晚安，三叶，祝好。

→ 冷雨扑少年

\ \ \ 潘云贵

真正确定自己失恋了，是我去买古早味红茶的时候，我遇见了小芹，她身边站着一个帅哥，不是别人，正是赫华……

南方春末，天阴微雨，仍有些冷。

我到友人赫华家里小坐，喝了一杯他泡的红茶，心头顿时热了起来。

这味道让我想起高中的时候，学校附近有一家台湾奶茶店，招牌茶就是古早味红茶，那时我总跟赫华去，多半是他请我。

赫华说："也是后来知道你现在还在重庆念书，以前总觉得像你这么宅的人死也不会出福州。"

"山城雾很多吧？习惯那边的天气和饮食吗？正宗的火锅和小面味道怎样？我听说他们除了放辣椒还喜欢放一堆花椒，所以特别麻辣……"他似乎有很多问题，面对我，问也问不完，最后他在这个问题上停下来："都好几年过去了，还是一个人吗，有没有对象？"

我抿了一口茶，看着赫华，笑了："没有呢，平常都在看书，所谓'人丑就该多读书'，哪像你长得这么帅，前任N个，一堆好看的女孩子都会主动敲你家的门……"

"咚咚咚——"赫华家的门这时被人敲响，我惊讶地张大嘴巴，心想这也忒诡异了吧。

赫华过去开门，门口站着一个快递员。我舒了口气。

"哦，是一封邀请函，要我去当嘉宾。一档小节目。"赫华一边看着信一边走过来跟我说，并故意幽默地摆出一种不屑的神情。

他见我杯底已空，连忙又倒来茶水，深色的液体在杯中滚动着，跑出一些气泡，最后平静下来，真像我们逐渐失去青春的年纪。

"这些年你好风光，老听一些高中同学提起你，上了哪家电视台的选秀节目，又参加了某个相亲节目，哦，好像你连职场节目也去了，对吧？"我说道。

赫华拿捏着脸上的表情，平静地看着我说，"对，现在啊，我就差带个娃上电视了。"随即他自己没忍住也笑起来。

"但你知道的，当初的我可是个大胖子，没人理睬，总被人嘲笑，还连累过你……"

原本欢脱的气氛突然被赫华的这席话浇凉。

此刻，我透过眼前赫华这张俊秀的脸，努力回忆当初那个头和脖子连在一起的男孩，也顺带着想起那时候的自己。

我们两个人都在看着藏在彼此眼珠里的故事，没有说话。

高中时，我人十分瘦小，加上声音没有发育成熟，常被同龄的男生嘲笑，给我取了许多绰号，在此就不一一介绍了。我去厕所时，他们也都会站在旁边，两眼直盯着我的下面看，幸好尺寸跟他们无异，那些男生随即一脸不高兴地走开了。

有一次我放学回家，一群校服穿得歪歪斜斜的男生在学校附近的公园里打牌。我碰巧路过，装作没看见一样离开，却被他们注意到，立即跑来堵住我的去路。

我脸上没有表情，早已习惯他们无趣的行为。但这一次，却感到害怕。这帮人里有一个头发挑染得像鸡毛掸子的人，非常痞子，平日喜欢抽烟、打架，还爬过女厕窗户，是年级出了名的"不良少年"，他看我的眼神怪怪的。如果当时我有本事，一定戳瞎他。

"鸡毛"先站出来，他的一帮小弟也像牛鬼蛇神似的从四周围上来。我后退几步，呀，竟然没有路了。没办法，我就像平常被狗穷追时那样蹲下来。他们都笑了，笑声沾着腥味，臭臭的，让人想吐。"鸡毛"学着黑帮片的老大，手向下一挥，臭崽子们都打了鸡血一样扑过来。

我的天顿时黑下来，心想这时谁要是跳出来救我，我日日请他吃饭。

"你们干吗？！"背后果然传来一个浑厚的声音。我感觉自己有救了，内心由恐惧到充满生机。臭崽子们立即闪开，我看到的是一个形状像塔一样的男子矗立在我前方，我轻轻拍了拍胸口，呼出一口气，太棒了！这人模样富态得很，瞧过去铁定就是个不愁吃的，我以后就不必请他吃饭了。

出手救我的人正是赫华，那年他是一个身高1米74体重超过160斤的胖子。人高高大大的，活脱脱一龙猫。他一声怒吼，震慑住了那群"乌合之众"。随后，他们都知趣地撤了。

他们人多，其实并不怕单枪匹马的赫华，但他们怕的是赫华的舅舅——我们学校的教导主任。

那天的相遇，使我和赫华成了朋友。

赫华虽然是胖子,但他眉清目秀,一点都不丑。

有时我在想,如果赫华有一天变瘦了,或许比胡歌、霍建华还帅。但每次从药店经过,面对他在体重机上测下的数字,我都没有对他抱有希望。

自己发呆时,总是想很多奇怪的问题。在面对是否要与赫华成为真正的朋友时,也犹豫过,根据"肥胖传染病"原理,我觉得这很危险。

但后来还是经常跟赫华在一起玩耍,因为他对我太好。

有一年夏天,台风过境,风雨大作。当时我在赫华家做作业,我们的家离得不远,我想回去,却被赫华和他妈妈留下,说风大,电线杆、广告牌都不牢固,路上不安全。我给家里打电话,妈妈也同意我在赫华家过夜。

那是我第一次留宿于亲戚以外的人家里。虽然跟赫华早已熟悉,但心里还是紧张,像一个欲开欲拢的抽屉。

赫华家是一栋已住了多年的小别墅,三层楼,院子里有枯山水,墙上藤蔓缠结,青翠繁茂。赫华妈妈供职于一家报社,家里装修素雅,挂了些字画,木桌上摆放着茶具、话梅和水果,窗台上的玻璃瓶中插着这两日折来的栀子。房中空气不闷,且还有余香。

晚上洗完澡,我穿上赫华家平日多置的睡衣,虽然衣服很大,但很舒服。之后我和赫华躺在床上。他白白胖胖的,像另一张床,叠在席梦思上。

那会儿还不到十点,赫华家就熄灯了。窗外雨仍下得猛,风吹得树枝摇曳,并发出妖怪一样的响声,从窗户的缝隙里挤进来。

我们还未入睡,我问赫华:"外面的世界像不像末日到来?"

他说像。

我又问:"如果明天末日到来,你会做什么?"

他没回答,只笑了一声,叫我躺好,休息。

我习惯把手放在胸前睡觉,他又起身把我的手轻轻放下来,轻轻地对我说:"手那样放,容易做噩梦。"

随后我和赫华都睡着了。

台风在后半夜过去了，雨小了很多。花树阴影像鱼一样在窗边浮动。

我醒来，侧身，半边脸贴着竹席，目光望向窗外，很想高兴地告诉赫华台风过去了，但见他睡得很踏实，只好将这话咽到腹中。

大风过去了，雨水却仍在滴落，打到屋檐上，落到植物上，滴到玻璃上，淅淅沥沥，我数着雨声渐渐睡着了。

如果明天末日到来，你会做什么？我会安静地等风雨过去，和你。

高二上学期一开始，我去了文科班，各科成绩旗鼓相当的赫华自然选了理科。但一周以后，他竟然来到我们隔壁班，选择文科。

我那时很不解，几次问他，他都一笑而过。

赫华人很大只，加上是后来转进来的，班里在靠近卫生角的地方补了个座位给他。如果赫华不愿坐那儿，他可以跟班主任说而得到一个好的位置，但他没有。

他很善良，但因为体积问题，经常成为同学课下的谈资、笑点。赫华习惯了，不以为然。而我一点都不喜欢。原因有点自私，因为自己跟赫华走得近的缘故，同学一嘲笑起他就带上我：

"一只猪经常带着一只猴去奶茶店，打两个人名。"

"高矮胖瘦可以友好相处的范例。"

这些言语像针尖直往耳蜗里插，我很不开心。赫华察觉我脸上不悦，心里也难受。

因为这些话，有次在学校洗手间里他跟一个人动起手。后来双方被叫到教务处，挨了批。那天我去给语文老师送作业，正好路过，听到他舅舅狠狠骂了他一通，说他以前都乖乖的，怎么突然变成这样？我没敢多听，从门外径直走过。

那天以后，我的耳朵清静很多。我心里感谢赫华，但不想像以往一样跟他走得太近，联系得太频繁。

时间一长，赫华也知道了我的想法，他没问什么。

在这期间，我认识了小芹。她是我们班上的学习委员，人很聪明。因为我是语文课代表，经常会和她说话，我俩渐渐熟络起来。她不喜欢赫华，也说过赫华的坏话，"有次坐公交回家，我亲眼看到的，他一个人坐了两个人的位置。更恐怖的是，两个座位的面积还不够他屁股大。"这是我有次路过她身边，听她跟其他女生讲的。

小芹很漂亮，眼睛很大，亮亮的，像天天用山中清泉洗出来的一样；她脸很小，鼻翼不宽，嘴唇终日像两片红润的花瓣不断闭合、开放，说什么话都是软绵绵的感觉。小芹怎么看都还是个小女孩。

我从没恋爱过，见到小芹，跟她说话，心跳就会加速。小芹自然明白我紧张的缘由。她从没戳破，或者根本没想过要戳破，只是有时待在一起时，她总和我说起她喜欢的男生要有多高，脸长得要和哪个明星一样。言下之意便是我不够高，也没有一张可以吸引对方荷尔蒙的脸。但这不影响我和她的交往，小芹似乎也愿意和我保持一种暧昧的关系。

周末放假的时候，我们会一起秘密地出来，到商城购物或是去看电影。平日在学校的话，就会约着在晚自习第三节下来到操场上跑步。

我跟她开心地在操场上走了一圈又一圈，虽然没有拉手，也没有并肩，但我们一前一后靠得很近。我真希望能和小芹一直走下去。

当我跟小芹走过一圈又一圈的跑道时，总觉得有个人在身后看着我。我想忽略他，但没忍住，一回头就见到了赫华。他站在稍微有些远的地方，路灯有点暗，但我可以清楚看见他脸上的表情，像块石头。

赫华见我也在看他，为了避免尴尬，旋即跑了起来。他跑得很用力，从我面前过去的时候，像只夜里在田泽中笨拙奔跑的水牛，没有人鞭笞他，也没有野兽要以他为食，他却跑得分外努力。

赫华每一次跑过我的时候，都没有看我，有几次只是看了一眼小芹。他的背影让我感到一种难以形容的陌生。

刚上高三，学校就发生了一件惊天动地的事情，是赫华，他竟然神奇地瘦下来了，人也高了不少。他留长头发，面庞愈显坚毅，五官变得立体，帅得可以甩我这种路人甲无数条街。每个胖子果然都是潜力股。自此，没有人再笑他。

赫华逐渐成为众多女生暗地里思慕的对象，什么"看一眼就此生难忘""往后不能再忽略胖子的颜值""全中国杨洋、吴亦凡、王俊凯并列第一，他第二"诸如此类的说法在课下盛传。

我和小芹走在一起的时候，她也常常提起赫华，脸上还止不住地泛起少女的羞赧笑意，真是够恶心的。

小芹问："你跟赫华是好朋友吗？"

我点点头。

她又问："那你去过他的家吗？他的家什么样子？"

我答道："很漂亮。"

她还问："他舅舅真是我们学校的教导主任吗？"

我点点头，心里很难过，但还顺着她的心情，强装笑颜，回答她抛出的无数个关于赫华的问题。

"对了，有他手机号码吗？QQ号也可以。我听隔壁班的同学说他学习很好的，我数学比较差，你呢，数学也老在及格线边缘挣扎，没有安全感。我以后遇到数学问题蛮想请教他的，他真的好优秀。对了，据说他还会弹吉他，唱歌很好听呢，有一些女生故意路过他家楼下时，看到他在阳台上……"

小芹一边喋喋不休，一边露出花痴少女神色，让人觉得有点儿讨厌，我随后小声嘀咕了一句："可你以前不是还说他坏话……"

天真漂亮的小芹这时眉头皱下来，突然说："噢！我家就在前面了，不用你送了，你快回去吧！"

心里被人倒进满满的柠檬汁，我觉得自己快失恋了。

真正确定自己失恋了，是我去买古早味红茶的时候，我遇见了小芹，她身边站着一个帅哥，不是别人，正是赫华，两个人正在展示标准的最萌身高差。

小芹学着电视广告上的女主角，像捧娃一样小心拿着赫华买给她的红茶，努力又幸福地大声吸着。我这才知道她原来长得这么丑。她见我走来，吸到一半突然停住了，脸僵得倒像是被红茶吸走了血一样。

而我一句话也没说，转过身去，自此恨上了全世界的古早味红茶。

小芹跟赫华好上，我也是有想过的，从她那天问我要赫华的联系方式起，从她逐渐不要我跟她一起出去玩、一起走路开始，我就知道这一天迟早会到来，只不过我没想过会这么快，距离上一次我送她回家、她对我笑了一下、好像也才三天而已。

虽然我知道自己对小芹来说，或许只是备胎，又或许连备胎都算不上，是备胎在地上滚了一周后留下的痕迹。而对于"我是她的男朋友"这样的想法，一直是我的一厢情愿。

我对赫华是什么态度呢，恨吗？似乎恨不起来。说不恨，好像对不起自己。

那天晚上，我没有在教室里上晚自习，而是跑到天台上透气。

夜空没有星星，空气有点湿，我的身体好像成为一个水袋，沉沉的，重重的，拿个刀子轻轻一划，汁液就会淋漓地迸射出来。

兜里的手机突然震动了一下，我打开一看，是一条短信。"原谅我"三个字映入我眼中，发件人是赫华。我心想，这一定是小芹手机没电或不在身边，而拿赫华的发。

我望向操场，已经有好多人从教室里出来跑步了。路灯下，总是一对一对的影子。我望向天空，祈求老天下雨。没想到老天真有良心，下了。不过他老人家是真老了，尿液贫乏，也只是撒了几滴下来。微雨，远处人不散。

我想也只有一个月后的高考才能将这群人狠狠拆散，心里突然快乐起来。

第二天夜里，我是真的快乐。一个人躺在床上正准备睡，小芹这时打来电话，哭哭啼啼的，像被人剁了手脚的羊羔。

我从手机上看到是她来电，想着这姑娘可真会玩，甩了人又要装大善人来道歉。我接了，想看她到底想怎么玩，结果从我"喂"这一句开始，她就在那头哭开了，最后还哽咽起来，可惨可惨的样子。

小芹说，赫华因为高考要复习的缘故，不想和她交往了，她说自己很后悔。

我听到这些，心里可乐了，还不忘补一句："所以你以后别再喝红茶了，那天瞅着你那么使劲地吸，样子老难看了。"

这姑娘"哇哇"地哭得更大声了，然后抹了一下鼻涕还是泪水，声音很大，叫嚷着："鬼才喜欢喝那玩意儿，我喜欢的其实是绿茶！如果不是他天天那个点儿带我去喝，我才不会进那家店！"

"赫华天天带你去？"我有点奇怪。

"嗯。"小芹的泪水又一次崩盘。

我嘴笨，不知道怎么安慰她，就说："你别哭啦，昨晚我看到你发来的短信了。好啦，我原谅你了。你不用内疚啦。"

这姑娘倒是止住哭声，愣愣地问我："什么短信？我没发过啊！我不是要你原谅才哭的，我这是为自己！"

之后她说了什么，我没有记住。我只记得对方挂断电话的时候，自己心里咯噔一下，像一个开关不断地被人按着，电灯一会儿亮，一会儿暗。我内心好复杂，好像想到了什么，又突然失去线索。

高考结束后，我跟小芹、赫华没有再见过面，直到去学校汇报分数的时候，我看到赫华在我的班级门口站着。

我把目光压低，从他面前走过，快走进教室时，他突然喊我，我停下脚步。

他在我背后问："你考了多少分，还会报福州的学校吗？"

我没有理他，走到了座位上。

我曾和赫华说过，自己高考顺利的话，大学还是会选福州这边，因为我不想离开家。但他不知道人容易变，就像他的体重一样，数字永远不会恒定，每时每刻每分每秒都在改变，或轻一些，或重一些，终究是不一样的。

我考得还算顺利，但我却报了一所外省学校，而且离家很远。

大学期间，我与赫华没有任何联系，以为这就像小津安二郎的电影《东京物语》中说的一样："我们一旦失散，怕是再见不到面了。"

没想到大学毕业后一年，我回福州处理一些事情的时候，又遇见了赫华。他烫了头发，身型高大健硕，穿着无可挑剔的黑色休闲西服套装，真像明星。他走到我跟前，墨镜摘下的瞬间，我才认出他。

在长乐的步行街上，我们一笑泯恩仇。

大学本科毕业后，我又继续读研，中规中矩地生活着。赫华比我厉害，先是在福州读大学，但半年之后就退学了。过了段时间，听以前同学说他去韩国读书了，回国后，竟然就变成了综艺咖。我心里隐隐觉得这里面肯定有什么原因。

天空微雨，赫华请我到他家中小坐。

我答应了，像许多年前台风过境时被他劝说留下过夜一样。

"小芹已经结婚了。"我又喝了一口赫华倒的红茶，淡淡地说。

赫华看着我，问："什么时候？"

"去年圣诞节的时候。"我答道。

"你去了？"赫华问。

我摇摇头，"没有，那时我正在台北交换学习。"

"噢。"他没有再问什么。此时走到一边，脱去外套，露出质地良好的奶白色衬衫，袖扣闪着白金色泽。

我心里有个结，一直没问他，突然脱口而出："高三时你为什么只跟小芹谈了两三天就分了？"

赫华突然笑起来，认真地看了我一眼，"你真想知道啊？"

我点点头。

"其实我那时是想帮你。觉得像小芹这样的女生只是在跟你玩暧昧，不是真的喜欢你。可你那阵子笨得要命，什么都不知道。如果不让她先离开你，你是不会死心的。"赫华慢条斯理解释着，中间停下来看着我，又是一阵笑。

"那……真得感谢你了。"我忍不住也笑起来，接着又问，"你大一时为什么要退学，然后又去韩国念书？"

"因为……觉得自己长得还不错啊，可以先去韩国，然后回来当明星。我现在脸皮是不是很厚？" 赫华自嘲道，随后又补充了一句，"其实是希望自己能站得高一点，被你们重新看到，特别是你……"

赫华认真地看着我，这个眼神，我在高二时也见过，就是我问赫华为什么要弃理从文的时候，他眼中闪出与此刻一样的光。

"为什么？"我问。

"也没什么，就因为，那时只有你看得起我，我不想让你失望……"

赫华说的每一个字都像一只暗中的蜘蛛，在织着银光闪闪的网，让人陷落，又想起过去。

窗外，南方春末的雨仍在下着。

秘密

\\\ 张 珂

人人都有秘密，我的秘密不告诉你，你的也不告诉我，这是我与人交往最基本的法则。

一

我一向不善待梁思远。

当然这种不善待是表现在我心里的，在表面上大家还是乐呵呵地每天打招呼，在人前我做得滴水不漏，就连梁思远有时候都很狐疑地看着我："我们是朋友吧，怎么不交心呢？"

"两个大男人交什么心啊！要不要我学女孩子给你八卦我从小到大的生活？"我每次都是这样回答他的。但其实只有我自己知道，我是不愿意和他交心。我有很多的秘密不想让他知道。

比如，我们荒山野岭的学校从来没断过的寝室内偷盗事件，我就打算一个人私下处理。

大一刚来的时候，辅导员就义正词严地告诉我们，不要把手机、电脑等贵重物品放在寝室，我们出于在暑假就被人普及了"不要一上学就露富"这个道理，刚到寝室的时候四个人也是装得家境一般，特长没有，爱好全无。当然学校里还是有那么一两个胆大心宽、摆明了家境光芒无法掩盖的人。但他们也是每天熄灯后就小心翼翼将电脑藏在柜子里，还不放心地加把锁。

"十一"一过，整个学校开始蠢蠢欲动，蔓延出一股"再不玩游戏、再不看电视就要死"的心情，这种心情在男生寝室尤其普遍。大多数人升入大学得到的奖励：一台新的笔记本。

所有人都借着回家加衣服的名义，在十一月快要来临之前把自己的电脑空运了过来。这也因此使我们男生寝室成了作案的高发地。第一次被偷就是体院五楼，这彻底惹恼了那帮体育生。从来都只有他们耀武扬威的份，居然有一个人或者一个团伙神不知鬼不觉地顺着窗户和管道爬到五楼，轻松偷走他们的电脑，还不把人惊醒。这简直是对每天练习跆拳道和散打的他们赤裸裸的侮辱，他们的愤怒一触即发。有三个寝室同时被偷，我体育学院的朋友告诉我他们男生私下里都在商量用什么招式把小偷制服。

我觉得他们在说梦话，白天练了再多的跆拳道一到晚上沾了床就蒙头大睡还打呼，我要是小偷我也偷他们。虽然我内心对他的话充满了不靠谱的论调，但我还是笑眯眯地和我的朋友说："那是肯定的。你们体育学院那么厉害，一定能给小偷一点颜色尝尝。"

我说过了，我在人前一向装得滴水不漏，不管是对梁思远还是对别人。我从来都是好好先生，我的不安和鄙夷从来只有我自己知道。

说远了。我是打算背着梁思远，一个人把这件事默默处理的。我当然不是小偷，但我是想要抓住小偷的人。在梁思远没出现之前，我彻底风光了好些年，那些我一知半解的东西都被我添油加醋地说给女孩子和男孩子听，我成了他们眼中的神。其实谁知道呢，我自己都不知道我说的是真是假，我只是把我知道的东西加些想象，他们就对我顶礼膜拜，觉得我聪明、博学、有见解。

我一度也是这样以为自己的，直到梁思远出现。当我再说比萨斜塔其实不是伽利略做的实验，他就在旁边补充那是哪个助手想让他的实验更广为流传些就冠上了他导师的名字；我再讲解爱因斯坦有很多发明是抄袭学生的时候，他就在旁边普及是哪些发明；最可气的是我在向妹子装文艺的时候，他都能云淡风轻地说出我说的那句话是哪个人说的，当初这句话是表现了怎样的情怀。好了，不止这些，数不胜数。刚来寝室的时候，我想把自己包装成一个文艺青年，其实这个定位很难的，你要知道有些文青让人忍不住想吐槽，有些又让人崇拜。我当然想做后者。我花了一个星期的时间每天装作不经意引经据典的同时又注意和别人搞好关系，不让我寝室的人觉得我夜郎自大甚至装博学，我刚把这个定位定好。在寝室和人说莎士比亚，感受着别人的崇拜的时候，因为生病晚我们一个星期才到的梁思远拖着行李在门前开口："咦，那是莎士比亚说的？我怎么记得不是。"

说完他还像个没事人一样嘟囔："就剩一个床了啊，就这儿吧。"我和陈棋、贺炎都愣在那儿不知道该不该来个自我介绍。我刚想开口和他来个友好的招呼，他就一脸恍然大悟："啊，我想起来了，那是埃斯库罗斯说的。我的天啊，他们可相差好几个世纪呢！你怎么能把他们弄混呢？"

我树立的形象彻底崩塌。

但是我能说什么呢，在一帮踢足球和臭袜子的男生那里，那句话是莎士比亚还是埃斯库罗斯说的已经不重要了。我们寝室的人出去只会说："啊，是，我们寝室有个人什么都知道。不对，我们寝室还有个文艺青年。"

"什么都知道"和"文艺青年"，这明显是两个台阶。但我不能和梁思远说什么，在我听完他的话傻愣着的时候，陈棋和贺炎就已经亲切地拍着他的背，说以后大家都是一个寝室、一家人了，要互相照顾之类的。和他相处之后，我甚至开始学会了沉默。我多聪明啊，在第六次被他指出错误之后，我明智地选择了闭嘴。我的那些一知半解和添油加醋，他给我解释得头头是道，而且他还像个没事人一样在阳台上晒着太阳和我说："我们学校那些人应该多去些图书馆的，好多东西他们都不知道。"然后他看着我："幸好我们寝室的人不这样，你知道的就蛮多的。"

我觉得他在嘲讽我，我知道你可能会觉得我想多了。但是谁知道呢，这话是我的口头禅。我觉得梁思远和我一样，什么心思都藏在心里。他也一定有很多秘密瞒着我。

至少查体育院被偷电脑的事，我觉得他也在查。

我没傻到问他查到哪儿了，我只是一个人在摸索。我们工商学院和体育学院是对面楼，他们五楼正大光明地被偷了。从我们寝室正好可以看见被偷的那三个寝室。我反复思索着，有谁能够爬到五楼，除了我们可以看见他们的举动，没人知道其实体育学院那帮人根本就没有腹肌，每天也就是做样子，训练散打和跆拳道，一帮人一回寝室就聚在一起看片。但是别的院系的人可不这样认为，他们觉得体院生都是一只手能举起一个人的货，人类的想象力在某些时候充分发挥到了极致。

"你吃橘子吗？"陈棋递给我一个。

"不吃。"我摆摆手，我先前说了有那么一两个不怕偷不怕抢，家境光芒完全无法隐藏的，我们室的陈棋就是。在我们大家都战战兢兢只敢带一个手机来的时候，他就把苹果三件套带齐了。我们开始带电脑的时候，他已经思考换另一台了。

"你在看什么？"他问我。

"对面。你说那帮体育生，他们怎么练的，腹肌那么好？"我故意和他说。老天，我还没搞清他到底是哪个阵营的呢。我们说文艺的时候，他从不参与，但这并不代表着他就帮我不帮梁思远。如果我告诉他我在观察谁能爬上去他告诉梁思远了怎么办。

"他们才没有腹肌。"他耸耸肩，"那帮人就是个子高得很，真会功夫的一个也没有。"他剥了个橘子漫不经心地说："体育部那帮人就是看着厉害。"

我不置可否地点点头。陈棋的前女友就是被体育部的撬走的,陈棋为此两天没出门。连阳台都不上,深怕触景生情。在第三天的时候,憋不住一个人喝了三瓶啤酒壮胆,约体育部那个现男友谈话。这在我听起来就好像是一个秀才要和古惑仔打架一样,对,就是这样的感觉。年代对不上、人物对不上,毫无疑问,我们都觉得他输定了。

我们知道这件事还是从别人口里知道的,我那个体育部的朋友看见我惊讶地说:"你怎么还在这儿?你们寝室陈棋一个人杀到体育部去了。"梁思远听完二话没说,拉着我就跑。

等我们到了,已经聚集一大帮人了,不是像我一路上脑补的黑社会谈事情,后面站着一帮小弟的场景。我颤颤巍巍地走过去,发现他们俩就像完成一个重大的交接仪式一样,面对面站着,表情严肃,谁都不肯先开口,怕破坏了自己好不容易树立的冷酷形象。周遭的人一边受着寒风,一边满怀激动地等待他们俩打一架。最后还是满身酒味的陈棋拍拍体院现男友的肩膀叮嘱了一句:"不要给她吃辣。"然后就潇洒地走了,留下我们一帮人在那儿傻眼,唏嘘他是不是痴情男上身。从那以后,体育部对我们寝室的人都很礼貌。

我尴尬地发现自己走神了。陈棋笑笑,放了个橘子在我桌子上,说要出去处理点事情,背着个大包就走了。他那个包真大,里面塞两台电脑都够了。

二

体育部传来消息说是大二的人偷的。

该学长在送女朋友礼物多次被嫌弃价格偏低,家人和兄弟都不愿意伸出援手的时候冒险偷了学弟的。对这个消息我很不认同,前几天还说是法学院一个家境贫寒从小在农村长大会爬树的孩子偷的呢,对此法学院和体育学院还差点打了一架。法学院的说体育学院的不仅人长得五大三粗、还没智商、侮辱了他们的专业,他们是未来的律师,有道德操守,宁肯饿死街头也不会偷别人的。体育学院那帮人刚开始还言之凿凿，找了为数不多的能露出腹肌的几个站在前面虚张声势，后来问是谁发现的。一推十，十推百，最后发现是谣传。还是两个院的院长出面，才把这事解决了。为此，体育学院的学生那个星期的训练量都增加了三倍。

这导致了恶性循环。增加了三倍的训练量使体院那帮人还没回寝室就说累，一回寝室片子也不看了，有的人澡都不洗了就蒙头开始睡。有好几次我站在阳台上看对面十点不到都熄灯的寝室，一瞬间以为是不是他们集体被下迷药了。于是睡眠太死，东西又被偷。被偷的都是五楼，我站在我们寝室的阳台上扫一眼都能看完。又偷了三个的。但是体育学院没人再敢出来叫嚣了，憋着气忍了半个月，现在开始怀疑是自己内部人干的了。

"想什么呢？"梁思远敲敲桌子端着饭在我对面坐下来。他还真不客气。

"没什么，就是觉得这菜不好吃。"

"哦，我以为你想体育学院电脑的事呢。"

他想打听我进展到哪儿了？我喝口水，强作镇定，尽量表现得好像自己对这件事毫不关心，又默默在心里快活，他和我一样没什么进展，不然他不会问我的。

"我想那干嘛！"我故意装出鄙夷的神情，"我们都快考试了，我哪有时间管那些东西。倒是你，你不复习吗？"

"还行。"他无所谓地吃口菜，"上课听得挺认真，考试应该没什么问题，倒是电脑的事。"他放下筷子，"偷的都是五楼的，我们也是五楼。还是我们对面的寝室，难保我们就不会出事，有备无患总是好的。"

我笑了下夸赞他有准备，心里在腹黑，他怎么一点都不防备我，还是已经查到了故意说给我听的。他怎么那么无所谓，我最怕他和我说话这种无所谓的态度。

宿管科在体育部的强烈要求下把楼道里的监视器打开了。这其实是件很烧钱的事情，每个楼道至少三个监控，六个楼层都打开别说学校吃不消。就是保安都不够那么多双眼睛盯着，以往监控只在图书馆和女生寝室那边亮着，男生这边尤其体育学院基本等于放养。迫于被偷的都是高级电脑再加上学校不希望那帮莽撞的人再惹恼其他院系，忍痛开了三个楼层。都是最高的三个楼层，一二三楼加强了保安巡逻。

但这件事很快就被校长否定了。先是保安那边盯不紧，要求多派人手多加工资。再就是体育部那帮人野惯了，走到哪儿都是大裤衩子，连背心都没有，秋天过去一半了，一点不避讳寒冷。有一次几个女生到保安室拿收发的信件，一抬头就是体育部那帮男的，连门都没进，就忍不住身上的臭汗，在楼道里开始脱上衣，吓得几个女孩子哇哇乱叫。最重要的是法学院，在上次和体育部那些人闹翻了之后就一直在心里埋着。看出了校长不想再开监控，法学院学生会会长亲自出马普及了一套"就算有小偷他也会装扮自己，看到的肯定没有正脸。保安室每天一群人进进出出就看见体育学院那帮人光着膀子，影响不好。"校长顺水推舟地撤了监控。

我知道法学院想的是什么：叫你们冤枉我们，该！

但这也让我想到，我怎么才能在茫茫人海一眼辨别出偷电脑的小贼。看气质吗？肯定不行！猥琐的人太多了，真正偷东西的从来装作嘛事没有。就像我，别人也不知道我那么讨厌梁思远。

我看了一眼在我对面床复习功课的梁思远，他是标准的学霸长相。如果他个性也像学霸那样不出声不爱和我抢风头就好了。

陈棋推开门："哟，就你们俩啊。贺炎那小子太不仗义了，留你俩在这儿，一个人去找女朋友。"他抹了下脸上的汗："我这刚买的披萨，吃吗？"说完把他的大包放下来。

包里没装什么东西，放下来上面就瘪了。

"你天天出去不是带牛排就是带披萨，你是傍上富婆了吗？"我调侃他。

"他本来就是富二代好不好！"梁思远笑嘻嘻接道，说完我们一起笑。在人前，我说过，大家都以为我和梁思远是好朋友。我们步调一致，调侃人都是一个说完另一个接。

"我出去转转，给你们带吃的你们还不乐意。"他把包往里面挪了挪。

"你就不能把包放柜子里吗，你那个小包呢？天天都不装东西还背那么大的包。"

"柜子里塞着呢。我嫌麻烦，拿出来还要晒。"

"你说。"我趁着陈棋去卫生间洗手的工夫问梁思远，"你说他把传媒学院那个女孩忘了没有？天天这样早出晚归的，我们要不要帮他再找一个？"

"你多这事干吗？"梁思远瞪我一眼，"他忘没忘……"他往洗手间看一眼小声地说，"忘没忘我们都不要再提了，省得他伤心。再说……"他耸耸肩，"陈棋现在也蛮开心的。"

我拿了块比萨不理他，你当然是恨不得大家都陪你单身，我在心里诽谤。瞥了一眼陈棋的包，那么大的包要是我天天背着肯定浑身不自在。不过，管他呢，富家公子总有些我们不理解的习惯。能给我们带好吃的才是真的。我擦擦嘴，贺炎是没口福了，不过他有女朋友可以陪，本来就比我们有福气。

"我出去会儿，晚上不用等我吃饭了。"陈棋把他那个大包又背上了。

"你刚回来。"我不满地盯着他。这段日子他就像是一只昼伏夜出的猫头鹰，不知道晚上几点就背着个大包回来了。有一天夜里我醒了，发现他灯都没开，坐在椅子上，怀里抱着那个大包，那都是夜里三点多了。吓得我以为他梦游了，差点没从床上翻下去。

"我有点儿事，保证八点前回来。"他扮了个笑脸。

已经一个月没动静了，小偷就好像决定了金盆洗手一样。以上个月体育部五楼最后三个寝室作为完结，顺利地在一个月内偷了六个寝室并且没被抓住。连体育部那帮人自己都好像认定了一切追不回来，开始着手买新的了。保安也开始一层层地往下撤，就连梁思远都不再旁敲侧击地问我有没有注意这些事了。学校又恢复到了荒芜的平静。

但是我没那么容易就放弃，我敢肯定他们还会卷土重来的。

三

"国贸系今早电脑被偷,罪犯大帽子蛤蟆镜。"

这则连对仗都不算工整的消息在校园网上一出来就炸了锅。新闻系那帮学生乐颠颠地跑过去,想详细地追踪报道,结果只得到了保安一早上的活动内容,嫌疑犯的样子只有墨镜和帽子。体育部的开始沾沾自喜:终于不是他们遭殃了。院里领导的头都是疼的。偷电脑事件出来后,保安就往体育院寝室多调了三个,其他男生寝室基本上没保障。体育和国贸两栋寝室,一个1栋,一个10栋。一头一尾,都被偷了。

梁思远盯着手机屏幕皱着眉的时候,贺炎正喘着粗气往楼上跑。梁思远用手轻轻揉着太阳穴,是谁在这时候作案了,顶着全校的风波挑战大家的神经。明明以为不会再有偷盗事件发生的。

贺炎气喘吁吁地推开门,见到梁思远在屋里,吓了一大跳,把手往背后一藏:"你在啊!"

"那么吃惊干嘛!我看书呢。"梁思远向后倾了倾身子,歪着头看过去:"藏什么呢?"

"没什么,哦就,给女朋友买的东西,粉色小围巾和手套,我不是怕你笑话吗……"贺炎露出半截粉色。

"果然。"梁思远装作惊悚地咂咂嘴,"男人拿这个颜色果然很可怕。"

贺炎桌子上的东西从来都是最多的。他艺术传媒的小女朋友相当能烧钱,逛街看到任何新奇的东西都会买两份,一份给自己男朋友,并且不管颜色价位怎样,款式风格适不适合。这导致有一次梁思远和他妈开视频的时候,他妈看到后面的桌子慌张问他是不是和女孩同居了。

贺炎抬头发现梁思远往他那个方向看,用脚把柜子下的箱子往里踢了踢,慢慢走过来。梁思远无奈摊开手:"没钱了。你这个月都借过两次了。"

"不是。"贺炎尴尬地挠头:"我的手机没流量了。听他们说国贸也被偷了,我想借你手机看看怎么回事。"

"给你看吧。"梁思远把手机递过去,"我也正在看呢,国贸的。保安连人都没看到,就是一个大帽子一个蛤蟆镜,什么款式的都形容不出来。"

贺炎紧盯着梁思远的手机,好像那才是他媳妇。梁思远觉得他把每一个标点符号都反复品味了一遍,梁思远有点不耐烦了。

"给你。"贺炎舒了口气,"又一个被偷了的啊,人也没抓到。"他轻松地甩甩手,"看来以后我要把东西锁起来了。晚上我请你们吃饭吧,我们寝室一起。我妈给我打钱了,你们借我的钱我也该还了。记得发信息给陈棋啊,我会通知叶飞的。"梁思远看见他扭过去把一团黑色的东西塞进袋子里,吹着口哨出了门。

梁思远瞥了一眼贺炎刚才踢的盒子,一个纸箱上面压上了玩偶。

但是明明,他昨天还听见贺炎打电话向他妈妈要钱没要到的。

四

学校又开始了新一轮的慌乱,新闻系那帮女生把女生爱八卦爱脑补的天性和自己的专业完美地联系在了一起,微博上甚至还开始了"下一轮是哪个院系被偷"的投票活动。呼声最高的是法律系,大家都想看如果他们的电脑被偷了这帮法律系的高才生会采取什么行动来捍卫自己的权益。

但可惜,我想,估计这段时间是不会再有偷窃的事情发生了。

我对于和梁思远吃饭这种事情一向很抵触。吃饭本来是个让人开心的事,但是面对着你不喜欢还要强颜欢笑的人吃饭简直就是噩梦。

"贺炎,你妈妈这次给了你不少钱啊?"梁思远噙着笑抿一口酒。

"还行,够还你们钱请你们吃饭了。"

"管这么多干吗?"我不悦道,"有钱还我们不就行了。"

"我就是问问。"梁思远伸个懒腰,"吃得太饱了。对了,叶飞,你今天看到校园网的消息没有?国贸又被偷了。"

"听到了,那又怎么了?"我闷着声,"学校监控都不管了,能有什么办法,只有把东西锁好了。"

"我还以为你会有兴趣想要查查。"

他又想旁敲侧击了。

"再被偷只能找警察了吧。"我装作无奈地说,"先是体育学院,再是国贸,我能查什么,我不过就看了几本《名侦探柯南》而已。体院还在我对面呢,我都不知道是谁干的!"

"说得对。"他点点头,沉着脸。

工商和法院居然成为了全校女生瞩目的对象,原因就是男生最多的几个系唯二没被偷的就是我们两个院了。且偷的都是五楼,我们成了别人关注的对象。

"你们新闻系的就不能安分点吗?"我向采访我的女生抱怨。新闻系每天都会派人在楼下,看见我们出入就问是不是五楼的。如果是就随机问"如果电脑被偷了你会有什么感想"或者"你觉得下一个会是你们吗"。我觉得学新闻的都是一帮疯子。但无奈是女生采访,我们只有接受不能还击。

"我说,干脆我们把法律系的偷了吧,让新闻系的转移阵地去。"梁思远躺在床上和我调侃。

"别了,要是他们真被偷了,就该集体关注我们,看我们是什么时候倒霉了。"

"也是。"

"嫌疑人出入工商男栋五楼,体院电脑全部归还。"

新闻系在我们楼道里偷偷安装摄像头的事情再一次引起了全校的波澜。法律系和我们院都没有料到新闻系居然为了套新闻舍得到这种地步。这则新闻刚爆出来,法学院学生会会长就再次拜访了校长办公室,并且对整个五楼进行了地毯式的搜索。

而我们寝室，显然就没有那么幸运了。

嫌疑人进的是我们寝室。而我们寝室什么都没有丢。

我们成为了全校追捕的对象，新闻系的女生在楼下死守着我们，男生则在门口等着我们出来。我闭着眼睛不想理会门外的哄闹。他们说的嫌疑人是贺炎，因为他戴了同样的大蛤蟆镜。我觉得这简直是无稽之谈，谁会因为一副眼镜就怀疑别人？但是新闻系显然不是这样想的，他们在校园网上和微博上展开了密切的讨论，有不少人怀疑他们是捕风捉影，因为连保安都不确定是不是那个眼镜。但是他们坚持这个年代用蛤蟆镜的人不多。我和梁思远两个人根本招架不住。

"你们寝室的贺炎戴了同样的蛤蟆镜，并且在上课时间回了寝室。你觉得前几宗案件和他有关系吗？"

"第一，你不能肯定那是同款的眼镜，连保安都不确认。第二，那天他逃课是因为和女朋友吵架。第三，你们在我们这儿安摄像头的事情根本就是违法的。"梁思远条理清晰地解释。

"那电脑归还是怎么回事？你的意思是偷体育部电脑的不是你们寝室的贺炎，但是偷国贸的是他！是不是这样！"新闻系显然没有放过任何一个漏洞。

梁思远有些无力，其实上面两个标题的事顺序是反的，先是体育学院的电脑莫名其妙地在星期三下午被全数归还了，据二楼的说在屋里都能听见对面五楼的惊呼。一打开门电脑齐刷刷地摆在桌子上，只有少数几个中了病毒，其他都完好无损。接着就是贺炎在同一天下午戴着蛤蟆镜回到我们寝室。于是那些新闻系的开始疯狂猜测贺炎良心不安把电脑悉数还回。刚开始的时候大家还是震惊愤怒，但当听到保安说"只看到蛤蟆镜和大帽子，连人都没看清。身高就是普通男生的高度"的时候，全校的学生再次对新闻系的人进行了申讨，认为他们乱给我们扣帽子。于是新闻系发动了整个院系的力量逐条分析他们是对的，因为蛤蟆镜已经不多了，而大帽子没有出现就是嫌疑人怕东窗事发偷偷给扔了。最重要的一点是，那天本来是上课时间，而贺炎一个人跑回寝室，这是最大的嫌疑。

我们的辩解仿佛又让新闻系的人看到了希望，他们开始肆无忌惮地想象那批电脑就是贺炎归还的，归还之后他回到了自己的寝室。或者说分别有两个作案团伙，前一个团伙归还了体院的，而贺炎不幸就是偷国贸的人。总之，他们一口咬定贺炎是小偷。贺炎在床上缩成一团，我和陈棋对望一眼默不作声。唯一让我庆幸的就是梁思远并没有为这件事责怪贺炎。

"贺炎，你下来。现在就我们五个人。"我们院学生会会长拉了一把椅子坐下来严肃地盯着他，"你那天是不是真的和她吵架了？"

"是，那天真的是吵架了。但是现在你找她她肯定不会出来的，那么多人，七嘴八舌，肯定说她包庇我，我也不想她出来。"

"蛤蟆镜呢？"

"那也是她买的，她喜欢复古一点的东西。如果真是我偷的，体院那批电脑我干吗还还回去？国贸也和我没有关系。"他抓了抓头发。

"我知道了。"

我们工商院的学生会会长带着满腔愤怒敲响了校长的门，开始和新闻系学生会的会长进行辩论。新闻系会长坚持认为我们戴了蛤蟆镜并且没有丢失东西这就是最有力的证据，我们会长恼羞成怒地还击了一句："那你去厕所嘴是干净的就证明你没吃屎吗！"这句话造成了全校的轰动，为此两个主席差点打起来。当然这都是副会长告诉我们的，我们依然躲在寝室。最后还是校长拍板说既然什么都没有丢，不能依据一个模糊的眼镜来判定是非，撤了新闻系的控告。但是新闻系对此相当不满，甚至还以组织名义要求搜查我们寝室看有没有大帽子。我们会长彻底被惹恼，联合法学院的会长开了一页的"在私人空间安藏摄像头违反了哪些法律"妄图给新闻系致命一击。

微博和校园网上再次沸腾，学生尤其是女的都感谢我们寝室制造了这么一场盛宴，把她们平淡的生活变得冲突感十足。而贺炎的女朋友则从一开始不愿意出现到现在哭着说不该吵架。这场盛宴充分满足了她作为艺术院系女孩子的心性，大家都从谴责到祝福，甚至遗憾这样一个护着她的男朋友没有被自己遇到。每个人都摩拳擦掌等着结果看怎样处理。

没人认同新闻系的看法，连他们本系的人都在硬撑着，就连体育院都看不下去了。当初陈棋的事他们就欠了我们一笔，以那个撬了陈棋女朋友为首的男生体院纷纷昧着良心开出了"是自己寝室人闹着玩"的证明。我们虽然不害怕但是却成了学校里的名人，每个人走过来都低声交谈，对我们报以各色的眼光。

新闻系会长最后被校长撤了，所有参与这件事的人罚写了八千字检讨，本学年都没有奖学金和助学金的份。而贺炎因为逃课写了三千字检讨，但是他女朋友又和他在一起了。我们会长带着胜利的姿态来找我们，这是工商第一次在辩论方面赢了新闻系。

国贸系电脑的事至今仍是个谜。但已经没有人再管它了，人们相信小偷另有他人，而贺炎被人平白无故地冤枉，我们寝室成了别人头号同情的对象。蛤蟆镜甚至开始在学校里流行，以往被新闻系坑过的人这时候都跳出来狠狠踩了他们一脚。法学院的会长就耀武扬威地戴着蛤蟆镜参与主持了全校的大会。

对于和梁思远吃饭这件事我不可以再抗拒了。因为这次事件，我们几个人被拴在了一条绳上，更是劫后余生。我对梁思远逐渐改变了看法，至少在这件事上他是帮着我们的，但这并不代表我就会和他做好朋友。

梁思远最令我讨厌的就是他喝多了喜欢把自己的故事全盘兜出来，但我偏偏是不喜欢听秘密的人。人人都有秘密，我的秘密不告诉你，你的也不告诉我，这是我与人交往最基本的法则。因为秘密都是要埋在心里的，但他违背了这些。

就好像我永远不会告诉你，梁思远喝多了告诉我体育学院那批电脑是他和陈棋偷的，为的就是教训那个挖了陈棋墙角的人，后来的那几个寝室开证明是因为他们觉得惊险刺激。

我更加不会告诉你，国贸系的电脑是我和贺炎偷的。他是因为没有钱再给小女朋友买生日礼物了，而我则需要胜过梁思远。而现在……我们都有了名气。

| 第四辑 |

失落清夏，谁与安然 / 余　言
预言悲伤 / 王宇昆
虽然我们不曾相遇 / 黄　萍
那时候有多美 / 王璐琪
你的眉尖上有风路过 / 潘云贵

忘了一切，只把这一刻的美，摇成一壶诗，醉成一杯酒，品成一杯茶，忘忧在这诗情画意里。

➲ 失落清夏,谁与安然

\ \ \ 余 言

  时光的涤洗之后,苏清夏越发光彩照人,而这么多年的漂泊,时光在我的额头上划下苍老的痕迹。

关于我们的记忆，该从何处追溯呢。

从刚刚入学的时候，我就知道了你，苏清夏。

我的同伴远远地指着你，艳羡地说，看哦，就是那个女孩，是银行行长的女儿呢。我就看见了你，你穿着漂亮的公主裙，手上拿着棒棒糖，红彤彤的脸蛋仰起，真像个骄傲的公主。

你蹦蹦跳跳地走到我们面前，将棒棒糖伸过来，喏，给你。我的同伴纪云逸乐呵呵地伸出小手接了过来，撕开糖纸，放进嘴里面吧唧吧唧地吮吸。你把糖伸到我面前，好奇地看着我的头发，寸长的短发中留了一缕长发，却不像其他孩子那样把尾巴留在后面，而是在左侧。我把手别在后面，不停地摇头，一步步后退：我的衣服那么破，我的手也是脏兮兮的，心里的自卑一点一滴地蔓延起来，然后转身跑掉。

纪云逸是我唯一的朋友，仿佛生命本能的驱使，我们在校园遇见时本能的亲近。而他的美丽的妈妈，在接他放学的时候，总会爱怜地看我。她对我的疼爱，让我把她当作亲人。

除此以外，让我注意的人只有你了，苏清夏。可是，我们再无交集。即便偶尔在校园里遇见，目光却再也未曾停留，你已经忘了我了吧？毕竟，我是那么不起眼的一个男生，只是在你兴起的刹那施舍的对象。

你早已经忘了我。可是我，却一直记得你。

直到高三。我们分在同一个班，排座位时你和我排在了一起，坐在第四排右手靠窗的位置。时隔十年，我已不是那个脏兮兮的孩子，只是，我却越发地沉默。而那时的你，和纪云逸已经是很好的朋友了，常常会听见他在教室的窗外叫你。

无数次地，我都想冲到他的身前，我想问，明明我们是同时遇见苏清夏的，为什么会是两个结果呢？但我只是想一想，便已经觉得很难过。自卑的阴影，从始至终都在笼罩着我。

高三的气息越来越浓重，你一贯明亮的脸上蒙上了一层阴郁的色彩。你会拿着参考书，伸到我的面前，安然，帮我讲解下这一道题。我略略思索，然后讲解。你额前的刘海微微垂下，几缕发丝散在书页上，拂过我握笔的手，内心是纤细而长久的痛，你年少而青春的脸庞，荡漾了我整个少年的心事。

那天，下课的间隙我出去透透气，进来时看见你一手拿着参考书，一手拿着一团摊开的白纸，纸上散落着一把已经泛黄的头发，而我的书包，已然被打开。

我一把从你的手里面夺过来那一缕头发。你一脸惶急，手足无措地说，安然，我只是拿参考书，然后发现了纸包，一时好奇打开了，对不起，我不知道……

十二岁。我和奶奶待在昏暗的小房间中，她枯瘦的手指拿着已经生了锈的剪刀，侧着耳朵听见远远传来的鞭炮声，目光落向远方。她说，如果你爸爸在的话，我们也可以那样的。剪刀缓缓地合上，头发断裂的声响轰然响起，发丝纷纷飘落在地。我的泪水不可遏止地流了下来，这么多年来潜藏在内心中的所有伤痛、委屈，以及失去，在一瞬间涌了上来。

我伏下身，从地上一缕缕捡起发丝，撕下了一张白纸包裹起来，放在书包里面，日日贴近在身边。

可是，苏清夏，你今天居然把它拿了出来。我忽然感觉，我隐藏的所有的伤口,随着被发现的发丝,赤裸裸地呈现在你的身前。

从此,我对你冷漠起来,再也没有说过一句话。

然后,在一个周一的下午,你的笔记本不见了。带有密码锁的笔记本,精致无比,据说是限量版。

班级里面出了小偷,人心惶惶。放学的时候,老师把所有的同学都留了下来,一个个地查看书包。当老师走向我的时候,我紧紧地抓着书包,老师从我的书包里面找出了笔记本,高高地举起,全班一片哗然。他们无法想象,沉默如我,也会偷东西。

你愕然地看着我,薄而冰凉的嘴唇紧紧地抿着,目光一寸寸地暗了下去。

老师的声音冰冷,不容置疑,叫你家长过来!

我低着头沉默不言。他恼羞成怒,咆哮着,我说叫你家长过来,你听见没有!

我一字一顿地说,我没有家长。然后,冲了出去。

自我记事起,我再也没有看见过父母,这么多年来一直和奶奶相依为命。不止一次,我拉着奶奶的手问我爸妈的事情。奶奶粗糙的手摩挲在我的额头上,她说,孩子,你是有爸爸妈妈的,他们只是去了很远的地方,很快,很快就会回来。

但在邻里人们的闲言碎语之间,我渐渐地知道了事情的真相,妈妈在我年幼时不告而别,而爸爸出门去找她了。一去十年,再也未曾出现过。

我开始不停地在奶奶的面前追问,爸爸爱妈妈吗?

爱。

爸爸爱我吗?

爱。

可是,为什么他们都不要我了呢?

奶奶额头上的皱纹深深地皱起,然后渐渐舒展,她的脸上有瞬间愧疚的神色,随即无比笃定地说,孩子,他们会回来的。

直到高考，我才再次回到学校，直接进入考场参加考试。

考完最后一场，我随着人群往外面走。苏清夏在身前冲着我微笑，她清脆地喊，安然，你来！

我跟着苏清夏在这个盛夏七月的小城中行走。阳光热烈，灼灼地照射在枝叶繁茂的槐树上，浓密的树荫覆盖在道路两旁。我们在树荫之中穿行，从枝叶间漏下的光斑随着行走在身上起起伏伏。汗水微微地打湿了背上的衣服，我的目光随着在前方行走的苏清夏。

在绕城而过的小河边，我们趴在栏杆上看着河水缓缓地流淌，风吹来的时候扬起了槐树花瓣，一层层地飘落到河岸上。河水带着花瓣，打着旋儿渐渐地行远了。

我的忧伤忽然莫名地蔓延了上来，我侧着脸看着眼前的女孩，她的脸呈现出柔和的弧度，细小的毫毛在阳光下清晰可见。她知道我在看她，可是目光却依旧盯着河水，忧伤的神色沿着光迹，渐渐地爬满了脸庞。

她问，你呢，高考之后准备报考哪所学校？

我摇了摇头，只是觉得前途渺茫，一时间，觉得天地之大，仿佛再也没有容身之所。有万千的话语，在唇边萦绕，然而却说不出口，情绪在心底点点堆积，觉得内心之中，便如同蓄满了江水一般，轻轻一碰，心里面便是柔柔的荡漾。

夜晚悄无声息地来临，临河的路灯次第亮起。我们在河边挥手说再见。

我数着脚步声，渐渐远离。

苏清夏怔怔地看着我渐渐远离的身影，忽然在身后叫我的名字。我停下了脚步，她从背包里面翻出来一样东西，伸到了我的身前，那正是她的笔记本，湖蓝色的封面，如同天空一般，她将笔记本递了过来，说，这个，送给你。

我微微一笑，她一定是以为我喜欢她这个笔记本才去偷的吧，所以，她愿意在临别的时候送给我？我默然地接了过来，从口袋里面摸索出纸袋，我笑，这是我十二岁时剪落的头发。我转身离去。

我紧紧地握着笔记本，那样坚硬的封皮，硌得手生疼，从掌心蔓延到心口。

在涌动的人群中低着头穿行，并最终消失了方向。

我最终没有上大学。不是没有考上，而是，失去父母的我，已经没有任何能力再去上大学。我怀揣着父母的合影，在不同的城市，沿着当年母亲留下的信息，一路寻找过去。

我对每一个遇见的人，指着手中的照片问，请问，你有见过他们吗？照片上，挺拔俊秀的爸爸和眉目温婉的妈妈站在院落中，背后的青色而斑驳的墙壁上，爬满了翠绿的蔓藤。他们的面目上带着幸福的笑容，透过经年的时光，缓缓地流露而出。

那张照片，在不计其数的人手中经过，不知不觉间已变得破旧磨损。每一次回到我的手中，我都会仔细地将它熨平，然后小心翼翼地收起来，这是我父母留给我的仅有的礼物。

我的怀中还揣着苏清夏送我的笔记本，这也是她留给我的仅有的礼物。苏清夏，我那个时候偷你的笔记本，不是因为我喜欢它而没有钱买，而是我知道我们即将分别，我想拿一件你最珍贵的东西留作纪念。

这个笔记本，我无数次地试图打开，然而，苏清夏，你却好像忘记告诉我密码了。有的时候，我会忍不住揣测，这里面到底写了些什么。也许，有关年少的心事，也许你也会提到我，又或者，仅仅是单调的课堂笔记。

我一路寻找，辗转来到了你的城市。

心头总是莫名地忐忑，苏清夏，我在和你同一个城市的天空下，无数次地希望，能够在人群中穿行的时候，偶然遇见你。然而，我走遍了这个城市的大街小巷，却始终没有遇见你，亦没有找到我的父母。我想，你也一定很好吧。那一年，纪云逸随着你考入了同一所大学，他一路追寻着你，总该是来照顾你的吧。

夜晚的时候，我在酒吧里面驻唱。幸好，我那杳无踪迹的父母给了我一副好歌喉，让我穷途末路时，得以谋生。

那晚，我正在台上唱歌，台下有一个男子冲了上来。他拉住我的手臂，神色狂喜。在明灭不定的灯光中，我认出了眼前的男子——纪云逸。三年后的纪云逸，俊朗，穿干净的白衬衣，手指洁净，举止优雅得体。

他激动地握住我的手，你来了这里，为什么不找我？

我沉默地微笑，良久，淡淡地解释道，我是来寻找父母的。所以，没有去找你们。

我们坐在公交车上，车子无声无息地穿行在城市之中，从桥上穿过，河水的气息泌入肌肤，微微冰凉。纪云逸问我这些年的过往。我看着窗外涌动的河水，想起这些年的过往，如同流水一般，在我指间流逝，而我的手掌中，又留下了什么呢？

下车的时候，纪云逸打了一个电话。我们一起在校园里穿行。高大而又茂盛的槐树在头顶馥郁地盛开，槐树花一朵朵地盛开，香气点点地落了下来，覆盖在我的身上。昏黄的路灯洒在地面上，树影婆娑。

在光影之中，一个女生渐渐地走近，纪云逸走向前去，握住她的手，脸上笑容恬淡。他轻声笑道，你看，谁来了？

我们隔着三年的时光遥遥相望。时光的涤洗之后，苏清夏越发光彩照人，而这么多年的漂泊，时光在我的额头上划下苍老的痕迹。苏清夏，你容颜依旧，而我，已经开始苍老。

你的面上种种神色瞬间变换，愕然，惊喜，最终复归于平静，你轻声唤我的名字：安然。

你的声线如同利刃一般在心脏的位置轻轻划过，我迎着你的目光微微地笑，并不言语。我们沿着林荫道行走，纪云逸牵着你的手，偶尔低语轻笑，你们的爱情如此美好。他一直都比我勇敢。

如果五岁那一年，我像他一样接下你递过来的糖，是不是结果从此便不一样？

纪云逸执意让我搬到学校附近来住，因为这里的住房便宜，且离你们比较近，可以经常在一起。我亦执意地拒绝，然而他却将一切都张罗好了，于是，我便在学校附近的一个居民区住下了。

大多数的时间，我在这个城市的各个角落里面行走。在茫茫人海中寻找着两个渺茫的身影。夜晚的时候，我在酒吧驻唱，纪云逸和你都会陪在我身边。那真是一段美好得足以用来缅怀的时光。

秋天渐渐远去，冬天来临了。那个小小的屋子里面，没有暖气，在深夜时分，我常常会被冻醒。我睁着眼睛整夜整夜地看天花板，听着窗外簌簌而落的雪，眼泪无声无息地落下来。比身体更冷的地方，是心里吧。我竭尽心力地寻找父母，不过是想寻找到一份爱，从小到大，我是如此地缺乏爱。

平安夜，你带了我去教堂。

唱诗班的孩子穿着白色的衣服，和着风琴的声音轻声地唱着赞美诗。牧师在讲台上布道，他说：爱是恒久忍耐，又有恩慈；爱是不嫉妒，爱是不自夸，不张狂，不做害羞的事，不求自己的益处，不轻易发怒，不计算别人的恶，不喜欢不义，只喜欢真理；凡事包容，凡事相信，凡事盼望，凡事忍耐。爱是永无止息。我静静地坐着，内心所有的不安与喧嚣，渐渐地平静下来。

午夜的钟声响起来的时候，我们站起来祈祷。我闭着双目，微微地垂手，默念祈祷文：

我们在天上的父

愿人都尊你的名为圣

愿你的国降临

愿你的旨意行在地上

如同行在天上

……

无数祈祷的声音汇聚在一起，如同天地巨响般，冲击着我的心脏。那些善良的人们，无比虔诚的祈祷，沐浴生命的恩泽。在祈祷文结束之后，周围的人都在静静地站立，许下自己的愿望。我清晰地听见她祈祷的声音和我的声音同时响起：

愿我所爱的人能够幸福。

愿安然能够找到父母。

愿苏清夏幸福。

愿安然幸福。

我的手掌忽然被软软地握住，掌心的温度传来，我知道这是你的手掌。你在祈祷声中说：我爱安然，上帝，你可不可以告诉我，安然爱我吗？

我的眼睛依旧紧紧地闭着，假装没有听见继续低头祈祷。苏清夏，请你原谅我的自卑与懦弱。最初的那场相见，你把棒棒糖放到我手上而我跑开，便已经预示了我们之间的不可能。

祈祷结束的时候，我松开你握着的手，随着教堂逐渐散去的人群往外走去。

然而，你并没有跟上来。你站在涌动的人群中，定定望着我，泪水顺着脸庞缓缓地流下来。我逆着人流艰难地走到你的身前，定定地看着你。

你的双手抓着我的衣襟，头抵在我的肩膀上，泪水一层层地湿润了我的衣服，你哽咽着说，安然，我也不知道我什么时候喜欢上了你，喜欢上了你这个不爱说话不爱笑的少年。高三的时候，我每天拿着参考书问你问题，是想让你看参考书。我报考这所大学，也是因为我去偷看你的志愿才填报的。你送我的那一缕头发，我做成香袋，一直挂在胸前。那个笔记本，写的全是关于你的点滴。

我的心里忽然如同被钝器来回地划，是持久而浓烈的痛。我的脑海中突然浮现出许多画面，第一次的遇见，你微微侧过身子让我走过的模样，你侧着脸趴在课桌上睡觉的情形……我的手臂轻轻地伸出，将你抱在怀里。泪水从眼角缓缓滑落，经过脸庞，在嘴角上停顿，沿着下巴滑入你的头发。最终，演变成为撕心裂肺的痛哭。

我说，苏清夏，我该拿什么爱你呢？我没有父母，甚至我本身，都是残疾的，那缕头发其实是我用来遮盖先天性畸形的右耳，我一直以为父母是因为嫌弃我才不要我了，所以我到现在都一直留着长发。我怕你也会嫌弃我。苏清夏，你知不知道，我曾经是多么心痛地遥望着你？

苏清夏抬起头，用力砸着我的胸膛，冲着我歇斯底里地喊，你知道我根本不在乎，不在乎你没有父母，不在乎你有残疾，我只是想和你在一起……我伸出手，将你用力地揽在怀中。你在我的怀中终于渐渐平息下来。

周围的人群渐渐地散了，午夜的雪从空中飘落，落在了我们的肩头，然后一点点地融化，夜空中有烟花斑斓的绽放，转瞬即逝，散落的灰烬落在我们仰望的面庞上。我们的手紧紧地握在一起，沿着午夜的大街行走。脚踩在雪地上的声音，在寂静的深夜发生清晰的回响。

许多年后，我依然清晰地记得平安夜的钟声，我在每年平安夜都会去教堂，只是身边缺少了你。

我们牵着手在大街上来来回回地走，天光渐亮。穿越大半个城市，穿越林荫道，走往女生寝楼下面时，在门口看见瑟瑟发抖的纪云逸。他看见我和你的手牵在一起，脸上的神色骤然变了。

我松开了手，他眼中的愤怒直直地刺了过来，冲到我的身前，抓着我的衣领狂喊道，安然，你怎么可以这样？！他的手掌一扬，拳头重重地击在我的脸上，嘴里面有咸腥的气息，血沿着嘴角蔓延而下，滴落在雪地上，白与红，惨烈的对比。

你拦在满腔怒火的纪云逸身前，扬起面庞直视他的眼睛，纪云逸的手掌扬在半空中，迟迟不肯落下。你清晰坚定地说道，纪云逸，我从来都没有爱过你，从始至终，都没有。这么多年来，你一直陪在我的身边，所以，我才接受了你。但是现在，我和安然都能够坦然面对这段感情，我们决定在一起。

纪云逸在你的目光中，一点点地放下了手掌，然后，愤然转身离去。我看见纪云逸那个时候的愤怒，我知道，他爱你，并不比我爱你少，如果我对你是隐忍的，那么他便是炙烈的。

苏清夏，那个时候你真勇敢，像一头小狮子，因此，我也决定勇敢地面对。那一年的冬天，我一边失落一边幸福。失落，是因为失去了自己最爱的朋友。幸福，是因为我的身边有了你。

我千里迢迢地寻找，在这所北方的城市里，终于得到了渴望已久的爱。

春节即将来临，你说要带我去见你的父母。

在你父母开门的刹那，我震惊得无以复加。那个面目温和的中年男子，冲着我微笑，我感觉到心脏如同被击溃一般，眼前这个男子，赫然是照片上寻找了三年之久的父亲。

我坐在沙发上认真地看着他，一时间失了方寸，他一边抽着烟一边问我话，而我却总是答非所问。你的父亲微微蹙起了额头，神色有些微的不悦。你发现了我的失态，带我出门买东西。我嗫嚅了许久，终于鼓起勇气问，苏清夏，你的父亲是你的亲生父亲吗？

你愕然，然后黯然，肯定地说，他是我的亲生父亲。

我的心一阵失落，是了。他们只是比较像而已。可是，天下会有那么像的人吗？我再次进屋的时候把照片从钱包里面取出来，半是试探半是解困地说，伯父，你看，这是我父亲的照片，和你多么像呀。

伯母和你们都围在一起，对比着照片啧啧称奇，果然，真的好像呢。伯父的面上没有丝毫波澜，是的，好像，一副轻描淡写的模样。

然而，我却总觉得不甘，后来我找来了奶奶，她见到伯父的时候怔了一怔，颤巍巍地喊了一声，儿，然后老泪纵横。

伯父如同看一个陌生人一般地看着眼前的老人，他说，老人家，你会不会是认错人了？

奶奶的泪水沿着满脸的沟壑肆意流淌，她固执地说道，你是我的儿，我断断不会认错。我知道你一直不肯原谅我，因为孩子他妈生下了残疾的安然，我处处刁难她，她一气之下离家出走，杳无音信，你只好去找她。奶奶拉着我继续说，你恨我可以，不认我也可以，但是你不能不认你的孩子呀。

伯父茫然地看着眼前的老人，神色颇为不悦，眉宇间有隐隐的怒气，老人家，你认错人了吧？

最终，奶奶叹息着离去。

苏清夏咬着嘴唇，她惶恐地说，如果我爸爸真的是你的父亲，那么便是你一岁那年，他离开了小城，然后到了这里，再和我母亲结婚。那么，我就是你的亲妹妹？

你不停地摇头，自言自语地说，不可能，不可能。

我站在巷子口抬起手臂拥抱你，你在我的怀中悸动，我的心如此疼痛。我努力宽慰你，苏清夏，即便我们真的是兄妹，我们也是可以爱的呀。

你摇着头，眼泪一串串地滚落，说，不会的，你不知道，这不一样。你转过身跑掉，我站在路口，看着你远去的身影，难过得快要死去。

第二天早晨，天光微亮，伯父咆哮着冲到了我的房间，大声地指责我，咒骂我。在一片慌乱声中，我终于隐约明白，苏清夏在回家的时候被人强奸，而那个人居然是纪云逸！

他们都说，如果当时我送你回家，事情也许就不会这样。是的，如果。

我跌跌撞撞地跑去找你，你的房间空无一人。后来，我在大街上找到了游荡的你。我说走，我带你回家。可是你懵懂地看着我，然后傻傻地笑，家，我的家在哪里？你又是谁呀？

我的泪水轰然而落，用力地摇晃着你，苏清夏，你怎么不记得我了呢？

带你去看医生。医生说，你得的是解离性迷游症。其行为通常更有目的，常与失忆结合，患者常会离开原来的家庭或工作，旅行到另一个陌生的地方建立另一个家庭或工作。当他们被寻获后，他们已经有一个新的自己，但无法记起过去，而新的我与旧的我并不会交互出现。此病很少见，通常发生在战争、重大灾难事件后。患者从此以后会成为另外一个人。

病因主要分两个方面，一个是先天性的基因缺陷，另外一个就是心理因素。而且，这种病，具有一定的遗传特征。

苏清夏，从此以后你成为另外一个人。你再也不会记得安然了，再也不会心疼安然了。而我，永远无法原谅自己，如果我那个时候送你回家，也许便不会发生这样的事情。

医生的话让我想起来，伯父可能真的是我的父亲，他一直在寻找母亲，后来患上了解离症，成为另外一个人，在陌生的地方建立了工作和家庭。在我的执意要求下，伯父和我做了亲子鉴定，证实了我的猜想。

苏清夏，你原来是我的妹妹。

伯母声泪俱下，苏清夏不是你的妹妹。原来，她怀孕的时候，你的亲生父亲弃你们母女而去，她匆忙之间找了一个男人嫁了。这个男人，就是我的父亲。为了不让你在成长的过程中心理有阴影，所以告诉你他就是你的亲生父亲。

眼前这个瞬间苍老的男人，在我叫他父亲的时候面上一片茫然的神色，他也已经不是我的父亲了。我不停地寻找父母，只是想寻找一份父母的关爱，我找到了人，却依旧是一场空。

而你，苏清夏，这个世界上唯一爱我的人，却已经永远地彻底遗忘了我。从此以后你成为另外一个人，你再也不记得我是谁了，再也不会为我心疼了。

纪云逸的母亲自另外的一座城赶来，以一个母亲的身份为他负罪的儿子道歉。这个从小到大照顾我的阿姨，摩挲着我的脸，泪水纵横，她颤抖地唤我，儿子。我如遭雷击。眼前的这个女人，和照片上我的母亲，是截然相反的眉目啊！

我终于得知了事情的另外一部分真相：父亲和母亲最初生下了残疾的我，奶奶因此而责难母亲，她负气之下离家出走，而父亲紧随其后出来寻找。在寻找的过程中，因为身心承受了太多的压力，潜伏在父亲体内的隐疾发作，患上了解离症，然后，他爱上了你的母亲。而我的母亲，一怒之下决定报复父亲，她去整容，往昔的容貌不留丝毫痕迹，然后，使尽种种手段，将你的亲生父亲伏贴地收服在自己身边，继而生下了纪云逸。纪云逸和你，其实是同父异母的兄妹！而纪云逸和我，却是同母不同父的兄弟！

这真相，太过鲜血淋漓。

苏清夏，紧接着你旅行到了另外一个城市，如同医生所说的那样，像一个正常人一样开始了全新的生活，上班，下班，偶尔和同事逛逛超市。

生活安好。

我费尽种种的心机，设计种种的巧遇，成为了你的同事、朋友。但是，也仅仅限于同事和朋友。你看我的眼神之中，再无疼惜的目光。

苏清夏，你已经不是苏清夏了。而我，依然是安然。

有的时候我也会想，这样对苏清夏而言，会比较好吧。可是，她为什么会遗忘得如此彻底呢？连我，都一块儿舍弃。

我不停地寻找爱，却最终失去了唯一的爱。

后来，我去监狱看过纪云逸。他已不是俊朗的男子了，而是披头散发，眼睛猩红，常常会情绪失控，处于崩溃的边缘。这些年来，他无时无刻不在承受着内心的煎熬。

父亲以解离症忘记了过去，母亲以改变容貌告别过去，而苏清夏告别了过去。只剩下清醒的人，如我和他，承受着所有的苦难。

现在的我，以陌生人的姿态守护在她的身边，不动声色地爱着苏清夏。她已经不是我最初爱上的苏清夏，那个美丽而又善良的女孩，但我坚信，总有一天她会回到我身边。

故事讲到这里已经结束。

我抬起眼注视着对面听故事的吴眉。她轻轻摇着杯子里的红酒，酒意微醺，眼光迷离，怏怏地嘟囔着，安然，呃——你真没意思，每次讲故事都讲这一个，一点新意都没有，还用第一人称来讲，跟你说，男人都用这一招泡女人，俗——

吴眉拎起精致的皮包，踩着高跟鞋，深一脚浅一脚，摇摇晃晃地走出了酒吧。我注视着她渐渐远去的背影，泪水滚滚而落。

吴眉，我拉着你给你一遍一遍讲苏清夏的故事，只是为了能够让你记起过往。

记起你是苏清夏。记起，我们的爱。

爱是恒久忍耐，又有恩赐。

爱是永无止息。

➲ 预言悲伤

\ \ \ 王宇昆

梁宛若看着自己清晰的面孔出现在屏幕上,心里像是被刀子一下下地轻滑着,虽然轻但却一停一顿痛到骨髓。

那台深白色的电脑,藏有无数未知的秘密,我曾经这样努力地想要陪在你的身旁,可是你却这样坚决地放开了我,你对我来说就像每个故事最精彩的伏笔,等待流年拂过真相,一一揭开。

——应验预言

【A】

"雨花巷63号"梁宛若站在楼道口的楼宇对讲机前面,旁边站着一个和自己年龄差不多大的女孩。摁了楼宇对讲机上的按钮好几遍,依旧没有接线的声音,戴安琪拉着梁宛若的手走到楼道前面的空地上,用手比作扩音筒状,大声地喊叫对方的姓名。

"宗嘉纬,下来跟我们一起摸电报呀!"两个女生的声音重叠在一起,逼仄的楼房之间响起回声。

可是依旧没有人回应,梁宛若看着四层那扇一张一合随风摆动的窗户,心一阵凄凉。

"走吧,既然他不愿意下来,我们何必要可怜他,死皮赖脸地来找他。"戴安琪从小到大都比我要坚决得多,身为女生,她和我分异在两极,在某些事情上,她总能表现出比我大十倍的大义凛然和意志坚决,而我一副藕断丝连的模样也是戴安琪常常瞧不起我的原因之一。但就算这样,我俩依旧是朋友,除了宗嘉纬以外,对我来说她是最重要的人。

相反地,男生躲在四层的窗台底下,一个人坐在冰凉的地板上,双手抱着膝盖,阴雨的天气导致屋子里的光线昏暗,冰凉的感觉从脚心一直蔓延至手心,整个人像是被冻住了一般,渐渐失去了直觉。在和宛若与安琪吵架后的第二天，宗嘉纬患上了病毒性感冒，持续高烧加上天气转凉，病情没有好转反而加重。房间里，除了冰冷的空气和没有铺好的床散发出来的睡意，就只剩下聒噪的心跳和喘息声了。

吵架的原因其实很简单，戴安琪买了两份冰激凌蛋糕，给了自己和梁宛若一份，唯独没有给宗嘉纬，虽然在大人看来再小不过的一件事情，但却给男孩带来重重的打击。宗嘉纬看着自己的伙伴津津有味地吃着蛋糕，没有丝毫想与自己分享的意思。就这样，宗嘉纬与戴安琪和梁宛若大吵了一架，宗嘉纬一个人背着书包朝着自己家的方向用力地奔跑，身后的两个人没有喊他回来。

但相比往常，仅仅是因为这一件小矛盾的话，宗嘉纬在女生第二天喊自己下来做游戏的时候便会忘记一切，重归于好。而这次却不一样，在梁宛若和戴安琪两次吃了闭门羹后，宗嘉纬依旧没有下来。

梁宛若从来没有听阿纬谈起过关于他们家的故事。走在回家的路上，戴安琪新买的凉鞋被潮湿的小路弄脏了。"真是该死，看见这些脏泥就能想起宗嘉纬那张苦脸。"梁宛若听见戴安琪不屑的语气。

"作为一个孤儿，还想和我一样，他难道不知道他不配吗？宛若，你要知道冰激凌蛋糕都是给有钱人吃的。"在小学二年级的戴安琪眼里，梁宛若和宗嘉纬就这样被分了等级和区别。

"他是孤儿？"梁宛若听见戴安琪形容阿纬的话，心头骤然一颤，但却又默无声息地选择了站在戴安琪这一边。

"是啊，你不知道吗？还是我爸可怜他，才把他爸爸弄到我家工厂里工作的。现在天底下什么人都有，一个个都不懂得知恩图报，我觉得我们根本没有必要再和宗嘉纬这样的人在一起玩了。"梁宛若不知道回答什么好，脑海里想起阿纬和自己一起去海边时的场景，那时候三个人还一起在海边对着星星许愿要做一辈子的好朋友。

戴安琪使劲晃了晃梁宛若的肩膀，"你要是还想和他做朋友，你就别想再吃到冰激凌蛋糕了！"

【B】

  下午上体育课的时候,梁宛若想要偷懒不去准备八百米跑步测试,便一个人偷偷地在教学楼里溜达。原先已经因为逃体育课被体育老师骂是"高二年级最懒的女生",可是面对地面温度三十二摄氏度的考验,梁宛若还是毅然地决定逃跑。

  在楼道里发现巡视的年级主任,走过拐角发现广播室的门未掩便躲了进去。她本来已经做好被广播室的老师以乱闯办公室的罪名训斥的心理准备却发现广播室并没有人,作为整栋教学楼重要的办公室之一的广播室原来内部结构是这样的呀,正在她为房间里堆满墙角的CD和地板上错杂的电线而大失所望的时候门却被嘭的一声掩上了,看了一眼大敞的窗户,一阵穿堂风把潮湿的气味都吹去了走廊。

  梁宛若尝试着去开门,发现门被反锁上了,内心一阵质疑,明明是风的原因,但为什么会被反锁呢。梁宛若把耳朵贴在门上,隐约听见有脚步声渐渐远离。

  这下可怎么办?梁宛若找遍了整个广播室,除了二层高的广播室窗口,再没有一道可以逃出去的通道,正在紧张的时候,脚底突然不小心被绊了一下,为了保持身体的平衡,手指不小心碰到了处在待机状态计算机的键盘回车键,原来是脚下乱七八糟的电线捣的鬼,梁宛若抬头的一瞬间看见计算机的屏幕上出现了一段影像,画面里是一个女生蹑手蹑脚地在宣传栏处贴了一张白纸,整个过程视频一帧一帧的播放只持续了十秒钟,播放完毕计算机又重新恢复了待机状态。

  梁宛若迅速跑去窗口向着宣传栏的方向看去,却没有看到任何人。

  下课铃响的时候,梁宛若突然灵机一动,打开话筒喊了一句,"请广播站站长迅速到广播室",过了大约半分钟,就听见门锁被打开的声音。

  "你是谁?怎么会在这里?"打开门的是一个男生,第一次见到学校广播站的站长,没想到还是一个美少年,梁宛若紧张兮兮地回答了整件事情的来龙去脉，然后又听到男生富有磁性的声音，"哦，没有关系，以后小心点就可以了，如果私闯这里被老师抓住可是要通报批评的呢！"梁宛若再说了无数次的感谢后，怀着庆幸自己大难不死的心情和男生说了再见。

"喂！你知道广播站的站长叫什么名字吗？"放学回家的时候，梁宛若问同行的女生戴安琪。

"叫宗纬啊，我们班的，计算机高手，声音还好听，和宗嘉纬只差一个字，但你说差距怎么就这么大呢！咳咳，不会是你又有新的目标了吧？"戴安琪不屑地看了一眼梁宛若，"在我看来，你还是别想了。你难道不知道宗纬在咱们年级的风云程度吗？据说愚人节那天他光情书就收了满满一抽屉。你又不是不知道你什么姿色，和那些浓妆艳抹的女生们相比，到时候你和你的情敌们打得死去活来，我可不去帮你哟。"

戴安琪说话总是这么地坚决，不给人留余地，"哪有啊，只不过是今天被困在广播室，他帮我开了锁而已。再说了，我长得很难看吗？你干吗说话这么伤人呀！"梁宛若却突然想起了儿时的伙伴宗嘉纬，小学四年级的时候对方就搬去了另外一个城市，然后再无音信。

"发什么呆啊？现在是绿灯，还不快走。"戴安琪依旧不屑地看了梁宛若一眼。

第二天下操的时候，梁宛若就看见宣传栏的方向挤满了人，挤进人群才发现是一封署名的情书，收信人是高三某男生，署名竟然赫然写着"戴安琪"三个大字。紧接着在人群的议论声中，看见戴安琪用力地挤进来，瞬间把被贴上的情书撕了下来，然后撕成了碎末。

梁宛若看着戴安琪捂着嘴跑出人群，也赶快跟着戴安琪跑了出去。

她安慰了戴安琪一整个大课间，听着戴安琪扬言抓到凶手一定会亲手把她的头扔进马桶里的狠话，最后终于看着女生走回自己的班里，才松了一口气。

戴安琪下课上完洗手间回来的时候，意外地发现自己的笔记本里夹着一块黑色的U盘，在四处询问仍旧没有人认领的情况下，戴安琪想看一下能否通过U盘内部的资料找到失主，可是打开却发现只有一个名为"凶手"的文件夹里有着一个名为"liangwanruo"的视频文件，戴安琪忐忑不已地打开视频，看到的是一个女生的背影慢慢走向宣传栏，在上面贴上了一张粉红色的纸，戴安琪突然联想到自己的情书事件，放大了一下视频，竟然发现视频上的信纸和自己的一模一样，心突然咯噔了一下，也就是说凶手就是画面中的这个女生了。此时的戴安琪内心已经充满了怒火，恨不得现在就去把凶手揪出来当街示众，在退出文件的时候发现视频的名字拼起来竟然是"梁宛若"三个字，戴安琪无法相信自己的眼睛，但此刻她唯一能做的就是去找梁宛若。

戴安琪把视频复制到手机上，离开了教室。

【C】

戴安琪去梁宛若的班级门口等她，却被告知已经去了食堂。戴安琪一进食堂，便看见坐在落地窗前吃着咖喱饭的梁宛若。"你告诉我这是怎么一回事！"戴安琪打开手机，播放出自己看到的视频，"上面的人是不是你，你告诉我？"梁宛若看着眼前的视频竟然和自己昨天在广播室看到的视频一模一样，同样也是只有十秒一帧一帧播放的影像。

"你是从哪里找到这个视频的！"梁宛若说出口的时候才意识到自己的表达肯定会引来误解。

"这么说是你喽！梁宛若，你这样做有意思吗？你对我有意见是不是？就因为昨天我说了你几句？你怎么能这样记仇呢？原来真的没有看出你是这样一个人！"鬼知道，当看到自己的朋友做出这样背叛自己的事情的时候，自己会有多么的伤心。

因为是朋友，戴安琪终究没有做出狠话中所说的把梁宛若的头扔进马桶里，但她一点儿也没有给梁宛若留面子。这时候食堂所有的人都把目光投向了聒噪的中心，梁宛若看着一双双尖锐的目光，一时不知道该怎么做才好。

"梁宛若，从小到大我对你这么真心，你却因为我说了几句玩笑话，做出这样的事来伤害我，我告诉你，你这样的朋友我不要了！"戴安琪的眼睛布满了血丝。

"如果你执意认为是我做的，而且认为这个视频里的女生一定是我，我也没有什么好说的，等我拿到证据证明我是清白的时候，你会意识到你今天做了一个多么愚蠢的决定！"梁宛若起身拿起背包在众人的目光中离开了食堂。

梁宛若的眼泪边走边流，一直到梁宛若走回教学楼。在拐角处听到有人在说话，凑近一看，发现是那天在广播站相救的男生。

"是你！你怎么哭了？"男生用惊讶的口气问道。

梁宛若本来想径直走开，却被男生拦了下来，"既然第二次遇见，就证明是有缘人，告诉我你为什么哭呗？"梁宛若一时找不到该倾诉的人，竟然和宗纬蹲在走廊冰凉的地板上哭了一个中午。

女生把整件事情告诉了男生，身为广播站站长的宗纬决定帮助梁宛若找到真正的凶手。

"那这样吧，晚上放学的时候你等我一下，咱俩商量一下计划。"梁宛若想了一下，因为闹了矛盾，戴安琪今晚肯定是不会和自己一起回家的，便答应了男生。

晚上放学的时候，戴安琪果真没有来找梁宛若一同回家，梁宛若一个人背着包一走出教学楼，远远地就看见已经在等待的男生。

往常和戴安琪一同回家的路今晚却换了人，内心一番苦水。

"笑一下吗？还在为中午的事情难过吗？"梁宛若突然看见前方的闪光，是男生举着手机在拍自己。

"喂！你乱拍什么嘛！"梁宛若用手挡住了自己的脸，可是为时已晚，闪光灯已经熄灭。

"明天我会拿你的脸和视频中的人做对比，你就等着好消息吧。"约定好明天下午第二节课后在广播室见面后,女生向男生说了再见。

【D】

女生之间的矛盾就像是复杂的排列与组合题,有着数不清的线头等待一一解决。

上午看见戴安琪和另外一个女生兴高采烈地一起上学,弄得梁宛若很不是滋味。梁宛若故意迎上戴安琪和新朋友的目光。

"哎哟喂!这不是梁宛若吗?也不知道你找到证明自己不是凶手的证据了吗?你可不知道,安琪都快急死了。"梁宛若看着戴安琪身边的女生,不屑地甩了一眼。

"你算老几,用得着你来管!"梁宛若的一句话好像是引来了戴安琪的不爽,"她怎么管不着,她起码比你可靠,你这种小人。"梁宛若自然禁不住自己的怒火,可是就算争吵,也只能让事情进一步恶化,让友情濒临破裂,梁宛若迅速又抑制住自己的怒火。

"那好!你等着。"

按照约定的时间梁宛若来到广播室,看见宗纬已经早早地在等待了。

"按照视频,我做了一下比对,相似度不足百分之五十,但需要调查一下计算机中这段视频的来源。"

"嗯,就是这台机子,我不小心按了回车。"宗纬走到计算机前点击了键盘的回车键,但这次却没有出现视频,而是直接切换到了桌面,一切安然无恙。

"你稍等一下,这台机子的密码只有我知道,让我来查一下。"

梁宛若环顾了四周,只在话筒前找到了座位,便走过去坐了下来,这时候一阵刺耳的麦声传来,紧接着校园的所有喇叭突然发出一段女生的声音。

"对不起,戴安琪,我是梁宛若,我就是嫉妒你和你的男朋友,所以才会这样做的，请求你的原谅！"同时每个班级的挂式电视全部切换到广播室，画面里是梁宛若安然无恙地面对着话筒坐着。

"怎么回事？"宗纬慌乱地关掉话筒和摄像头，梁宛若被刚才所发生的一切惊呆了，竟然和自己的声音一模一样，"怎么会这样，不是我呀！这些都不是我说的！"梁宛若有些失控，抓着宗纬的肩膀剧烈地晃动，可是这时候话筒已经收线。

这件事情的影响力进一步扩大，成为了全年级议论的焦点。

这下梁宛若和戴安琪都由年级里名不见经传的路人甲乙上升为了风口浪尖的人物。

放学的时候，戴安琪主动来找了梁宛若。

"只要你再从宣传栏上写一封道歉信，我就原谅你，怎么样？"戴安琪放下自己所有的架子，语气中分明还透着些渴求。

"不可能！今天上午广播中的声音根本就是有人在冒充我，我一定会抓到真正的凶手！"就这样，戴安琪不再和梁宛若说一句话，两个好朋友因为这件事走向了世界的两极。

【E】

"这下你开心了吧？你的目的达到了！"
"不够，还有最后一步！"

【F】

她这次私闯广播室，并没有告诉宗纬。

特地挑了放学的时间，梁宛若一个人偷偷地走进了广播室。

既然想找到凶手，就要通过那台计算机来获取信息。可是密码只有宗纬一个人知道，这可怎么办？

梁宛若再次按下了回车键，这次出现的不是视频，而是循环幻灯片播放的三张照片，是自己拿着一张白色的考卷从办公室慌忙地走出。也就是说，就在未来的某一天……梁宛若看着自己清晰的面孔出现在屏幕上，心里像是被刀子一下下地轻滑着，虽然轻但却一停一顿痛到骨髓。

第二天数学组发出通报——期末考试卷被盗，这一消息无疑震动了这个年级部，学校为此还成立了专项小组来调查这件事情。该来的终于还是来了，就在当日下午，有同学在戴安琪的抽屉里发现了期末的数学考卷。紧接着是绵绵无尽的惩罚，戴安琪莫名其妙地被勒令休学一周。

第二天去管宗纬要广播室计算机的密码，却发现那天在广播室看到的照片被贴在了学校的布告栏上。梁宛若冲上去准备撕下来，却被周围的同学指责卑鄙无耻下流。

梁宛若一个人拿着好不容易撕下来的照片，一个人瘫坐在走廊里流泪。

一切都来得太突然，自己毫无准备。

这个时候，眼泪流着流着，却又想起了那段被抛弃已久的回忆。

"雨花巷63号"那个破旧的楼牌承载了无数关于三个人的记忆，那个时候，不管遇到多大的困难，三个人总是会一起扛过去。

遇到雨天，宗嘉纬总会主动把伞给自己和戴安琪打，自己一个人在旁边淋雨。

可是一切都伴随着那场突然起来的大雨，因为两块冰激凌蛋糕，友情像是被雷电击中了一般，从遥不可及的深空之中坠落。

再后来，宗嘉纬搬离了这座城市，永远地离开了自己和戴安琪。那一段记忆有着太多的来不及和舍不得，在不成熟的眼光里，曾经伤害了彼此，但却无力挽回。

最后等来杳无音信的忙音。

后来也试着拨打过宗嘉纬留给自己的号码，但始终是无人接听。

【G】

那天晚上，宗纬陪着梁宛若回家。

"你有过被好朋友背叛和抛弃的感觉吗？"梁宛若问男生。

宗纬突然面露难色，"有过，但是是很小的时候了，早已经忘得差不多了。"

"这种感觉，真的不好受，我从来没想过有一天戴安琪会这样轻易地抛弃我。她是我从小到大的伙伴，我真不知道如果失去了她，我还有什么？"

"没有别的人了吗？"男生紧紧追问道。

但梁宛若却沉默在了夜色之中。

"算了，别难过了，事情总会过去的。对了，广播室计算机的密码是我的班级学号0646。"

第二天，梁宛若上微机课的时候，坐在她旁边的女生突然报告说，这里有一个U盘，位于学号是46的座位上，上一节课大概是戴安琪的班级，所以推测应该是宗纬的，梁宛若说知道是谁的，可以归还失主。

下课的时候，梁宛若想确认一下U盘到底是不是宗纬的，便打开了U盘。

里面是一大堆自己不懂的程序代码软件和记事本，还有三张PSD格式的图片文件。

她鬼使神差地打开图片，映入眼帘的是一个女生拿着一张白色试卷的照片，和她那天在广播室看到的除了面部一模一样。

还有准备抠掉面部的图层，难道说……

梁宛若不敢继续往下想这件事情，而是拔掉了U盘，一个人走去了广播室。

【H】

戴安琪返校的那天，梁宛若特地跑去了班级迎接。

"呐，现在我带你去找真凶。"

"开什么玩笑，你快放开我的手！"

本来想好的对话情景，可是在见到戴安琪那张憔悴的脸时，却又噎住了。

已经迫不及待想要去揭露事情的真相了，可是他究竟为什么会这样做呢？

"没错，是我。这么快就被你识破了。"

"多亏了你遗落的U盘，真没想到凶手就是自己身边的人。"

"说吧，你为什么要这样做？"

"梁宛若，你还记得你和戴安琪的生命里曾经出现过一个小男生，那个小男生贫穷孤单，经常和不上你们的节奏吗？"

"难道你是宗嘉纬？！"梁宛若的思绪像是被金针银钩扯住了一般，绕着骨骼向着四周的血脉攀爬。

"没错，是我。没想到吧，我又出现在了你们的世界里。只不过这次我的目的是报复，报复你们对我所做的伤害。知道吗？当初的我为什么会搬走？因为戴安琪的爸爸以一个莫名其妙的罪名开除了我爸爸，迫于生计，我们才搬走了，记得当初我向你求情吗？可是你却坚决地站在了戴安琪的那边，而你的理由仅仅是怕以后没有办法吃到冰激凌蛋糕。"

气氛像是凝结住了一般，所有在喘息的生物都被扼住了咽喉，无法再用心跳来维持生机，脉搏也变得蠢蠢欲动。

"对不起！"梁宛若低下了头。

眼前的这个翩翩少年退去了儿时的青涩，他有着好听的声音和动人的外表，与那时候的宗嘉纬简直就是两个人。

"为了报仇，我改了名字，并执意要我爸把我再送回这座城市，和你和戴安琪念同一所高中，让你也体味被最好的朋友背叛和抛弃的感觉。情书是我找人贴上去的，U盘是我放在戴安琪的桌子上的。那天放学，假装说是要给你做脸部对比，实际上是在采取你的脸部照片，同时我也录下了你的声音，然后根据你的声音我制作出了那一段所谓你的道歉，后来广播突然响起也是我事先准备好的，试卷是我偷的，那些照片也都是我PS的，可是我竟然把U盘落在了微机教室里。但是我不后悔，因为我一切的报复完成了，我要的我也都看到了。"

"我知道这样做很卑鄙，但是我没有办法，因为你们伤害得我太深了。还记得吗？我们三个曾经在海边许诺，要做一辈子的好朋友，可是没想到的是诺言永远抵不过现实。"

"对不起。"梁宛若又一次地道歉，然后默默地流下了眼泪。

【J】

宗嘉纬依旧坐在阳台下，皮肤触及着冰冷的地面。

在那几声熟悉的喊叫后，宗嘉纬本想站起身冲着她们微笑，可是正当他艰难地从地板上爬起来的时候，她们已经走远了。

然后天空下起了雨，眼泪便也像泪水一般倾下，宗嘉纬看着她们的背影，轻轻闭上了眼睛。

【K】

"最后一步也完成了，这下可以停止了吧？"

"可以了……"

广播室的窗户前，宗纬对着宗嘉纬静静地回答道。

后来，宗纬选择了转学。真相大白，年级部又恢复了往日的聒噪，八卦和流言的中心不再是我和戴安琪。一切又仿佛恢复了大风过境前的宁静。

戴安琪和我和好如初，我经常受不了她不屑一切和坚决的语气，但是没办法，我不能抛弃她，因为现在她是我的唯一。

那台深白色的电脑，藏有无数未知的秘密，我曾经这样努力地想要陪在你的身旁，可是你却这样坚决地放开了我，你对我来说就像每个故事最精彩的伏笔，等待流年拂过真相，一一揭开。

——应验悲伤。

➲ 虽然我们不曾相遇

\ \ \ 黄 萍

在他的记忆里,她永远都像是一尾精力充沛的热带鱼穿梭在那些陆离的光影里,而刚刚他亲眼目睹了她的惶恐和不安,却无能为力。

一

有人说,每个女孩的青春都会出现两个少年,一个惊艳了时光,一个温柔了岁月。而邓星既惊艳了时光,也温柔了岁月。

二

胡翘每天早上都要绕很远的路去上课。死党楚楚说她神经病,放着近路不走,非要绕那么远的路,导致她每天要少睡十分钟。

"胡翘,十分钟啊,这要用多少面膜才能补回来啊?"楚楚不满地埋怨着。

"饭后走一走,活到九十九。"胡翘理直气壮地说。

"吓吓吓,我看你是色迷心窍,为了看邓星吧。"

"胡翘,你跟一没见过男人的女色魔一样,别犯花痴了。"楚楚白了她一眼。

"这样,每天混个眼熟嘛。"她只是为了能在播音晨练的人群里看到他。他在人群里总是那么突兀,每次她要昂起头才能看清楚他的脸。

"胡翘,人家腿那么长,你能到人家腿吗?"楚楚笑得前俯后仰,毫无形象可言。她涨红了脸,气势汹汹地反驳道:"怎样!一米八几的男孩子最喜欢我这种娇小可爱的姑娘了!"

"长腿",后来她好长一段时间都这么叫他。

有时他来得晚,被班主任边骂边罚深蹲。她刚刚从他身边走过,他的头发有些乱糟糟地翘在头顶,身上有一股好闻的薄荷味儿。她故意放慢了脚步,有些出神。

长得真好看啊!她由衷地感慨。

他抬起的眼帘正巧对视上她。她紧张得大气都不敢出一口,慌乱地低下头去,匆匆忙忙地走过。

"喂,你的脸红得跟猴屁股一样诶。"

楚楚的声音从身后幽幽地传来。她恨不得变成一只苍蝇,找个地缝钻进去。

三

她第一次注意到邓星是在新生军训的队伍里。

九月的天气一会儿烈日当空，一会儿倾盆大雨。第一天军训的胡翘被雨淋了又晒，晒了又淋。胡翘低声跟死党兼发小的楚楚抱怨，"这样下去，真担心哪天我头顶上长蘑菇。"

她的目光很快被旁边的男排的一个身影吸引过去。他的背挺得笔直，帽檐遮住了他的大半边脸，露出挺拔的鼻尖，上面冒着晶莹剔透的细珠。他下巴的轮廓在灼眼的光线里镀上了一层淡淡的光晕。

"怎么会有这么好看的人？"她痴痴地看着他，目光紧紧地贴在他的背上。

"第三排第二个，你怎么走的！"教官厉声道，"出列！"

她这才恍过神，发现自己的动作不同步。胡翘暗自叫苦，极不情愿地从队伍里出来。队伍里窸窸窣窣的嬉笑声引来了邓星的目光，她隐约听见有女生在讨论他比某某明星还要帅。

邓星的目光轻轻地在她的身上扫了一下，胡翘觉得自己快要缺氧晕过去了。

胡翘那天在太阳下罚站了整整两个小时。她一直祈祷自己快点中暑晕过去，可是直到她站得双腿发麻也没有如愿。

后面的半个月，胡翘跟打了鸡血一样，白天精神抖擞，到晚上整个人跟虚脱了似的，挨着床就睡着了。

四

军训结束，她拿了标兵，他也是标兵。那时候，她才知道，原来他叫邓星啊。

表彰大会的前一夜，她激动得辗转反侧难以入眠。表彰大会那天，她特地早起了一个小时，里里外外地捯饬了一番，画了一个心机淡妆。

她拿着奖状在台上，跟他隔着两三个人。她用余光偷偷地瞄他，努力地平静自己的呼吸。

她多想没心没肺佯装不经意地跟他搭讪："嘿，你也是标兵啊。"

可是，他的光芒太耀眼了，她就像是隐没在他光环里的一粒微不足道的尘埃。

五

胡翘在食堂遇到他，猛然像是被人点了穴，僵直地杵在原地动弹不得。他向她这边走过来，她的脑子像挨了一记闷棍，一片空白，呼吸困难，几乎快要昏厥过去。他从她身边走过，她立刻像是被人抽光了力气，腿脚发软，瘫靠在楚楚身上。

"这是真的吗？楚楚，快给我个巴掌。"她拽着楚楚的胳膊激动得快要跳起来。

楚楚恨铁不成钢地掐了她一把："胡翘！瞧你那点儿出息，你能不能给老娘长点儿脸！"

"胡翘，你把对邓星那心思用在学习上，说不定都能上清华北大了。"楚楚没好气地白了她一眼。

"不，追求怎么能那么低呢？那样我肯定是驰名中外的中国第八代女导演啊！"

"哈哈哈，到那时我就可以想睡哪个当红小鲜肉就睡哪个小鲜肉了，坐拥后宫三千。"

"……你倒还真实在……"

六

胡翘曾偷拍过邓星。光斑落在他的肩头,连同他的五官都照耀得熠熠生辉。她呆呆地看着他出神。她连续闪拍了好几张,想把他的一举一动都永远定格。

她放大了一张照片挂在自己的床头,每天晚上都要对着照片傻乐半小时。楚楚总是痛心疾首地挖苦她说,你那照片刚好用来辟邪了。

她整天像个唐僧一样念叨邓星几百遍,楚楚都快要被她搞得神经衰弱了。

"楚楚,你说怎么才能成功搭讪邓星呢?"

"哎哟哟,我的大导演,反正系里不是要拍作业吗?这样不就有机会接近邓星了吗?"

"嘿!帅哥,看你条件不错,我的电影里有个角色挺适合你,感兴趣吗?"胡翘学着肥皂剧里的剧情故意压着声音说。

"噗!"胡翘笑到不行,"楚楚,你这简直是盖世女流氓啊!"

七

在楚楚的怂恿下,胡翘信心满满地打了无数遍腹稿。

"邓星,我们这儿有个话剧,你能帮忙演一下吗?"

"不感兴趣,我很忙。"他淡淡睨了她一眼,冷冷地一口回绝了她。

她尴尬地站在男生宿舍门口,犹豫着要不要再说点儿什么。

"请让一下。"

"喂,邓星,你拽什么拽啊!"楚楚炸毛了,指着邓星的鼻子气得发抖。

胡翘的心情浓郁得像是一团墨,她竭力使自己平静下来。"对不起,打扰了。"她把激动愤慨的楚楚拖走。

"喂,我还没说完呢……"

"真不知道邓星有什么好,不就是仗着自己好看点儿嘛。给他面子还是瞧得起他了。胡翘,你说是吧?""也就你这种肤浅的人才会死皮赖脸地喜欢他这种人。"胡翘还在喋喋不休地抱怨着。

"他不是这样的人。"她的脸一红一白地低声辩解道。

她的小心思被楚楚一眼就看穿了。楚楚恨铁不成钢地仰天长叹,果然女大不中留啊。

八

邓星听室友说,他们宿舍楼下那个姑娘每天下课都准时站在门口等他,有时一站就是一下午。

"我说邓星,你桃花咋这么旺,为啥三天两头就桃花上门啊?"顾夏一脸忧郁地对着镜子自言自语道,"你说我长得也不差啊,为啥没有桃花啊?"

"楼下的给你。"正在打游戏的邓星冷不丁地扔出一句。

"别啊,邓星,我这可是为我们宿舍着想啊。我怕你再不下去,她万一冲到我们宿舍,我们四个名节不保啊。"

"你就去见见那姑娘吧。好歹你也是个爷们儿,能眼睁睁地看人家傻等吗?"宿舍里的其他两个人惊恐地对视了一眼,嚷嚷着起哄。

"是你?"

"导演系的胡翘。"

"我不是骗子。"她又郑重地强调了一遍。

邓星先是一愣,随即嘴角露出了一个淡淡的笑容。

"那好,胡同学,你想让我干什么?"

"古有刘备为求诸葛亮三顾茅庐,今有我胡翘蹲守男宿舍求邓星。"她说得一脸正气凛然,"你不答应,我就一直站你们宿舍门口。"

他哭笑不得地打量起她来,无可奈何地摇了摇头,"胡翘,你可真够死心眼的啊。"

"行啊，胡翘，你可真够本事的。"楚楚一脸深思，"我学到了一招，人不要脸天下无敌。"

九

有了邓星这个男主角，整个话剧的进行都顺利起来了。女主角是学校的公认女神苏子玉。她跟邓星站在一块儿，简直就是美得不可方物，任何人都不会舍得移开视线吧。

胡翘在现场忙得晕头转向。

"胡翘，你搞什么啊？"苏子玉不悦地撇了撇嘴，"说了多少次，我不穿别人穿过的垃圾。"

苏子玉把裙子狠狠地扔到胡翘的身上。

"对不起啊，我们经费有限。"她恭卑地赔笑着，"你的这件是最好的了。"

"演这样的垃圾话剧简直浪费我的时间。"苏子玉趾高气昂地冷哼了一声。

胡翘像是被人踩痛了脚，一张脸煞白。

楚楚气冲冲地想要替胡翘讨个公道，却被她一把拉住了。胡翘佝着腰一个劲儿地说对不起。

一旁的邓星猛然死死地捏着她的手腕，力气大得惊人。

"胡翘，你不需要跟任何人道歉。"邓星不悦地抿紧了嘴，深幽的眸子里几乎要迸出火花。

她惊呆了，不知道邓星为何会如此愠怒。

"她是导演，怎么演是她说了算，不需要你指手画脚。"邓星侧头看着苏子玉低声说。

苏子玉显然没想到邓星会如此对她，她震惊地看着邓星，捂着脸哭着跑出了剧场。

"苏……"胡翘想去追苏子玉,却被邓星拽住不放手。

"胡翘,你跟我搭戏。"他厉声道。

她脑子刺啦一声短路了,她受宠若惊地望着邓星,结结巴巴地说不出话。

"不……不行……我不会演啊。"胡翘哭丧着一张脸向楚楚求救。

"邓星,我们胡翘可会演了,她只是害羞。"楚楚在一旁一边大喊,一边冲着胡翘不怀好意地挤眉弄眼。"去吧,去吧,胡翘,现场我给你指挥。"

邓星入戏很快,他对着胡翘深情款款地说出那些台词的时候,胡翘有一种错觉——那就是说给她听的。她好几次听得入神,原本滚瓜烂熟的台词忘得一干二净。楚楚焦急地提醒了她几次,她才结结巴巴地对完了这一场。

"邓星,一起吃个饭吧。"她的脸早已红得像一只熟透了的番茄。

"不用了。"邓星微蹙着眉头,"胡翘,如果你还想我继续演话剧,你就好好演。"

邓星的话对胡翘起到了威慑,接下来的话剧很顺利地排练起来。

胡翘时常会买奶茶请所有人喝,给邓星那一杯她偏心地多加了红豆。她知道他喜欢喝红豆奶茶。

红豆最相思,她恨不得把她的相思都一股脑儿倒进奶茶里。

+

那场话剧在学校表演得很成功。胡翘站在聚光灯下面对着下面如潮水般的欢呼声,她侧身望着邓星,突然有一种想哭的冲动。邓星从化妆间里出来的时候,空荡荡的大剧院里只有胡翘一个人还在默默地拆背景墙。瘦弱的她搭着梯子笨拙地去拆背景墙,显得有些费力。

真是个笨蛋啊,邓星想。

"你下来,我来吧。"

胡翘显然有些吃惊,"你怎么没跟他们一起走?"

"还早，庆功宴不是还有一个小时才开始吗？"

邓星不到半个小时就麻利地拆掉了所有的背景墙。

胡翘连连感慨道，果然手长脚长就是有好处啊！

十一

庆功宴上，胡翘被轮番敬了一杯又一杯的酒。玩真心话大冒险的时候，她已经喝得晕晕乎乎。

邓星输了，大冒险的内容是胡翘说了算。

不知是谁说了一句，让邓星亲胡翘。

在场的所有人都不怀好意地大笑起来，拍掌起哄。

"亲胡翘，亲胡翘，亲胡翘……"

胡翘注意到邓星的脸色有些难堪，她笑着替他解了围。"邓星唱一首《十年》。"

"切，胡翘，你偏心！"大家扫兴地嘘声。

邓星的歌声很快转移了大家的注意力。

他唱歌原来也这么好听啊，胡翘想。

只是邓星的歌还没有唱完，胡翘就像一条咸鱼一样睡死过去了。

十二

胡翘费了九牛二虎之力才蹭到邓星班的课。

"诶，那位坐最后一排的同学起来背一段《蝶恋花》。"

她中了头彩般，一脸茫然地环顾四周。

"对，就是你，那位戴帽子的同学。"老教授扶了扶眼镜重复了一遍。

齐刷刷的目光聚焦在她身上,也包括他疑惑的目光。她的脸红到了耳根,磕磕绊绊地背完了《蝶恋花》,中间念错了好几个音。

老教授的皱纹挤在一起,不悦地用手敲了敲讲桌,"这位同学要多努力啊。"

"你怎么在这儿?"

"这是公开课,又不是只能你听。"她理直气壮地说。

"这是播音理论课……"

"……"

十三

胡翘用一个星期的菠萝冰收买了顾夏。顾夏吃着冰告诉胡翘,邓星过两天要去登山。

胡翘壮志满满地下决心,她也去。

"胡翘,你不是开玩笑吧?就你那迷你体型去登山露营?"楚楚嘴里的冰喷出来,笑到差点儿背过气去。

"生命诚可贵啊。"她语重心长地拍了拍胡翘的肩膀,"胡翘,我就不陪你送死去了,我在家给你收尸啊。"

胡翘跟头牛一样死倔。在她锲而不舍、越挫越勇地反复纠缠了登山社社长三天三夜之后,社长终于崩溃了,勉为其难地答应了她。她的理由冠冕堂皇,她是专业的,可以帮忙拍很多风景照。

十四

出发的那天,胡翘背着个大大的背包,几乎都要看不见她瘦小的人了。

当她看到邓星时,突然就以刘翔一百米冲刺的速度挤掉了几个对邓星旁边的座位虎视眈眈的女生，一屁股坐到邓星身边。

"胡翘？你怎么在这儿？"

"热爱登山，热爱生活！"她把一早就准备好了的口号热血激昂地喊了出来，"我可人送外号'登山小公主'。"

"哦，是吗？"他有些狐疑。

"对啊。"她有些心虚。

邓星一路戴着耳机听歌没有跟她搭话，她有些沮丧。

她蹑手蹑脚地摘下邓星的一只耳机塞进自己的耳朵里——正在放的歌是陈奕迅的《十年》。邓星轻轻闭上眼，仿佛没有感觉到一样。

十五

胡翘才爬到半山腰就彻底瘫了。

"邓星，你等等我啊。"她跟在他后面喘得上气不接下气。

"某人刚刚不是号称'登山小公主'吗？"他还不忘揶揄她。

"谁叫你腿长那么长。"她低声抱怨道，脸红成一团。

"可能我从小喝高乐高吧。"

他的一本正经的表情把她逗乐了。他还假装不经意地停下来等她，后来干脆一把接过她背上的背包。胡翘愣在原地，一时之间还没反应过来。

"发什么呆，走吧。"

十六

"邓星，你睡了吗？"胡翘轻轻敲了敲他的帐篷，小心翼翼地问。

"怎么了？"

"我有点怕,睡不着。"邓星拿着一只迷你手电筒从帐篷里出来,视线正对上她。她脸上一阵滚烫,迅速地转过头去。

他径直坐到她身边。她僵直地坐着,局促地有些不太自然。两个人缄默地坐着,天空的星星像是璀璨的珠宝一样嵌在夜幕里。

"邓星,星星好美啊。"

"嗯。"

"就像你一样,闪闪发光。"她的眼睛亮晶晶的,像是揉进了星尘。

他微微愣了愣,眼神里起了一丝细微的变化。

他淡淡地笑了笑,恍如千树花开,安静又深情。

十七

一档当红的综艺节目来学校海选。

她本想给邓星个惊喜,偷偷替他报了名,他知道之后反而勃然大怒。那是她第一次见温文尔雅的他发那么大的脾气。他撕掉了那张晋级卡,愠怒地指责她,气得浑身发抖。

"胡翘,你凭什么自作主张替我做决定。"

她一脸错愕地望着他不知所措。"对不起,对不起……"她一个劲儿地道歉,哭得上气不接下气。

后来,她才知道,邓星并不喜欢这样光鲜亮丽的生活。

十八

邓星生病的消息是顾夏告诉她的。

顾夏一惊一乍地添油加醋,差点让胡翘以为邓星得了绝症。

她拎着一大袋食物，行色匆匆地走进男生宿舍。黑色的风衣把瘦小的她套在里面，她把领子竖起来，压了压鸭舌帽，低头继续往前走。她捂得严严实实，看起来像是个鬼鬼祟祟的小偷。管理员不经意抬头瞥了几眼，她的手心都出冷汗了。

她焦急地在门口徘徊，犹豫了良久才忐忑不安地敲了门。

"邓星？"

"胡翘！？"他惊愕地看着她，"你怎么进来了？！"

她刷地红了脸，乖张地吐了吐舌头。

"偷偷溜进来的。顾夏说你病了。"

"顾夏真是漏风嘴。"他的眉头微微蹙在一起，"胡翘，别闹了，快回去吧。"

她不知道他是不是有些生气了，手足无措低头看着自己的脚尖。

"没事，回去吧，胡翘。"他的语气软和了下来。

他的双眼中透着复杂而微隐的温柔，像是冬日破晓里的晨曦。

后来楚楚知道了这个事，一脸惊吓地尖声道："天啦！胡翘，你还真是色胆包天啊！"

喜欢一个人的时候，听到任何关于他不幸的消息，再冷静的人也会突然没了主意。

十九

"胡翘，你别怪我没提醒你啊，你最好别对邓星产生什么想法。他有女朋友的，而且他非常爱她的女朋友。"楚楚语重心长地说。

胡翘微微有些震惊，这是楚楚第一次这么严肃地跟她说话。

"你想哪儿去了，我对他纯粹是欣赏，纯洁的革命友谊！"她避开楚楚的视线，又急又气地解释道。

"那最好，我是为了你好……"楚楚叹了一口气，欲言又止。

二十

邓星的女朋友唐程程不知道从哪里听到了胡翘和邓星的事,气冲冲地跑到学校来大闹了一场。

胡翘猝不及防地被迎面走过来的唐程程泼了一身的可乐,头发湿漉漉地黏在脑袋上,显得有些狼狈。她的眼眶红彤彤的,不去辩驳些什么,蹲下身去捡地上散落的资料。

"胡翘,对不起。"一旁的邓星欲言又止。

她摇了摇头,极力地挤出一个像样的笑容,可是她颤抖的声音出卖了她,"没关系,邓星。"

她慢慢地转身,像极了一只单点支撑快要停止的陀螺,让他有些头晕目眩。他的视线没有离开过她,仿佛被她的旋涡卷了进去。

在他的记忆里,她永远就像是一尾精力充沛的热带鱼,穿梭在那些陆离的光影里,而刚刚他亲眼目睹了她的惶恐和不安,却无能为力。

二十一

邓星被一家演艺公司签约。

他离校那天,胡翘去送他。

"邓星,你会不会忘了我?"

他终究只是抬手摸了摸她的头发,认真地回答她:"我会一直记得你。"

她仿佛被什么烫到,整个人微微一缩,直直地看着她,不知道应该笑,还是哭。

她讪讪地笑了笑,极力挤出一个像样的笑容。

"邓星,你快走吧,快赶不上车了。"她眼里的无声几乎灼伤他。

她轻轻拥抱了邓星,头也不回地转身就走。

这个拥抱以后，就算她抱尽天下人，也再抱不到邓星了。

"胡翘，再见。"他的声音微微颤抖着。

她的背影猛然僵了僵，她用只能自己听见的声音轻声说：邓星，再见。那一声再见被风轻轻一吹就消散了。

邓星觉得她的背影从未如此单薄过，似乎一阵风就要把她卷跑。

等她再回头，望着空荡荡的马路，她强忍的眼泪哗啦啦地往下坠。

她蓦地发现，她竟想不起邓星长什么样了。

二十二

邓星离开后，胡翘像是被人打通了任督二脉，一夜之间开了窍。

她拍的一部作品在大学生电影节上拿了最佳作品奖。

一时之间，胡翘两个字，好像成了一个导演系的代名词，学校无人不知无人不晓。

她、楚楚和顾夏依旧常常去吃菠萝冰。

顾夏手舞足蹈地连连感叹道，"胡翘啊，你现在可是我们学校的传奇人物。我们压力山大啊。"

一旁的楚楚也惊恐地附和着揶揄她，"这是咸鱼翻身，彻底逆袭啊！"

胡翘挖了一大勺菠萝冰放进嘴里，森森的凉气撞击着她的牙齿和舌头，让眼泪都快掉下来了。

二十三

毕业的那一晚，三个人去了学校后门的烧烤摊。

也不知是不是烧烤的浓烟熏到了眼睛，三个人的眼眶始终都是红红的。

楚楚的家里已经给她在老家找了一份稳定的工作，顾夏也被上海的一家公司聘用了。

胡翘说，她要考研去北电。

"成了大导演可别忘了我们啊，我也能给你演个群演去。"顾夏举起酒杯一饮而尽。

"我大学就三个好朋友，你们和邓星。祝我们前程似锦！"

顾夏还絮絮叨叨地说了很多，直到最后他哽咽得再也说不下去了。

到最后楚楚也哭了，全然没有了平日的雷厉风行。那是她第一次看见楚楚哭得如此伤心，像是没了鳞片的鱼一样脆弱不堪。

胡翘不知道是他们醉了，还是他们的青春醉了。

二十四

顾夏走的时候，不让胡翘和楚楚去送，他说他最讨厌这种哭哭啼啼的场面了。

"胡翘，其实，我很嫉妒你。"楚楚深吸了一口气，试图云淡风轻地说出来，但颤抖的声音却出卖了她。

"胡翘……"楚楚欲言又止，"其实，你和邓星那事儿是我说出去的。"

"嗯，我知道。"她淡淡笑了笑。

"嗯？"

"我胡翘是傻，可是不笨啊！"

楚楚突然就红了眼眶。

她突然想起五岁那年，她因为贪吃，偷拿了老师准备的糖果。胡翘莫名其妙地替她背了黑锅，被胡爸用扫帚打得满院子嗷嗷叫。她很担心胡翘会揭发她，可是胡翘非但没有告发她，还偷偷买了很多糖果塞给她。她没心没肺傻笑的样子真像个缺心眼啊！

"因为，我也喜欢邓星啊。"她惨淡地笑了笑。

楚楚拖着她的那只行李箱走了很远，胡翘盯着箱子上面的樱桃小丸子贴纸，那是她曾经送给她的。她说，我们要像小丸子那样活得无忧无虑。

"楚楚！"她着急地大喊。

"嗯？"楚楚回过头。

"没事，再见。"她愣怔在原地，只能听见自己微弱的声音。

不需要过多的言语，其实她早就原谅了楚楚。

好冷啊！她呢喃着，裹紧了身上的大衣。

她在那一瞬间感到前所未有的平静，她觉得自己累了。

二十五

后来，她考上了北京电影学院导演系的研究生。室友陈子是个热情聒噪的东北姑娘。

她从别人口里听到，邓星毕业之后接拍了几部电影，小有名气，却一直不温不火地混迹在三四线。

"胡翘，你怎么不谈恋爱啊？"

"胡翘，你不会是拉拉吧？"陈子惊恐万分地捂住胸口瞪大了眼睛望着她。

连导师都常常半开玩笑地说，要给她介绍对象。她每次只是笑笑不作声。

有个师兄追了她一年。胡翘感冒了，他给胡翘买药，无微不至地照顾她；胡翘的作业拍摄，他毫无保留地倾囊相助，甚至比他自己的还要用心；最新的话剧出来，一定会想办法买到门票给胡翘……

陈子一脸羡慕嫉妒恨地说："胡翘，你上辈子拯救了地球吗？师兄这么好，你就答应他吧。"

胡翘巧妙地避开了这个话题。"看起来你对师兄评价很高嘛……"她坏笑着去挠陈子的胳肢窝，痒得陈子连连哀号着求饶。

也许在遇到他之后,你会遇见许许多多更好的人,他们任何一个都比他要适合你,只是他们统统都不是他。

二十六

师兄离校的时候对胡翘说:"胡翘,你有没有对我,哪怕是一点点动心?"胡翘轻轻拥抱了他没有说话。师兄仿佛早已经知道了答案一般,兀自地笑了笑。

她的青春已经被一个叫邓星的人填得满满当当,再也容不下其他人了。

遇见你已经太晚了。这是胡翘没有说出口的话。

她忽然想起一年前的跨年夜,她和邓星倚在江边的栏杆上,看对岸硕大的烟花映亮了小半边天,她突然就泪眼矇眬了。

"邓星,你有没有对我,哪怕一点点动心?"

一声巨大的响声淹没了她的声音,流星一般的烟花拖着长长的尾巴在天空扫出一道光轨。邓星没有回答她,她不知道他是否听见了。

二十七

顾夏来北京的时候,胡翘用半个月的伙食费请他吃了顿正宗的北京烤鸭。

顾夏眉飞色舞地讲着他这几年闯南走北的经历,聊到邓星的时候两人都陷入了很长时间的沉默。

"胡翘,其实当年我帮你并不是因为你请我吃菠萝冰,而是我觉得,这姑娘太牛逼了!"顾夏先打破了僵局。

"你们肯定想的是,胡翘跟一傻子一样。"她自嘲地笑了笑。

"不,胡翘,我真打心眼儿里佩服你。"

她突然就笑了,眼泪都掉出来了。

如今她终于明白，邓星就像是绽放于她青春的一束烟火，即使再璀璨，也已转瞬即逝。

二十八

后来，邓星接到了一部戏——《虽然我们不曾相遇》，听说是导演指名要他演男主角。他试镜的第一天迫不及待地想见一见这位导演，他不明白为何会让没什么名气的他演这部戏。

她坐在椅子上，见到邓星进来才站起身。

邓星又惊又喜，眼眶微红，泛着泪光。

他哽咽着，胡翘，好久不见。

是啊，邓星，好久不见。她眉眼弯弯，笑得灿烂。

原来是她，不顾众人反对，用了几乎快被雪藏的他。

二十九

这部戏让几乎快要被雪藏的他一夜爆红，一跃成为了炙手可热的一线男星。

他们都说男主角的角色简直就是为邓星量身打造的一样。

三十

喜欢一个人，想靠近；爱一个人，想给予。

而她想像个默默无闻的普罗米修斯，给予邓星这世界最温暖的光。

那些年里，她曾借着青春的名义，爱过他。

→ 那时候有多美

\ \ \ 王璐琪

这片平平无奇的湖泊，在我们曾经看来百年不变的湖泊，确实一年四季都不同，春季水是嫩绿的，夏季水是水蓝色的，秋季水是深蓝色的，冬季是冰蓝色的……

十年前的一个五月份，我们班换了班主任。

外面是个下雨天，这位老师穿着茅草扎的蓑衣进屋，头戴斗笠。我们这里不是很南的南方，并不流行这身行头，所以，当他立在教室门前，严肃地看着我们时，大家结束了纷乱嘈杂的议论，只诧异地盯着他看。

"今天的作文课，描述你们的新语文老师，也就是我。"

他走到讲桌前,行头没有卸掉,就这么抱着手肘,看守着我们写作文。

不得不说,这是一个新鲜的老师,很新鲜,我留意到,他的鞋上还粘着一片水灵的草叶子,因为披着蓑衣,所以他走过的时候,会掀起一阵麦草的清香。

他就如同一股晚春的风,卷携着标志即将步入夏天的雨水,呼呼刮进我们这群顽劣孩童的心里。

"写作不是闭门造车,要到田野里去!"

这是有关作文课的第二节课的内容。孩子自然是喜爱玩耍的,当别班同学在教室内上课时,我们则头戴柳条编的花环,像蒲公英一样自由自在地飘出了校园。

不仅作文课上出了校门,连课老师也不愿意在教室里上了,他最经典的一句话就是:"外面风景那么美,在屋内待着简直是一种浪费!"

所以,我们会在长满芬芳牧草的草坪上读鲁迅的文章,在潺潺流动的小溪边背诵苏轼,在一群洁白的羊群中念余光中的乡愁。

老师教我们唱一首《那时候有多美》的民谣,他会弹吉他。

老师说,世界上最美的声音,就是孩子的合唱。

我们的老师身材高大,皮肤黝黑,体格壮实极了,与语文老师这个称号完全不符,说他是教体育的更合适些,可谁能想到,在这么个铁塔般的汉子心中,絮絮的竟然全是有关文学的柔情呢?

那时候,我的作文总能得高分,老师每堂课前念一篇文章,不说是哪个同学的,念完让大家猜,后来大家摸着了规律,十次猜六次是我,准没错。

老师很少刻意去表扬谁,谁文章写得好,他最多也就是在作文课开始前读一读。他说的是带有北方口音的普通话,尽管不甚标准,但在我们这南方小县城,已然可以惊起千层浪了。我们都觉得,作文被他读出来,有了一番特别的韵味。

半学期在"草原牧歌"中度过,我们班的期中考试遭遇滑铁卢。

除了语文平均分为年级最高,其余科目简直惨不忍睹,班级总分倒数第一。

孩子总归玩心大,在那么有趣的语文课里待着太美了,其余科目都用来回味了,谁还有心趴在教室里，看着铁青的黑板，忽略掉窗外的莺莺燕燕？

成绩出来的那天上午，老师神色还是正常的，下午家长会前还安慰我们，不要灰心，总会有又有趣又能快速提高成绩的方法的，具体什么方法他也没说。这时，一个学生家长在后面怪声怪气地说："恐怕老师你也没什么好方法吧？"

他的话引起嘘声一片。

几乎全班同学的家长都到场了，平均一个学生来两个家长，他们像一群等着吃肉的秃鹫，在老师发分数条的时候就开始虎视眈眈地盯着了。当最后一个学生的分数条拿到手，他们纷纷举着自家孩子的成绩通知书，以讲桌为中心，把老师围得里三层外三层。

"中考""升学率""大学"这些字眼出现的频率特别高。

我原本数学就不好，这次干脆考了个位数。

拿着成绩单，我看着在人群中艰难蠕动的爸爸，他几次没跟老师说上话，急得脸和脖子都红了。

我难过得都快要哭了，觉得自己像一个即将散掉的稻草人。

同学们私下里说，因为考试考得不好，恐怕回家要挨打了。想到回家后的命运，大家脸上都苦兮兮的。

很难说老师是不是妥协了，期中考试后的语文课都是在教室里上的，可是作文课，他还是带我们去了学校附近的湖边。

这一天，阳光十分灿烂，让人无法直视太阳。风把一湖水都吹皱了，波浪反射着光线，倒映在我们一双双略有些尴尬的眼睛里。

不知为何，大家都有了负罪感。在老师讲述如何描写湖的时候，一个平时就不那么配合的学生站起来说："老师，没必要来这里的，这个湖我们天天见，知道怎么写。"

"可是湖水没有一刻是同样的呀，光线不同，时间不同，季节不同，景色是不一样的，甚至于湖水的气味也是不一样的！"老师没听出来学生话语中的挑衅与不满，他沉浸在自己对湖水的一往情深中，"在我们北方，几乎见不到这么美的湖，在这个季节，水的颜色是水蓝色的，跟大海的蔚蓝完全不同，带着一点儿……"

"老师！我想回学校了！"这名学生语气明显急了，"我不关心湖水什么颜色，什么气味，我只关心期末考试后还会不会再挨打！"

说完，他走了。

在他走后，陆陆续续一些学生也跟着走了。老师脸上的表情是有些无奈的，甚至是哀伤的，他看着剩下的学生，寥寥几人，不到十个的样子。

剩下的学生看着老师，老师也看着我们，风呼啸着从我们之间吹过，我们都有些摇晃。

"老师……"

我们都有些遗憾，却不知在遗憾什么，老师看看我们，又望了望背影逐渐模糊的学生们，"回去吧，我们也回去吧。"

他带头走了。

从那以后，我们班再也没有出去上过作文课，老师也开始在教室里给我们读作文，弹吉他，可是不知为什么，大家笑着唱着，却没了从前的和谐感。这时，大家也渐渐发现，在教室里讲课，老师没了激情，甚至有些讪讪的，没有了大自然的背景与新鲜的空气，他如同缺氧的植物，逐渐开始枯萎。

不知由谁发起了签名上书的倡议，主要内容是反映语文老师讲课不达标的，上面有家长的签字，也有部分学生的签名。

这封倡议书引起了教导主任的注意，他们派过来几名负责人，在课堂上问学生，老师平日里的表现，大部分想要提高成绩的学生提出了自己的质疑。

"可能他是一名好的作文老师吧，却不是一名好老师。"一名学生如是说。

一小部分学生，包括我在内，在大家的举报面前沉默了，我们时不时会有目光交流，却没人站起来替老师说一句话。

我痛恨自己那时候的懦弱。

学期快要结束的时候，老师向我们辞行，他走得很突然，一如他来的时候那样，只不过没穿蓑衣，而是穿着西装，打了一条草绿色的领带。

这抹清亮的颜色使我想起他到来的那个雨天。

他是微笑着向我们告别的，大家心里都有鬼，不敢抬头看他的眼睛。后来，听到讲台上毫无动静了，大家抬起头后才知道，他走了。

讲桌上放着高高的一摞作文本。我作为语文课代表，走上前分发作文本。

大家拿到作文本后都哭了，因为我们看到，最后一篇作文的题目是《离别》，老师用红色钢笔事先帮我们每一个人写好了。

字迹飘逸俊秀，与他的外形差距很大。

后来，我们换了新班主任，这是一个称职的班主任，这一年我们班的升学率全校最高。

偶尔我也会来母校附近的那片湖泊看看，转一转，看一看阳光下湖水的颜色，才发现，原来老师说的是真的，这片平平无奇的湖泊，在我们曾经看来百年不变的湖泊，确实一年四季都不同，春季水是嫩绿的，夏季水是水蓝色的，秋季水是深蓝色的，冬季水是冰蓝色的，而且，雨天湖水散发着淡淡的白色雾气，细密的水蒸气里面有青草的香味。

可是这么多年了，却由一个外乡人点明了。

"那时候有多美，笑起来像一湖清水，连叹息都那么轻微，我不能体会。"

对了，这名外乡人姓陈。

→ 你的眉尖上有风路过

\ \ \ 潘云贵

一年前，我还和林眉风保持着外人以为的"恋人关系"，而现在我要面对自己成为林眉风和林子耀之间一个电灯泡的处境。这真是一个悲伤的三角恋故事。

一

除夕夜那天，我没有看春晚，也没有抢红包，一个人很早就躺在床上。零点时，我被此起彼伏的爆竹声吵醒，再也睡不着，起身走到窗边，想看看今年的烟花开得有没有去年好。

这时在黑暗的房间里，手机屏幕像幽灵晃过的眼睛闪了一下。我以为是移动公司在这大年夜尽职尽责发来的欠费提醒，结果打开一看，不是。

是林子耀发来的短信，"我和阿怪分开了。她说她还是习惯一个人过。"

我本想一个字都不回，但没忍住，还是往手机上敲了一行发送过去，"恭喜你解脱了，新年快乐！"

可能林子耀觉得这对我来说，是个好消息。但他不知道，这么多年过去了，我早已释然，很多事情也都懒得想起。

"林眉风……"我轻轻喊了一个人的名字，窗外的烟花爆竹把我的声音盖了过去。

没想到都过了这么多年，自己竟然还能记起你的名字，你说可不可笑。

接着自己竟然失眠了，胸口有说不明白的东西在滚动，伸出手按住，却发现那里什么都没有。

我拿出手机看微博动态，才知道一个自己喜欢了很多年的女演员今晚穿着碎花长裙在春晚上唱了首歌。

当初会喜欢她，是不是要感谢你呢，林眉风？

二

林眉风是我的什么人呢，我说她是我老乡，这点她绝对不反驳。

但如果说她是我以前谈过的对象，是我的前任女友，她一定会矢口否认，"压根就不是啦，我和潘潘之间纯洁得很，吻都没吻过，算啥子对象嘛，就好朋友啦！"她总会这样跟闺蜜说。

林眉风面容清秀，那时长发刚过肩，个子不高但人纤瘦，是好看的女孩子。不过她性格大大咧咧，做事不动脑子，经常犯二，江湖人称"呆花女怪"，我们简称她"阿怪"。

跟林眉风认识时我刚到话剧社，社里要排一场上海滩歌女的戏，对，就像《情深深雨濛濛》里演的一样，林眉风要扮成依萍那样子在台上唱《小冤家》，但她巡视了一圈舞台后，发觉有哪儿不对。

"哦，是歌女，歌女太少了，这排场哪是什么百乐门啊，简直是在城乡接合部！我们演戏就是要演真一点的，才对得起观众。"当时已经当上副社长的林眉风一本正经地说着。

"社里女的就这几个，你说我们要到哪里找嘛？！"另外一个副社长气得拍了下桌子，想转身走掉，一只手被社长拉住。

"眉风，要不就挑几个男的上去吧，反正今天只是彩排，过几天再招些女生进来。"社长抬了抬眼镜。

林眉风点了点头，随即目光扑到我前排的两个男生，"你，你，都过来。"

我前面瞬间成了被拔光树的平地，林眉风的目光自然锁住了我，"还有你！"

我到社里的目的本来只是为了写剧本，没想到这下却跟林眉风交上手。

"小冤家，你干嘛，像个傻瓜，我问话，为什么，你不回答，你说过，爱着我，是真是假……"

在这首活泼俏皮的上海滩舞曲中，我成了社花林眉风的伴舞，跟歌里唱的一样"像个傻瓜"。我就这样跟她认识了。

后来才知道，原来我们都来自长乐，一个沿海小地方。

三

说实话，林眉风虽然是社花，但除了上台演出，平日里一点都不珍惜自己的漂亮，皮肤干燥，头发油腻腻的，明明是个容易长痘痘的人，还特爱吃火锅、冒菜、麻辣烫，而其中猪肚、毛血旺她每次必点。

"反正表演的时候抹些粉就遮过去了，这么美味的东西，不吃才会死！"她说的话一直都能把人气饱。

我经常问自己，怎么就喜欢上这样的姑娘了？怎么就把人生的第一次告白送给她了！？

有次话剧演出结束，我把打包的麻辣烫放到她的桌子上，生平第一次鼓起巨大的勇气对一个女孩说，"呃……阿怪啊……我……我可以……喜欢你……吗？"结果说完，才明白自己结巴得这么厉害。

林眉风还没卸妆，在灯下样子真的很漂亮。但她下一刻的举动却着实吓了我一跳。

她看到吃的眼睛都直了,一口扑了上去,对于我的告白,她可能没听进去吧,我便又问她:"呃,你觉得可以吗?"

"当然!"她吞了个丸子下去,眼睛亮亮的,对我点点头,又说,"好吃呢!"

我当时懵住了,喜出望外。社里的伙伴们从旁边走过,不知道是听到了我和林眉风之间的对话,还是出于其他原因,他们嘴角都"呵呵"了一下。

事到如今,我才明白那个晚上,林眉风是真的只光顾着吃,没把我的告白当回事。

和林眉风在一起的日子里,我发现自己喜欢她,并不仅仅因为对方长得好看,她做事虽然冒冒失失,但心地善良,人畜无害,还有一股女孩子傻乎乎的天真。

在街头碰见小猫小狗,再难看,她都会跑上去摸一摸,喂它们点儿小零食。

在公交车上见到抱孩子的大姐或行动迟缓的老人家,她都会抢在我前头起身让座。

路过一家婚纱店,她总喜欢站在明亮的落地窗前看里面模特的婚纱,并对我说,"我以后也要穿这个……"

"是想结婚吗?"我认真地看她。

她扑哧笑了,并握紧口袋,"是想穿这个……演出,我一定要攒多多的钱,把这个店好看的婚纱都买下穿一遍!"

我当时真想倒地。

下一秒在前方商场门口,她却把身上的零钱都掏出来了,给一个跪在地上面色沧桑憔悴的女人。女人头发散乱,举着牌子,上面写有一行字:"路经此地,身无分文,请求施舍。"

"你干吗掏钱这么积极啊,万一是骗子呢?"我问。

"不管什么原因,她跪在这里,肯定是有难处。如果帮错人了,就算今天我多吃了一包MM。好啦,别替我纠结了,走!"林眉风拉着我进了商场。

林眉风看的书也都不普通,米兰·昆德拉、麦克尤恩、乔伊斯、莱辛的书都摆满她宿舍的书架,基本都是外国小说,应该是她常年排演话剧养成的口味。

有段时间她天天给我发微信,一段一段地,朗读着昆德拉的作品。

"特丽莎跪在沙发旁边,让卡列宁的头紧紧地贴着自己的头。托马斯叫她紧紧抓住那条腿,免得他难于下针。她照着做了,但没有让自己的脸离开卡列宁的头。她一直温和地对卡列宁说着话,而他也仅仅想着她,并不害怕,一次次舔着她的脸……托马斯把针头插进血管,推动了柱塞。卡列宁的腿抽搐了一下,呼吸急促有好几秒钟,然后停止了。"

"卡列宁死了?"我问。

"嗯。"她发了一个字过来。

"托马斯太坏了,他是故意要把特丽莎的爱人给弄死吗?"我又问。

"哎呀,你弄错了,卡列宁是一条狗啦!"她在微信里笑着说。

我面红耳赤"喔喔"回了过去,顿时觉得自己自从跟了林眉风以后也变二了。

四

因为林眉风是话剧社副社长的缘故,她在宿管阿姨那儿常以"要找手下做事情"的理由潜进男寝来找我,有时是谈剧本的事,有时是带了东西来跟我一起吃,当然多数时候都是闲得无聊找我聊天。

久而久之,她不仅跟阿姨们都熟了,还跟我的室友打成了一片,其中就包括林子耀。

林子耀,相貌斯文,个子也高,留着波波头,穿着打扮也很日式。平日里有很多女生思慕他,也有一些厚着脸皮追求他,但他仍旧保持着高冷的"单身贵族"身份。我和其他室友没事总好奇他会喜欢什么样的女孩子,或者男孩子。没想到他喜欢的会是林眉风这一款。

起初以为他们俩聊得亲密是因为我的关系,后面才知道是我想错了,林子耀的的确确是想追求林眉风。

初夏的一天,在男寝天台上,我们几个喝酒、吃麻辣烫。酒买的有点少,喝得不尽兴,我就跑到楼下小卖部去。天台上剩林子耀和林眉风两个人在聊天。我从一楼爬上七楼快到天台的楼道时,听见林眉风跟喇叭一样大的声音:"你误会了,我跟潘潘只是朋友啦。"

"可我听他讲,他都跟你表白了,而且你也答应了。我们宿舍的哥们都觉得这小子特牛逼,一份麻辣烫就可以搞到女朋友!"

"你们白痴啊,我哪会这么廉价嘛。那天,我是真的没听清他说什么,还以为是问我他的东西好不好吃,我那时点点头,后来才知道原来他是在问我可不可以跟他交往。我喜欢浪漫一些的男生,潘潘人也很好玩,但有些呆,整天就知道待在学校里看书,除了宿舍、教室,就是图书馆跟食堂……"

我听不下去了,心想林眉风你自己不也呆呆的,还好意思说我啊。其实,我也有过这样的准备,觉得像林眉风这样好看的女孩子和我玩在一起,或许真的只是因为无聊。

我没有灰溜溜地跑掉,而是轻轻碰着手里的瓶子发出响声,让他们知道我回来了。大家装作什么事都没有发生的样子,继续喝酒聊天,说说笑笑,打打闹闹,只是到了这场筵席末尾,在稀薄的黄昏里,我听到了自己轻微的叹息声,感受到了脸上塌陷的表情。

也许,已预感到我和林眉风,甚至是林子耀之间,关系都有点不同了,我们似乎都回不到从前那样了。

林子耀确实比我好,我没有做到的事情,他都做到了。

他每天早起陪林眉风跑步,晚上就带林眉风吃宵夜,周末背上单反跟林眉风去缙云山、金刚碑拍照。莫文蔚来重庆开演唱会的那天，他也带着林眉风去看了。

莫文蔚唱完《忽然之间》之后，音乐停止的瞬间，林子耀问林眉风："阿怪，你此刻开心吗？"林眉风长这么大都觉得自己是个没心没肺不会哭的人，那一次却在林子耀面前呜咽起来，林子耀温柔地帮她擦去眼角的泪水。之后两个人趁着余兴，还去KTV唱歌，空荡荡的包厢里就他们两个人，深情款款地合唱了一首《半岛之恋》，再然后当然又是林眉风蹦蹦跳跳唱了自己最拿手的曲目《小冤家》，林子耀说她唱得比赵薇好听。

这些都是林眉风告诉我的，她的单纯天真也体现在这儿了，丝毫不会介意我的感受。她一边说，一边笑得跟朵花儿似的，我能体会她是多么地开心快乐，少女们都喜欢这样。但我心里隐隐泛起的忧伤难过，她不会想到，也不会知道。

五

大三下学期的一天，林眉风约我和林子耀同时出来时，我吓了一跳。

观音桥，晚上六点半，空气有点湿，但温度不冷不热。我却像待在密闭的房间中一样感觉窒息。

一年前，我还和林眉风保持着外人以为的"恋人关系"，而现在我要面对自己成为林眉风和林子耀之间的一个电灯泡的处境。这真是一个悲伤的三角恋故事。我却没办法，得装作没事人一样出现在林眉风跟前，做不成恋人，起码在她眼中，我还是她最好的朋友。

那天林子耀自然也很尴尬，瞅着我在旁边，想对林眉风说的恶心情话都胎死腹中，他憋久了，后来不小心在星巴克喝咖啡时放了个响屁。没办法，跟林眉风久了，谁都会变二。

林眉风倒像是习以为常，见怪不怪，狼吞虎咽了几块小蛋糕，整天就跟闹饥荒似的，可厉害的是，她怎么吃都不胖。那天，我跟林子耀都不怎么开口说话，两个男人用沉默做武器，进行拉锯战，耳边听得最多的仍是林眉风的声音，"你们俩怎么了，吃啊，很好吃呢，快吃啊！"

后来是林子耀率先打破沉寂，拿出一个本子，上面记录了一些他喜欢的城市，好玩的地方，当然全是国外的。他问林眉风的意见，想由此制定毕业前的旅行线路。林眉风看得眉飞色舞，嘴角"哇哇"叫着。"都好漂亮呢，但这一趟下来，我们三个人每个人要平摊多少钱呢？"

我跟林子耀都没有听错，林眉风说的是"我们三个人"。

"呃，阿怪，这趟旅行只有我跟你……"眼看着不知道怎么打破林眉风设置的障碍，林子耀单刀直入，说道。

这下林眉风有些懵了，看了看我，好像在找答案，又好像在替林子耀跟我道歉。

我风轻云淡，微笑着看她。

林眉风低着头不说话了，三个人都沉默。

这样的气氛一直持续到我借故离开。我说要到西西弗书店看会儿书，便与他们作别。

这时天变闷了，整个城市像被装在一个巨大的塑料袋里，没有一丝风。我拐了个弯，并没有去书店，而是往一家面包店走去，要了份西红柿生菜培根大三明治，直往嘴巴里塞，再来杯苏打水。对，我心情不好时就喜欢吃东西发泄。随后又破天荒自己一个人去了电影院。电影散场，我疲惫地坐上地铁，回去了。

到了宿舍，推门进去，林子耀像雕像一样站着。

"潘子墨，我有话跟你说。"他冷冷地看着我。

我没搭理他，径直往卫生间走去。

"唉，跟你说话呢！"他挡在我前面。

"干吗，我憋久了，上厕所不行啊，走开！"我没好气地回应他。

"你不要再缠着阿怪了……"林子耀在我背后说道，他语气想尽力显得平静些，但声音还是略微颤动了一下。

我没有理他，马上就要走进卫生间关上门了，这时又听他说："你知道阿怪为什么还没正式跟我在一起吗？就是因为你的存在。我们俩的旅行泡汤了，她说如果要去非得带着你。潘子墨，只要你在这儿一天，她多多少少都会顾及你的感受，不会跟我确定恋人关系……"

我这下怒了，转身冲到林子耀面前，揪住他的衣领，喊道："你当初挖墙脚的时候怎么不想想我的感受！现在竟然还理直气壮跟我说这些？！"

林子耀被我火山突然爆发的样子吓呆了，直愣愣地看着我，说不出话。

我也不想打人，把火又吞了回去，关上卫生间的门。

"算我求你了，可以吗？！"隔着门板，我听林子耀用祈求的语气说道。

自从知道林眉风和林子耀在一起玩之后，我每回蹲坑都会用手机听好妹妹乐队唱的歌——《祝天下所有的情侣都是失散多年的兄妹》。但说实话，我也动过念头，打算不再介入他们的生活，但每次林眉风一发消息来，我又中了邪似的屁颠屁颠跑去见她。我也明白对于满脑子装满浪漫想象的女生来说，像我这样没有太多情调的男生或许真不适合跟她们谈对象，喜欢我就是喜欢错了人。更何况，林眉风还从没说过喜欢我，一直以来都是我一厢情愿地喜欢她。单恋真是一朵常开不败但始终无果的花。

六

大四上学期，我没有回学校，而是待在老家长乐复习考研，我本科学的是中文，但研究生选的专业是戏剧影视学，因为林眉风本科就是学这个的，而且她还跟我说自己成绩不错可以保研，结果她却跟林子耀一起学雅思，看样子是想准备出国读书。

其间，林眉风也经常给我发信息，打我电话，问我在干吗，我简短和她聊了几句后，就说自己要继续复习了，挂断她电话。

每天书看烦了，我就一个人前往离家不远的海边溜达。茫茫无际的海面漂着几艘货船，离我越来越远，最后成为一点，渐渐消失。我望着眼前的世界，内心空无一物，也跟着海面一起平静下来。

为了淡出彼此的世界，考研的前几天我回学校，都没去找林眉风。林子耀因为我识趣退出的缘故，对我的态度好很多，但我们之间仍很少说话。只有一次，是听他说自己和林眉风的雅思和GRE都通过了，我表示祝贺。

其实心底挺难过的，这就意味着他俩可以"双宿双飞"了。

"我跟阿怪准备留学读研究生的事情，双方家里都同意了。"林子耀平静地说，我乍一听以为是双方家长都同意他们俩结婚了。

我忍着心里的不快，对他淡淡地说了声："恭喜。"

再然后，他们俩就真的出国了，我呢，也读研了，还是在原来的学校。

记得林眉风去美国前打了我电话，也给我发了信息，但那时移动公司因我欠费赶巧停了我手机。话剧社的社长那天也去送行，后来听他说林眉风见我没回她信息后一个人在机场气得跺脚，并让社长转告我，"后会无期。"从大二到毕业，林眉风的性格真的一点儿没变。

我以为自己用了两年的时间终于甩开了林眉风留在我身边的影子，直到有一天，室友阿古在宿舍看《煎饼侠》，他说自己喜欢柳岩，因为波大，并问我喜欢谁？几乎没有一秒迟疑，我说："赵薇。"阿古问："是因为眼睛大吗？"我想了想，然后点点头。

没想到都过去这么多年了，自己还对赵薇专情。没想到都过去这么久了，原来我还想着你。

在家无聊，又看了遍赵薇在春晚上唱歌的视频，漂亮是漂亮，但在特写镜头下，她脸上的皱纹也毫发毕现，结过婚生过孩子的她终究没逃过时间的刻刀，变老了。而你也离开我很多年了。这真让人心疼。

也觉得自己不会再与你有所交集，如你当初所说，"后会无期"。但林子耀在除夕夜发来的信息是一个，还有一个是，我们竟然又相遇了。

七

长乐这座城市实在太小了，在长山湖边的沃尔玛超市门口，我跟林眉风打了个照面，多年不见，两个人相视而笑，像做梦一样。

林眉风穿着栗子色尼龙大衣，脸上擦了粉，眉毛是精心修过的，红唇，头发比以前长了很多，但并不油腻了。我们就近坐在一家饮品店里，点了两杯卡布奇诺，一边喝一边聊天。

"不错嘛，你变帅了，刘海也好看，前两天情人节有跟女朋友约会吗？"她笑着问我。

我摇了摇头，"目前还是一个人过。"接着，我又看着她说，"你比过去更漂亮了。"

"那可不，我现在每天都吃素食，油腻的东西都不敢碰了。女人过了二十五，身体各方面都在直线下降，就得格外注意保养的……"

听林眉风一本正经地聊着，不免想到她在话剧社那会儿说话的口气，我心里不禁笑起来，但脸上却装得很平静。

这些年，她在美国学习金融，接触到的都是穿着大方、品味高雅的成功人士，她把别人作为镜子反观自己，深恶痛绝自己当初不注重生活细节、粗枝大叶。后来她渐渐变得精致起来，还学习插花、沏茶和做糕点。

面对这家饮品店保鲜橱窗里摆放的蛋糕，林眉风一脸嫌弃的样子。

"说得你自己就好像是糕点师，那林子耀尝过有说什么吗？"我嘴笨，无意间竟然提到"林子耀"。

"他也说我做得很好吃啊，哈哈。"林眉风得意地笑起来，随后脸色暗下来，对我小声说，"我和他分开了。"

"哦。"我装作不知道却很平静的样子，端起咖啡抿了一口，"以后打算怎么办？"

"想找一个更适合的人。"她说完，目光没有离开我的杯口。

起初知道林眉风和林子耀分开时，我也很诧异，毕竟这两个人在我的意识里已经等于"两口子"。一起在美国生活几年了，没想到说分就分了。后来听林子耀说起其中的一些细节，才知道原因。

一天，林眉风在客厅看央视中文国际频道重播《情深深雨濛濛》，又勾起回忆。她跟林子耀说，当年孙俪是赵薇身后的伴舞，现在都成"娘娘"了，而我呢，当年在话剧社也演过她的伴舞，不知道现在过得怎样了？林子耀打翻心里的醋坛子，突然发起火来，问林眉风怎么还在想我，林眉风说他有毛病，两个人大吵了一架，之后彼此都很少说话。

有阵子林眉风因为要赶论文的缘故搬回学校住，其间林子耀打电话来，她都没搭理，林子耀有点怕了，就跑去林眉风的学校，两人又吵了一架。林眉风感觉自己很累，提出分手。

林子耀在除夕夜给我发来的最后一条短信是："她始终没忘了你。"

"其实，我一直想问你……你在考研复习的那段时间为什么突然决定回长乐，在学校里不是更方便吗？"林眉风眼里发出亮光，疑惑地问我，而她心里似乎早已有了答案。

"因为想看海。"我轻轻回答。

"真是这样吗？"她的表情有点控制不住了，一只手伸进包里。

我点点头。

"那这是什么？"她拿出手机，给我看微信截图，上面是林子耀和我的聊天记录，最后一行是当时林子耀知道我离开学校回家后发给我的："谢谢你的退出。"

我沉默了。原以为林眉风永远不会知道，但有次她跟林子耀出去玩的时候，手机没电了，在车上无聊，就借着林子耀的手机上微信，无意间翻见了。

"我……"我想开口，又瞬间停住。

"什么……"林眉风问。

"没什么……"突然感觉自己脸红了。

林眉风见我这样，这时又笑了，"这么多年过去了，你还是一个容易害羞的人。"

我这下也笑而不语。

太久不见了，我跟林眉风竟然聊了一个下午的天，最后她要回去了，上网叫的出租车很快就到了门口。

分别时，我再次鼓起勇气，并努力不让自己结巴，喊起林眉风曾经的绰号，"阿怪，你有没有喜欢过我？"

林眉风即刻要打开副驾驶车门，一瞬间，又停下，回头看我，笑着，就跟从前一样，说："潘潘，我不喜欢你。"

我点点头，同样报以微笑，跟林眉风说，"我也是。"

她跟我挥了挥手，钻进车里。车开走了。

我目送着它，渐渐成为一个点，隐没在了远处城市高楼的背后，好像我也在目送着那个很久很久以前的自己，离开。

八

过完年，回学校，阿古问我："你都二十五了，有喜欢的人了吗？"

我说："有。"

阿古又问："那她现在在哪儿？"

是啊，她此刻去哪儿了呢？是回美国了吧？

我看着手机上的微信，林眉风给我发来了一段语音，点开，听见她在唱：

"小冤家，你干嘛，像个傻瓜，我问话，为什么，你不回答，你说过，爱着我，是真是假……"

这么多年过去了，原来我们都还像傻瓜。

| 第五辑 |

映刻

陈凯歌和李安之间还差一个张艺谋 / 沈嘉柯
《公民凯恩》何以堪称好莱坞经典？ / 林静宜
青春期三毛：那个含泪微笑的顽童 / 沈嘉柯
毛姆的中国罗曼司 / 魏春亮

> 任凭一腔绵婉的相思，飘散在风中；任一泓温暖的细雨，吻遍朱唇上的幽凉；任清冷的月光，映刻在眸间，悠悠飘香。

→ 陈凯歌和李安之间还差一个张艺谋

\ \ \ 沈嘉柯

陈凯歌的不够好，在于表达对这个世界的认知，停留在少年人旁观者的层面，在于他其实是抗拒真实的复杂。

陈凯歌大概从来没有长大过。

看了《道士下山》以后，我反而明白了他为什么要写那封情书，在微博上发出来，公布天下。这部电影就是他的少年情结，他投入感情了。

我大学时代看过他的一本书，叫《少年凯歌》。在那本书里陈凯歌回忆了自己的青春期。那本书写得很好，在狂飙浩荡的时代，这个少年自以为什么都懂，天真骄傲，同时目睹了极其多的不幸和悲惨。垂死的老头瞪大的眼睛，雪亮的碗，被混混强奸的女孩子的号叫，以及红卫兵年代混乱的场面。从此陷入漫长岁月的梦回年少，哪怕他待在曼哈顿的公寓里，也忘不了。那是一个优秀作家的手笔。

童年和青少年时期的各种画面停留在他的脑海里,谁来给这个少年解释世界?为什么发生这些事情?是什么导致了他看见的一切?是权力,是野心,是社会问题,还是命运?

这个问题的答案,他得自己去琢磨。这也是每个人心里都多多少少会琢磨的事。陈凯歌选的态度是反思和批判。他觉得自己幼年时代是一个看客,是潮流卷入者,也是小帮手。他愧疚于自己作为看客的冷漠和参与。他止步于反思和批判,却无力于艺术化表达。

这个问题在张艺谋那里,是"仪式"。也许承受不了终极解释,也找不到唯一的解答,甚至也不认为有唯一的解答,但他可以负责呈现仪式感。

张艺谋会拍《归来》,为文革时的爱情招魂。他相信仪式感。他时而《山楂树之恋》,时而《金陵十三钗》,时而歌颂霸道的一统天下,反侠客刺杀,时而又寂静沉思反对。张艺谋擅长通过仪式来表达情感,这或许也是奥运开幕式只有张艺谋能够驾驭的原因。

这个问题在李安那里,是"我执"。人生并没有所谓的解脱和真相,人生只有绵绵无尽的海底汹涌。于是他的《断背山》,生离死别,牛仔同性恋的哀歌,落在衬衫包裹衬衫的深情上。就是不放下,就是要刻在骨头上,记在心里面。

李安呈现少年派的故事,大难临头,万劫不复的人,是食母还是没有食母,老虎不能吐露实情。因为实情永远不可丢失,只是转换为三个故事掩盖安抚自我。少年派长大了,老虎就在中年人平缓的讲述当中,永远与他一体。在李安的电影里,他什么都放不下,什么都在心里,曲折迂回地唤醒你心中同样的执着。这是成年人的感知和内敛。

而在陈凯歌这里,少年人经历一切,然后看懂看透。这太白日美梦了。

人生的实情是,人不可能全然解脱。周西宇长年累月扫落花培养的不是耐心,而是深层次的爱意和执着。他爱一个人,所以要韬光养晦,成全所爱的人。直到死,他都念念不忘见那个人一面。

修道的人,求的是长生不老。寺里的大和尚也没法让周西宇放下,而只能变相提示周西宇,你想见的人本来就在你心中。

小道士何安下看见的尽是不足，尽是残缺，尽是恶念，触目惊心。他不能理解大人的恩怨和哀乐，又不能原谅自身竟然也一样充满险恶。小道士的心难安，就像少年凯歌那样，无数丑恶残酷扑过来，为了合群甚至混成一团。

王宝强真的如实演出了陈凯歌的心声，他没有自己的心安之道。他的一切价值观和态度，都是从很古老的传统中来，是一些朴素简单的哲学文学看法。

同样是表达男子之间的深沉情感，李安能说出每个人心中都有一座断背山。因为李安真切体会过纠结魔障，所以可以表达出来。陈凯歌则不能。

因为他看见了，感受到了他人的故事，但仅此而已。陈凯歌就是那个小道士，有样学样，经历、参与一切，似乎都懂了，但其实什么都没懂。

小道士被师父收养，师父的见女色而心动还俗，启发小道士情窦初开，目睹男女之事，发现师娘偷情，发现师父被毒死，发现自己恶念如猛兽出谷，凿穿游船淹死二叔和师娘，以及发现自己其实潜意识里也想睡师娘。

陈凯歌讲清楚了少年心，还有对美女的热爱。他自己娶了大美女，他懂。陈凯歌也讲清楚了父子师徒之情，彭乾吾替儿子去死，药店老板崔道宁对小道士的温情，恳切动人。

再往后，更加复杂的成年人的压抑情感，他就讲不清楚了，因为他不懂。他懂不了张国荣为什么对师哥从一而终，所以他也不懂什么是不离不弃。当年陈凯歌保持谦逊无为而导，《霸王别姬》才出彩。《霸王别姬》的圆融合理，来自编剧芦苇。那是成人视角的回溯。警句运用得惜字如金，说一句是一句，一句顶一万句。眼前的《道士下山》，却是少年人角度的想象，华丽抒情的句子挥金如土，连篇累牍。

他很用力也拍不出"不离不弃"的真味。不离不弃是什么意思？查老板居然把周西宇带血的被子挑出湖底，然后大肆寻仇。脸上居然无一丝哀伤，耍帅、打斗、挑事全不耽误。大概周西宇是单恋查老板，查老板尽心复仇就行了，并没有失去爱人的万念俱灰。

报仇之后，查老板带着小道士上山了，小道士就觉得自己成长了，故事就结束了。彻底虎头蛇尾。

人生是流水一般不停歇的演变，没有解决问题的根本之道，也没有统摄万物都行得通的规律和道理。旧烦恼一去，新烦恼立刻前来。生命尽头也不是解脱，而是休止。大活人无求自如欢喜，那才是解脱。但那是宗教神话，世界上没有真例子。细细研究任何一个人的生平，大人物也好，小人物也罢，都充满了漏风的缝隙。

迷信简单道理、万灵丹药的，总是少年人。陈凯歌困在他的少年时代记忆里，年岁增长，也仍然不能抹去隐隐约约的阴影。

这个级别的大导演，还相信"不忘初心，方得始终"这种鬼话，也只能到达这样的地步。我执是常态，仪式感是生活必需，而下山又上山的开悟，反倒是假的。

在陈凯歌十几年前的书里，"阳光下，万物并荣，生而复死；而在山下不远的人间，真理、道德、秩序却像鱼刺一样苍白、贫瘠、抽象而悖理。"

这世上没有什么初心，也没有什么始终。选择什么就成为什么。你是什么，你便选择什么。人被塑造，也自己塑造自己。做过的事情，涌出的念头，构成了此时此刻的我们，再走向下一步。

我们这些人啊，本来就是与煎熬与困住并束缚我们的人间真理、道德和秩序共处共生的，并且会一直如此下去，没有什么解脱可言。

这正是李安最迷人的地方，他的电影里不认为有什么一劳永逸的解脱，他就是在长久的纠结里开出莲花。一朵凋谢，再生纠结，就再开一朵。李安是承认与直面，张艺谋是通过仪式来慰藉，陈凯歌却还在幻想下山经历，上山领悟，再把这领悟传达给观众。

《道士下山》不是烂片，它只是不够好。它的不够好，又源自陈凯歌本身。归根结底，陈凯歌的不够好，在于表达对这个世界的认知，停留在少年人旁观者的层面，在于他其实是抗拒真实的复杂。《赵氏孤儿》《搜索》的伦理困境他给不出处理新意，又不能承受真正的残忍，干脆黑暗到底。

同样是徐浩峰，王家卫的《一代宗师》把我执和仪式感都取用几分，发挥得合情合理，很有味道。陈凯歌沉迷于《道士下山》这种粗浅故事的猎奇，自己还作编剧，所以只能虎头蛇尾。

性格即命运，人格即作品。不从这个迷梦中醒来，陈凯歌就会像那个小道士一样，来人间走一道，什么都见识过，却就是无法真正长大。

《公民凯恩》何以堪称好莱坞经典？

\ \ \ 林静宜

> 《公民凯恩》的锐意求新精神正是与时俱进的，只是在题材上，和好莱坞的主流影片反其道而行罢了。

《公民凯恩》在整个电影发展史上堪称经典，那是全世界影迷公认的，它的"绝"不仅仅在于奥逊·威尔斯对现实题材进行了绝妙的改编，也不囿于对蒙太奇的锐意巧用，最让人为之叫绝的在于，在20世纪三四十年代，他敢于冲破美国类型电影既定的圈子，充分发挥想象力和独创精神，在西部片、喜剧片、强盗片、音乐片泛滥的好莱坞甚至整个美国，视商业片如粪土，大胆地将电影的风格整成了既有传记片色彩，又有纪录片色彩，还有侦探片色彩的"四不像"。

影片还有一个吸引人的亮点在于，公民凯恩的扮演者正是奥逊·威尔斯，而整部剧的编剧也有他。当然，和他一起进行剧本创作的还有H·J·曼凯维奇。但不得不说，导演自身的多才多艺也是受影迷爱戴的一个原因。

《公民凯恩》的开头，随着舒缓而幽复的音乐响起，出现了一张铁丝网，铁丝网上挂着一个写着"NO TRESPASSING"（闲人勿扰）的牌子，随着镜头的缓慢上升，叠化到一扇高大而冰冷的铁门，镜头继续缓缓摇动，孤独夜雾笼罩下的猴子、泊岸的船只、波澜微泛的河面、哥特式庄园、铁窗次第渐进，这一切的一切都给人带来无尽的遐想。观众定会感到在这平静又若幻象的凌晨，不祥之兆正如同暗涌一般在夜雾阑珊处缓缓游移，乐声变成隆隆巨响，当镜头移到一间居室的铁窗处，乐声戛然而止，透过铁窗可见室内漆黑一片，随即，黎明的亮光突然出现在铁窗上，镜头由室外变成了室内（但画面依然是窗），窗外大雪纷飞，纷飞的大雪瞬即变成了水晶球内的景象。紧接着，一颗水晶球从那个名叫查尔斯·福斯特·凯恩的先生松开的手中坠落下来。凯恩死了。直到此处，我们不难理解，前面幽缓的音乐和夜雾笼罩下的景物，都是为凯恩的"死"酝酿着叙述的基调，而这种"酝酿"，我们可称之为"堆砌"。而这整个段落，威尔斯使用了堆砌蒙太奇手法。

就在凯恩临死前，他只说了一个单词："ROSEBUD"（玫瑰花蕾）。这成为影片故事的"导火线"，并不是说它对凯恩的人生产生了多大的戏剧性影响，而是这个看似简单的词，却让剧中的青年记者汤姆逊白忙乎了一大圈。因为汤姆逊应拍摄有关凯恩的纪录片的投资人的邀请，调查凯恩临死前所说的"ROSEBUD"的含义——他们都认为这个简单的词汇反映了凯恩最后的思想。

由此出发，汤姆逊先后采访了五个人，五个人的叙述分别是不同的五段和凯恩有关的经历。传统单一的叙事结构，被导演威尔斯巧妙地改造成了多视点叙事结构，这在当时的好莱坞影片中显得独树一帜、标新立异、特立独行。

这一点与电影《廊桥遗梦》很像，采用了多次插叙蒙太奇手法来讲述查尔斯·福斯特·凯恩的沉浮一生。五个被采访者引发了五段插叙蒙太奇片段。譬如在关于汤姆逊到赛切尔纪念馆的档案室查阅已故银行家赛切尔的回忆录时，插入了一段赛切尔将少年凯恩带到城市接受教育并抚养他至成年，直到他因自作主张买下报社，赛切尔与他决裂的片段。用插叙蒙太奇的方式来展现"回忆录"，要比原原本本阅读回忆录生动形象得多。

在许多侦探影视剧中，常常因为一起已知死亡结果但未知死亡原因的不明凶杀案而进行揭秘和破解，当侦探搜集到大量线索并追查出凶手或被害者的死因时，经常会出现插叙蒙太奇的片段。在这些片段中，侦探不时地去回忆破案过程中发现的细节，或者报料、揭发凶手杀人的经过，其悬念不断，扣人心弦。《尼罗河上的惨案》中就有大量这样的段落。

《公民凯恩》在一开篇就为观众设定了悬念，其间插叙不断，因此，也颇具侦探片的色彩。

但《公民凯恩》又不像罗伯特·维内导演，卡尔·梅育和汉斯·雅诺维支编剧的《卡里加里博士》那样，将整个插叙的部分都在揭秘卡里加里博士这个人以及和"梦游者"凯撒相关的三桩杀人案，仅用一个插叙蒙太奇就占据了整部影片的主题结构。这也便是单视角和多视角叙事的区别。

很遗憾的是，在影片中，记者汤姆逊费尽周折采访了五个人后，只不过是经历了一场徒劳的挖掘。但就在片中的人们处理大富翁凯恩的遗产时，不经意间将一架印有"ROSEBUD"的雪橇当成废品丢入了火炉之中，熊熊大火烧毁了雪橇，观众们终于恍然大悟，原来ROSEBUD就是这东西，它不过是个玩具而已！导演这样聪明的安排有意让剧中人落得一场空，却让观众明白了真相，让影片的结尾继续走完了威尔斯特立独行的路线。

可以说，《公民凯恩》是一部时间、人物、情节、场景高度集中的影片，在有限的荧屏时间内，故事的矛盾变化和时间跨度都大，但紧凑。影片中有一段表现凯恩和他的第一任妻子艾米莉·罗门的婚姻生活，两个月间夫妻情感间的变化被浓缩在仅仅2分8秒的时间内，所表现的内容都在饭桌边，空间不变，时间的跨度却长达1500多小时，时空具有严格的紧密性。在这个片段中，最有特色的一点在于，6次饭桌边的谈话以及行为动作被5次360度相同的快速旋转镜头给隔离开了，虽然每次饭桌边所表现的内容和对白并不多，却淋漓尽致地将他们情感的淡化表现了出来。类似的旋转镜头在《安娜·卡列尼娜》中也曾出现过，但相形之下，《安娜·卡列尼娜》中每次旋转所产生的效果却不尽相同。

《公民凯恩》中还有这样一个片段，大富豪凯恩带着心爱的女人苏珊去伊瓦格莱德斯野营，野餐的同行者还有他们的朋友们。夜晚跳舞和狂欢的人群中有个黑人在唱歌，歌词的内容是"没有真爱，没有真爱……"，整个场景兀自热闹；然而凯恩和苏珊并没有跳舞，他们在帐篷里闹情绪，苏珊终于痛苦地说："你给我东西，但这代表不了什么，手镯跟十万买个雕像有什么不同，你不在乎，钱不代表任何东西，你不会给我你珍惜的东西，你没有给过我你在乎的东西，只是让我给你东西！"苏珊仇视的目光和凯恩无奈的眼神对视着，凯恩终于为苏珊无法理解他的爱而扇了苏珊一耳光，此时外边传来了女人因狂欢的快乐而发出的尖叫声。歌词的内容和跳舞的情侣形成强烈对比，帐篷内外的氛围形成强烈对比，耳光的响起和尖叫声的传入形成强烈对比，这些都表现出特定的寓意：钱和权并不能换来一切，用钱权养成的专制习惯只会毁灭爱情而并非巩固爱情！前苏联电影理论大师普多夫金曾说："这就仿佛是在强迫观众不得不将这两种情况加以比较，因而收到互相衬托、互相强调的作用。"

奥逊·威尔斯被电影评论界的人们称为"好莱坞中的叛逆者"，在"众人皆醉我独醒"的状态下，并没有与好莱坞其他导演同流追求类型片的商业效益，他也只不过是在传统技术的基础上，将景深镜头、长镜头段落、运动摄影的综合运用加强了现代感，同时将蒙太奇组接方式运用得自如巧妙。应该说，这种锐意求新的精神正是与时俱进的，只是在题材上，和好莱坞的主流影片反其道而行罢了。

由于《公民凯恩》是根据美国报业界巨人威廉·伦道夫·赫斯特的生平改编而成的作品，赫斯特一度企图花重金买下拷贝，并利用他掌管的上百家报纸对它进行大肆毁损。也正因如此，《公民凯恩》在费尽周折冲破新闻舆论重围最终得到播映时，获得了极大反响。

→ 青春期三毛:那个含泪微笑的顽童

\ \ \ 沈嘉柯

你从哪里来?已不必多问,答案就在生命本身,只需心领神会。

三毛是怎样长成的,是一个并不玄奥的谜。

多年以后,曾发生的那一幕仍然生动鲜明。中央山脉迤逦南下,隐没在恒春半岛,西部的屏东平原,沃野千里。虽然是终年长夏,但因为有季风的调节,这里的气候并不酷热。

尤其是在拥有渔港的这个小镇上,带着水汽的风吹在脸上那么舒服,一个小姑娘沿着镇上的路,逛过了当地金碧辉煌的壮观排楼,那些风物建筑,在她眼睛里轻轻地闪过,黑鲔鱼、樱花虾、油鱼子这些美妙诱人的食物,想必也能够让女孩年轻的心感叹一句好味。

1956年这一年，女孩身上发生了一件小事情。生命那么漫长，一个人一生里总会遇到一个令你开始的人，这个女孩遇到了。当时的风景和美食，时间和光阴，也许都暂时停止了。也许还要鼓舞起一点勇气，男孩走到她身边，军校生的打扮和气质，跟城市男生相比，恐怕大不相同。

他们的目光触碰在一起，明晃晃的日光照耀着，呼吸着同一天空下的温热氧气，就像所有男孩在青春时遇到女孩那样，照例习惯性询问女孩，多大啦？女孩告诉男孩，她十六岁了。嗯，带着狡黠的笑容，女孩撒了一个谎。但是这个谎言成就了来到世上的第一段恋爱，常言叫"初恋"。女孩交到第一个男朋友，但她骗了他。

为什么要撒谎呢？你还那么年轻，但是，她迫不及待地要一尝世间最恒久的主题——爱的滋味了。这个十三岁的女孩叫陈平。这个时候距离她改掉父亲的命名有十年了。

叫陈懋平的女孩出生的地方叫重庆，一个鼎鼎有名的火炉城市。在那么热的地理环境里诞生，这个女孩骨子里却有着强烈的孤独清冷。在她家的附近有一座荒掉了的坟墓，按道理说，小孩子们都会很害怕，不敢靠近。但她却跟大家不一样，三四岁大的陈懋平总是去坟墓旁边玩。蹲在生满野草的荒坟一侧，抓起地上的泥巴玩耍，默默地自得其乐，弄得两只小手脏脏的。

大人们以为孩子们什么都不懂，其实小孩子在懵懂之间，反倒加倍感受到这样的地方，有着被刻意回避的静谧。人因为畏惧而厌憎死亡，但死亡是永远的安息，遗世而独立，带着世间走过的记忆烟消云散，以入土的方式，保持着最大的缄默，不再言说，也不再解释。

那么幽僻冷寒的场所，映照在幼年的心灵上，仿佛无声的暗示，也意味着过于早熟的启悟。某个刹那，放下手中的泥土草根，瞥一眼失去亲眷后人料理的荒坟，对生命的极为敏锐的认知，遥遥埋下了伏笔。

与此相印证的，还有线索。逢年过节，中国人习俗是要宰杀牲畜的，当别人杀羊的时候，这个女孩子站在一旁，饶有兴致地盯着，整个过程全无遗漏，面对着一般人都觉得残忍的画面,她却镇定自若,甚至像他父亲观察所说的,居然还"有一种满意的表情"。

那个时候,她的父亲想必不大能够理解女儿的略显古怪的表情。其实,小孩子的好奇心,正是在学习着,去认识、去理解这个庞大未知的世界。当时的专注观察,面无表情,不代表内心没有波动,甚至很有可能,内心有着巨大的惊叹。

但这要到多年之后,懂事识字,情动开窍,再遥遥呼应时,我们才能够醒悟,对生死,对哀伤,对告别的态度,种在心田里,从此如蔷薇,带着尖利的刺而生。对这个家中排行第二的女儿,父亲抱着祈求和平的心愿,以及蕴含家族辈分的懋字,为她命名懋平。在她三岁时,每每写自己的名字,会跳过笔画繁多的中间那个字,还把名字当玩具一样,部首乾坤大挪移。

种种小抗争,令无奈的父亲认输投降,由着女儿叫了陈平。这个心软的父亲由此宽宏大量地赦免了她的弟弟们,也去掉了名字里难写的懋字。

但是没多久,长大一些后,她又挖空心思取了英文名字,ECHO,这就是众所周知的"回声"。小小的女孩成为千万人的传奇之前,反反复复纠结着自己的名字。不就是一个名字吗?不,不止是名字。命名,是人的生命中极为重要的仪式,我们与他人建立联系,我们在世界上获得一个代号,可以是显性的暗示,也可以是对外在世界的宣告,更可以是某种情怀的自诩。一个人频繁更迭名字,肯定藏着隐蔽心事,或者是对自己的期许。父母为孩子命名,而孩子要为自己命名。

隔着数十载光阴,人世游历种种后,我开始明白了三毛,她需要给自己找到最符合自己的命名,那个真正的名字,然后她才能一个人,独自万水千山走遍。如果模拟一下当时的情境,当白昼的炎热散去,夜间的清凉弥漫,女孩在自己的卧室里,一定有过辗转反侧琢磨的时刻。她会不会不断念着自己用过的种种"符号",这个好,还是那个好,这个不好,怎么样的不好。到底什么样的名字才能代表心中最精确的意图?更加合理的想象是,她自然会调动自己的阅读经历。

然后,她遇到了两个最简单的汉字。七个笔画,构成了两个字,他人创造出的漫画小人物，大陆漫画家笔下的一个流浪的顽童——三毛。

在她自己的回忆中，当时也就是三岁吧。她生平看到的第一本书，没有字，可是她知道书名叫《三毛流浪记》。后来，她还拥有了一本《三毛从军记》，作者是大陆的漫画家张乐平。虽然书的意思比较深，但是三毛觉得，她也可以从浅的地方看书，为书里的故事而笑，而叹息。

大陆隔着海峡，天空还是一个天空，时间或许存在落差，但她看见了，心跳了，怦然的感觉密集如四季的雨水，她叫自己三毛。当她念出自己的这个名字后，她成为了三毛，也成为了真正的自己。来这个世界上，她要做"三毛"。

【爱看书的孩子】

三毛在《闹学记》里有一篇叫《你从哪里来》？谁没有过这样的孤独自问：我生之初，从哪里来，要到哪里去？从某种意义上说，一个人就是家庭的产物。我记得，很多心理学家、很多的研究者提及，原生态的家庭对一个人的影响，可以用创造这个词语来形容。家庭创造了我们，父母创造了我们，不止是在肉体上，更加是在精神上。

有什么样的父母，也会有什么样的童年。而一个人的童年，对构成性格、成长，还有知识的积累，至关重要。如我这样的大部分人，天性没那么叛逆，就会温顺地按照父母的安排，按照社会的程序，小学、中学、大学一路过来。总有些孩子，在大多数人走在相似的道路上时，他们睁着沉静倔强的眼睛，打量着拥挤的路途，在路口，折个身，向着小径而去。

那小径是布满荆棘，还是鲜花盛开，前程锦绣，当事人当时年纪还小，无法完完整整地去判断，去考虑，去衡量，去比较。但是，所幸，这样的孩子，还有着吻合自己天性的直觉。那敏锐的直觉，来自敏感的心。

也来自一个人童年时代的经历和家庭背景的影响。三毛的母亲如此描绘自己的女儿："三毛小时候极端敏感和神经质，学校的课业念到初二就不肯再去，我和她的父亲只好让她休学，负起教育她的责任。"

就这样，三毛这个女孩子，在她的母亲眼里的平凡孩子，其实一开始，就呈现出了不同寻常的气质。

而这，也要从外在经历和内在领悟两个方面分开来看。虽然童年生活有着小孩子应该有的一部分乐趣，譬如，三毛清晰地记得，她在南京家里的假山堆上，饶有兴致地看着桑树上的野蚕，恰好，她的父亲回来了，还很突然地给了她一大叠金圆券。这个东西小孩子最大的认知，就是可以换冰棍吃。在三毛的童年里，用金圆券换马头牌冰棍吃，是特别值得高兴的事情。

当时的三毛，发现不止自己有，姐姐也有，姐妹俩拿着一大堆金圆券，想着可以吃很多的冰棍，高兴极了。然而，与此同时，她们也看到了截然相反的一幕，家中的老仆人在哭。哭的原因是，她们要逃难到台湾去了。逃难这个词，带给三毛的记忆，笼罩着沉重的灰色影子。尤其是，三毛印象很深刻，母亲在去台湾的轮船上，呕吐得厉害，就像是要死了一般。这让年幼的三毛心里充满了害怕。

爱好阅读的三毛，童年里不止有大量的杂书去读，也有着幼小心灵为之不安的遭遇。书里的世界，悲欢离合，过早熏陶出一个敏感的心。直到三毛读到一本特别重要的小说，就更加强化了她的多愁善感。这便是《红楼梦》。

【《红楼梦》的熏陶】

当三毛初次念到——"宝玉失踪，贾政泊舟在客地，当时，天下着茫茫的大雪，贾政写家书，正想到宝玉，突然见到岸边雪地上一个披猩猩大红氅、光着头、赤着脚的人向他倒身大拜下去，贾政连忙站起身来要回礼，再一看，那人双手合十，面上似悲似喜，不正是宝玉吗？这时候突然上来了一僧一道，挟着宝玉高歌而去——我所居兮，青埂之峰；我所游兮，鸿蒙太空，谁与我逝兮，吾谁与从？渺渺茫茫兮，归彼大荒！"

三毛说她看完这一段时，抬起头来，愣愣地望着前方同学的背，呆在那儿，忘了身在何处，心里的滋味，已不是流泪和感动所能形容，痴痴地坐着，痴痴地听着，"好似老师在很远的地方叫着我的名字，可是我竟没有回答她。"由此，三毛懂得了什么叫"境界"。那其实就是文学的美，是感知审美的境界。对此，我想概括为"开窍"。

《红楼梦》对于一个迷上它的人来说，再怎么强调其影响，也不为过。似悲似喜，打开了一个全景的玲珑世界，又通往对爱情、人性和内心的最深层次理解。唏嘘慨叹，以心证心。因此，三毛就是从《红楼梦》里抵达了"开窍的境界"。所以三毛自己说，《红楼梦》，她一生一世都在看下去。三毛写她读《红楼梦》，书盖在裙子下面，老师一写黑板，她就掀起裙子来看。这样的做法，当过学生的人，都懂。

《红楼梦》里借着人物角色提出过一种人的分辨认识的方法论。其中之一就是"清明灵秀之气所秉者"，这样的人在历史上比比皆是，"秀气漫无所归，遂为甘露、为和风，洽然溉及四海。""置之万万人之中，其聪俊灵秀之气，则在万万人之上；其乖僻邪谬不近人情之态，又在万万人之下。若生于公侯富贵之家，则为情痴情种。若生于诗书清贫之族，则为逸士高人。"

这种判断认识人的方法，很有意思。我也觉得，刚刚好三毛用自身印证了《红楼梦》的人物论。她读完了《红楼梦》，而且一读再读，势必也读过那一段对"世上的人"的说法。三毛有没有一刹那恍惚过？对自己有所认知？她其实，便是那一类人？还是说，她不知不觉，也受到了心理暗示，要成为某一类人？这一点，我们可以从三毛的父亲的说法，得到验证。

三毛的癖性，在父亲看来，甚至用了"神经质"这样的说法。但对照文化史而言，这样的人，反倒好理解了。

这种先天的性情，其实在现代有了更加合理的解释，那些大脑中掌管情感、记忆等的右脑比较发达时，相对地，对外在、对事物的体会更加敏锐，因此表现出了强烈的情感外向性，有着浓郁的"文艺细胞"。

然后，心灵的敏锐，后天的成长经历，加上家庭氛围，共同养育出一个自由痴情、性情有时乖戾、立体又复杂的三毛。当六年的小学教育结束了，三毛告诉老师，她决定不再进中学。又惊又怒的女老师要三毛的妈妈第二天到学校来。请家长，实在是天下众多老师的撒手锏。不过呢，三毛回家没有对父母开口。结果还是进了省中学。

初中二年级下学期，沉浸在读书的世界里，无心课业的三毛，让父母放弃了幻想。三毛休学回家了，改由父亲在家施教。休学这件事，堪称三毛青春时代的分水岭。三毛从教育体制中脱逃了。当了逃兵的三毛，反而获得了自由发展的机会。

三毛的这份与众不同，非常幸运，没有被父母强加限制，而是让她得到自由的选择。三毛的母亲缪进兰回顾女儿三毛时，还说，三毛"有她自己的看法和对书本的意见，所以我们尽量不去限制她，让她自己选择喜好，她喜欢看书，她父亲就教她背唐诗宋词，看《古文观止》，读英文小说；喜欢音乐，请了钢琴老师来家里教；爱画画，遍访名师学艺。总之，我们顺着三毛的性子让她成长。"

单单是三毛自己提到的童年书单就有：《木偶奇遇记》《格林兄弟童话》《安徒生童话集》，还有《爱的教育》《苦儿寻母记》《爱丽丝漫游仙境》……她幼年读到的作家们，是她在"二堂哥的书堆里，找出一些名字没有听过的作家，叫作鲁迅、巴金、老舍、周作人、郁达夫、冰心"。

就这样，三毛在千百年来国人的、洋人的，经过淘洗的优美文学里熏陶，随着顾福生、邵幼轩两位画家习画，了解接触艺术，拥有了一个相对自由的童年。难道不正是因为有了自由的童年经验，才能拥有自由的灵魂么？日本作家村上春树曾形容人年少的状态，用了一个我特别喜欢的词——"柔软"。

何谓柔软？也就是十多岁的少年人，心性灵魂还没有定型的样子。如果你玩过陶瓷陶艺，就会更加明白那种寓意。原是基本素材的陶泥，加入水，在旋转中接受揉捏、塑形，然后，在火的煅烧和冷却降温的过程里，变成固定的样子。

【幸运的自由】

心理学里说人的性格是在幼年建立确定的。相对于那没被僵硬的环境所磨损的柔软灵魂，三毛的灵魂，是多么幸运，得到父母无可奈何的宽容，可以散漫舒张地生长，如同植物，不被抑制扭曲，吸纳书本、文艺的养分，渐渐葱郁、碧绿、枝叶繁盛，乃至将来，可以将文字的清凉树荫，转赠给读到的人。她拥有柔软的成长过程。在三毛的母亲眼里，三毛是一个"纯真富爱心"，"又有正义感，对万事万物都感兴趣，也都很热忱地去做，又是个做事果断、不易屈服的人。凡是她下决心要做的事，再艰难，她都要做到。"

这恰是这样一对"放纵女儿"的父母所给予的空间，所能生长出的植物。如果让我寻找一种准确匹配的植物，我觉得，那应该是沙漠里的仙人掌。柔软的心和汁液，都在内里，同时，也有着坚定的态度。人生的坚定，对信念的执着，并不完全是天生的，固然有先天的性格发育构成，但最重要的是，一个人得到了做自己、追求自己生活的认可。

三毛也有过彷徨的抗争。这些家庭的琐碎细节，对外人而言，是留白。但从情理可推，不愿去读书，父母放弃了继续把女儿送往学校忍受，进行家庭教育，三毛本身的坚持得到了妥协，这本就是变相的间接鼓励。事实上，通过三毛自己后来回忆所写的文章，还有父母的回忆，我们可以发现，这些回忆里泄露的枝枝叶叶，大致拼凑出了符合推断的轮廓。

通过自己的争取，是可以得到自己想要的生活的，不是吗？看不到具体的经过，但我相信，三毛的眼泪和赌气较量，绝对不会少。她最大的赌注，也还是父母的爱。与其说是可怜天下父母心，不如说，可爱的父亲心。无论如何，希望孩子快乐地长大，才是至关重要的主旨。三毛赢了。

那柔软的灵魂，渐渐由她自己去依照光线、雨水、机缘和悟性，顺从自己而定型。回想我自己的成长，温驯地按部就班走过来，怀着对与自己不同的人生的向往，中学时代读到三毛那些浪迹天涯的文字时，初见的那刻，何等地惊天动地。我不会取笑自己幼年的阅读面尚不够宽阔，相反，我更加感激成长中，有过与三毛的文字相遇的经历。我甚至敢说，千千万万个与我一样，有着按部就班念书上学的幼年经历的人，我们是有着共同的惊叹。尤其是，一个女孩子都无畏勇猛地去周游世界。

我曾经写过一则专栏，讲述小时候迷恋的所有作品，最开始吸引我的，都是打得精彩，故事热烈。可是，讲故事的人，写小说的人，包括我在内，都是别有企图的。故事讲完了，你看得舒爽了，怎么好像咯噔一下，在你心里留下了什么？我们，在你这个容器里，留下了我们的一部分灵魂呀（我们创作者的体验、经历、悲喜）。

你必须成为我们的魂器，一路辛苦修炼，你才能够将来剔除掉或融化我们，锻炼培育出自己的灵魂，在容器里主要装载自己的灵魂。我今日之文字，刺激你，灌输你，攻击你，诱惑你，感动你，是为了未来，请你成长后剔除我，融化我，尽皆化成你自己。你好，我的魂器，我衷心祝你早日剔除或融化我的那一部分灵魂。

三毛于我，她的灵魂，也曾依仗文字的漂洋过海，投射在我这个遥远的魂器中。日后我融合消化，成为了自己。千丝万缕的关系，其实简单说，是一脉自由散漫的心性，沿着文字的山谷甬道，有幸遇到的人，独自去阅读，去承载，去亲近，去融合。那些文字，从许许多多的优秀作家那里来，经过了三毛，再经过你我。成年之后，我们依靠回顾省悟，重新认识自身，自然就明白了，人生的每一步，何以暗藏方向。三毛的前青春时期，何其有幸！

十多岁，在学校的课桌抽屉里偷偷读闲书三毛，二十来岁在大学的图书馆内，望着碧落的树木读作家三毛，三十岁时读三毛这个人，层层递进：我们因此才读到了眼界的延伸，对天空海阔的向往；我们因此也读到了文学的感动审美，洒脱的气质；最后，带着重温的审视，我们会再读到这个"幸运的孩子"缘起的渊源。你我的灵魂中，当然也是融有三毛的灵魂的。三毛对此也有类似的表述：你从哪里来？已不必多问，答案就在生命本身，只需心领神会。

→ 毛姆的中国罗曼司

\ \ \ 魏春亮

异域的山山水水和众生百态中，残酷美丽的诗意，以及滑稽有趣的轶事，毛姆在中国这个古老神奇的国度寻找的，大抵就是这样的罗曼司。

一

　　1919年，毛姆出版了令他久负盛名的小说《月亮和六便士》，狠狠地对女人进行了一番批判后，他的戏剧《家庭与美人》在伦敦连演了二百三十五场。钵满盆满的毛姆启程到中国来体验生活，并顺道去了趟美国，带上了亲密助手赫克斯顿。而在此之前，这个不安分的作家早已游历了希腊、埃及、南太平洋岛屿（包括塔希提岛）等地，甚至在十月革命布尔什维克上台之前两个月，他还领了使俄国继续参加一战的任务踏上了这个正在沸腾的国家。

　　1919年底至1920年3月，四十五岁的毛姆和助手在中国游历了四个月，他曾自长江逆流而上，走了一千五百英里的水路。他可能去过北平、上海、汉口、四川、西藏以及一些偏远之地。旅行中，走累了，坐在轿子里，或者是在一条舢板上，他常常用铅笔在路边买的黄色包装纸上草草写下激起他兴致的人或地方。他把这些本来用于小说创作的素材，连缀成一架中国屏风，在这架屏风上，描绘着遥远、古老而又神秘的中国景致。

　　在毛姆眼里，真正的中国是什么样子，似乎并不重要。没落帝国的黄昏与颓败，隔着一层彩色的面纱，幻化成充满异国情调的东方乐土和乌托邦式的精神家园。汉魏宫阙，唐风宋采，这些偏离当时中国现实的形象使毛姆沉醉其中。无论是平常如一条小街古巷，或是宏伟如天坛、长城，都能引起他无尽而美丽的想象：店面上红色或金色的细雕花窗格子衰败的光华，让他恍然之间觉得在那些昏暗的角落里，陈列着各式各样东方的奇珍异宝。北京轿车载着想象中满腹经纶的饱学之士，抑或身着鲜艳绸缎衣裳的歌女，载着所有东方的神秘，消失在渐浓的夜色中。在无尽的幻想中，冬至之夜的天坛，天子举行隆重的祭祖仪式，在巨大火炬昏黄的火光下，官员们的朝服发出暗淡的光亮。

　　历史的积淀以一种遥远的方式给时人以诗意，而现实的朦胧却因彼此的隔阂而愈发混沌。在毛姆眼中，中国的鸦片烟馆干净明亮，在那里吸烟的人们安详而友好；他们会静静地读一份报纸，或者围坐棋盘下棋，店主在逗弄婴儿，而婴儿的母亲则面容姣好，嘴角露出灿烂的笑容。去除一切现实的不幸，剩下此时此刻的浮光掠影，毛姆感叹着这地方的舒适和温馨，像家里一样，令他想起柏林他最喜欢的那些劳累一天后，可以尽情享受安逸时光的小酒馆。鸦片，这个中国近代史上沉痛的道具，在毛姆生花妙笔的点染下，氤氲出冬日暖炉般的慰藉。在此之前，毛姆在小说中读到的烟馆却是另外一副模样：一个留着长辫的中国人踱着步子，冷漠而阴郁。破旧的床上，躺着几个精神麻木的大烟受害者，不时有人发出癫狂的胡言乱语。偶尔有犯了烟瘾的穷鬼，向恶毒的老板祈求抽上一口，以缓解那难耐的痛苦。

毛姆总结道："虚构总是比事实更离奇。"

让毛姆惊叹的可不仅仅是烟馆。一个寒冷的冬夜，毛姆住进了一家有着木炭火盆的小客栈。也许由于天寒地冻，客房住满了苦力。于是，当那位器宇不凡的矮胖官员乘着轿子驾临时，就只剩下一间摆着几张床和铺满稻草的小房间。看过房间后，这位身着松树皮镶边的黑色绸袍子、头戴毛皮方帽的官员勃然大怒，认为这是对他的侮辱，以至于他的随从和脚夫也嚷嚷着附和。可怜的店主和仆役不停地申辩、解释，甚至是恳求，然而那官员威胁的咆哮声并没有停歇。

当毛姆再次出来活动手脚的时候，这位屈尊在小房间住下的官员，却和一伙衣衫破旧的苦力一同坐在客栈前院的小桌子边，愉快地交谈着。那官员静静地抽着旱水烟，刚才的傲气与刚愎早已烟消云散。毛姆推断，他之前的所作所为看起来好像只是为了让自己不丢面子，只要达到这一目的，他并不介意与苦力们的社会地位差异，而且态度还蛮热情，丝毫看不出屈尊俯就的不快，苦力们则和他平起平坐地交谈。吃惊之余，毛姆感慨地说："对我来说，这似乎就是真正的民主。"

躺在床上，毛姆问自己，为什么在专制的东方，人与人之间比自由民主的西方有更多的平等。他的回答则出人意料：答案必须到臭水沟中去寻找。他说，在西方，人们凭嗅觉来划分三六九等，大清早的一个澡要比出身、财富和教育更能区分出不同的阶层；而在中国，人们一生都在和各种难闻的气味打交道，因为他们的嗅觉并不能分辨对欧洲人不适的气味，所以他们并不介意和田里的农夫、苦力以及手艺人平等交往。毛姆断言："也许臭水沟比议会制度更有利于民主，卫生设备的发明破坏了人的平等观念。"他设想：当第一个人拉下抽水马桶的把手，他其实已经不自觉地敲响了民主精神的丧钟。毛姆说，这个设想充满了悲剧性。

二

作为人性研究的爱好者，毛姆在旅途中有着别样的关注。灰暗阴郁的山城，巨大雄伟而令人敬畏的长城，这类景物固然能引起他的兴趣，但对他来说，强烈而持久的刺激永远只是人。他喜欢结识各种各样的人，包括那些他不愿再见面的人。他说："当你知道这辈子你们只会见上一面的时候，没有人会让你厌烦。揣摩一下你认识的那个人究竟属于哪一类人，并将他与你所认识的同类人相比较，是件很有意思的事情。"为此，无论是在西萨摩亚的萨瓦伊岛的一户人家打地铺，还是在小艇里的干椰子袋上勉强过夜，毛姆都并不介意。

中国没有让毛姆失望，在这里，他遇见了修女、水手、领事、教士、船长、苦力、官员、歌女、学者、蒙古首领、牵猪的老人、祭神的老妇……五花八门，应有尽有。对那些困苦的人们，毛姆并不打算给予廉价的同情。赤脚光身、汗流满面的江上号子们那痛苦的呻吟，绝望的叹息，揪心的呼喊，在他看来，都是灵魂在无边苦海中的呼号，它的最后一个音符是人性最沉痛的啜泣。

而对另外一些人，毛姆的态度则非常微妙。那位有"社会主义者"之称的亨德森，刚到上海时拒绝乘坐黄包车，因为这有违他关于个人尊严的思想，车夫同样也是人类的一分子。然而毛姆和他见面后，坐着黄包车上的亨德森却说："你不必关心中国人。你明白，我们在这儿是因为他们害怕我们。我们是统治的民族。"刚刚还在谈论罗素的《自由之路》，紧接着就因为车子错过了拐弯口，他往车夫的屁股上狠狠地踢了一脚。貌似威严、看重荣誉的德·斯特韦尔德先生，勇气和尊严正是他的美德。每当他年轻的太太找了个新情人，他就会要求岳父母给他一大笔钱作为名誉损失的补偿。毛姆调侃道："德·斯特韦尔德先生已然是一个精明的商人，但在他妻子达到守教规的年龄之前，他无疑会成为一个富翁。"

调侃了一番本国人民，擅长讽刺的毛姆却没有对中国人高抬贵手。那位内阁部长虽然谈吐文雅，还邀请毛姆欣赏他的艺术藏品，他的那些画册让毛姆叹为观止，然而笔锋一转，毛姆说他一开始就知道他是个恶棍，腐败渎职、寡廉鲜耻，搜刮掠夺，行贿受贿。然而只要他拿起一只天青色小花瓶，立刻就化身为一个文化的爱好者。他手指弯曲，带着一种迷人的温情，忧郁的目光仿佛在轻轻地抚摸，他的双唇微微张开，似乎发出一声充满欲望的叹息。

三

在所有值得书写的相遇中，与辜鸿铭的相遇是毛姆那艰辛的旅途中最想要实现的愿望之一。这位"生于南洋，学在西洋，婚在东洋，仕在北洋"的清末怪杰，以其身兼哲学家、文学家和政论家的姿态，在西方造成"到中国可以不看紫禁城，不可不看辜鸿铭"的说法。罗曼·罗兰说："辜鸿铭在欧洲是很著名的。"勃兰兑斯称他为"现代中国最重要的作家"。那些笼罩在辜鸿铭身上的奇闻异事强烈地吸引着毛姆的好奇心，"从听到的所有情况我可以推断，他是个有个性的人。"

毛姆是在重庆与辜鸿铭相见的。起初，毛姆写了一张便条让他过来，然而几天过去了，那边却一点动静也没有。思忖过后，毛姆觉得以如此傲慢的方式对待一位哲学家是不合适的，于是他设法给辜鸿铭送去一封信，用他想得出的最有礼貌的措辞询问能否去拜访。这次，那个被毛姆称为"固执的家伙"不到两个小时就给了回复，约定第二天见面。

见面后的辜鸿铭似乎并没有忘记之前的不快，劈头就是一句："贵国人只是跟苦力和买办打交道，他们以为每个中国人必然地不是苦力就是买办。"然而毛姆并没有听出他的言外之意，于是冒昧地提出异议。辜鸿铭背靠在椅子上，略带讽刺地看着他说："他们以为我们可以招之即来。"碰了一鼻子灰的毛姆这下明白了，却不知道怎么解释，只能喃喃地表达对他的敬意。一个擅长讽刺的作家被另一个怪人嘲讽，这样的桥段在毛姆的生命中似乎并不多见。

这时，毛姆才缓过神来打量辜鸿铭。最引人注目的当然是那条著名的细长的辫子，辜鸿铭对他说："这是个象征，我是古老中国的最后代表。"他还有着明亮的大眼和厚重的眼袋，牙齿缺损发黄，小手干瘪得像爪子。他衣着简朴，穿一件黑色长袍，戴一顶黑色帽子，却都有些旧了，深灰色长裤在脚踝处扎了起来。他用一口规范而地道的英语和毛姆交谈，时不时用德语来做补充。他们的谈话难免涉及哲学，健谈的辜鸿铭毫不掩饰自己的观点，即使有可能会让人略感不悦。他说英国人于哲学上不是很有天分，而实用主义只是那些想要信不可信之物的人的最后庇护，辜鸿铭说他对美国石油比对美国哲学更有兴趣。

辜鸿铭点了一根烟，随着谈兴渐浓，起初微弱疲惫的声音变得越来越有力。在毛姆眼中，辜鸿铭此刻身上并没有智者的沉静，谈起新近回国的留学生，他越发严厉、愤愤不平，责备他们亵渎神圣，摧毁世界上最古老的文明。他大声地指责西方人对东方的歧视，他说："当黄种人能够造出跟白种人同样的枪炮并射击得同样准确时，那你们的优势何在呢？你们诉诸于枪炮，你们也将会由枪炮来裁决。"还好这时辜鸿铭的小女儿悄悄地走了进来，天伦之乐让他重又变得温文尔雅，继续讲起那古老国度先辈哲人的往事。他自认为有治理国家的才能，但没有帝王来赋予他治理国家的重任；他满腹经纶，渴望桃李满天下，却只有少数贫寒不幸、资质愚钝的外乡人听他讲学。际遇起伏，壮志难酬，中国传统士大夫情怀与现代哲学家的重叠，让毛姆深觉悲哀。

告别时，辜鸿铭提议要送给毛姆一件礼物，毛姆希望要一幅字。于是辜鸿铭给毛姆写了自己的两首诗，为了让墨迹干得快些，他撒了些粉末在纸上。当毛姆请求给他翻译一下，辜鸿铭拒绝了，他说译者即叛徒。后来毛姆还真的请教了一

个汉学家,看了翻译后,毛姆又一次吃惊了。这两首诗翻译成英语后,被译者再次转译成汉语是这样的:

其一:
你不爱我时:你的声音甜蜜;
你笑意盈盈,素手纤纤。
然而你爱我了:你的声音凄楚;
你眼泪汪汪;玉手让人疼惜。
悲哀啊悲哀,莫非爱情使你不再可爱。

其二:
我渴望岁月流逝

那你就会失去

明亮的双眼,桃色的肌肤

还有那青春全部的残酷娇艳

那时我依然爱你

你才明白了我的心意

令人歆羡的年华转瞬即逝

你已然失去

明亮的双眸,桃色的肌肤

还有那青春全部的迷人娇艳

唉,我不爱你了

也不再顾及你的心意

两首本来在寻花问柳时送给妓女仅供娱乐调笑的游戏之作,成为毛姆认识这个古怪哲学家的别样线索。其中的调皮与不羁,吃惊的毛姆也许并不能体会。

四

毛姆叙述过一件发生在布列塔尼海峡的往事,当时他在一间农舍玩牌,隔壁房间躺着一个垂死的渔夫,这家的老妇人说他就要出门赶潮去了。门外,一场风暴正在凶猛地刮起,似乎正适合为这个渔夫送终。呼啸的狂风反复冲撞紧闭的窗户,要陪同老人离去。海浪轰鸣着拍击岸边的岩石。他突然感到一阵狂喜,因为他知道这就是他所追求的罗曼司。

而在长江上的舢板船上,夜幕降临,船泊在码头,寒风刺骨,船头一盏防风灯挂在船篷上,随着水的起伏而轻微晃动。该睡的人都睡了,有人在大声地打着呼噜,吵醒了另外两个人,随后一切又都安静了下来。这时,一种久违的狂喜突如其来,"仿佛肉身般存在似的,罗曼司又一次呈现在我面前。"

无论是黄昏时分因为林地的气息而回想起逝去的青年时代,还是因贸易不景气而无人问津的小阁楼;无论是千里迢迢远赴中国却一直嫁不出去的外国女人,还是高喊着"我可是哈罗公学毕业的啊"的醉鬼船长,说不清道不明的罗曼司与他们不期而遇,照亮了整个旅程。一次旅行就是一场灵魂与肉体的双重恋爱。

在毛姆顺流而下的一条河流上,张骞曾逆流而上去寻找它的源头。他航行多日后来到一个城市,看到一个姑娘在织布,而一个小伙子在牵牛饮水。他问这是什么地方,姑娘把自己的梭子给了他,并告诉他回去拿给星占家严君平看,严君平会知道他到了哪儿。他照着姑娘的意思做了,严君平立即发现那是织女的梭子,张骞拿到梭子的那天那刻,严君平注意到织女星和牛郎星之间另有一颗星划过。所以,张骞知道他航行到了银河的深处。

沿着古老的河流,穿越神秘的国度,毛姆只是另一个张骞。异域的山山水水和众生百态中,残酷美丽的诗意,以及滑稽有趣的轶事,毛姆在中国这个古老神奇的国度寻找的,大抵就是这样的罗曼司。

© 民主与建设出版社，2018

图书在版编目（CIP）数据

冷雨扑少年 / 黄兴主编. —北京：民主与建设出版社，2018.5

（荣耀）

ISBN 978-7-5139-2086-5

Ⅰ.①冷… Ⅱ.①黄… Ⅲ.①散文集 - 中国 - 当代 Ⅳ.①I267

中国版本图书馆CIP数据核字（2018）第066186号

冷雨扑少年

LENGYU PU SHAONIAN

出版人	李声笑
主　　编	黄　兴
责任编辑	韩增标
封面设计	思想工社
出版发行	民主与建设出版社有限责任公司
电　　话	（010）59417747　59419778
社　　址	北京市海淀区西三环中路10号望海楼E座7层
邮　　编	100142
印　　刷	三河市金泰源印务有限公司
版　　次	2018年5月第1版
印　　次	2020年8月第2次印刷
开　　本	710mm×1000mm　1/16
印　　张	15
字　　数	218千字
书　　号	ISBN 978-7-5139-2086-5
定　　价	34.80元

注：如有印、装质量问题，请与出版社联系。